나는 파우치를 만듭니다

나는 파우치를 만듭니다

발 행 | 2022년 9월 20일

저 자 | 문일선

펴낸이 | 한건희

펴낸곳 | 주식회사 부크크

출판사등록 | 2014.07.15.(제2014-16호)

주 소 | 서울특별시 금천구 가산디지털1로 119 SK트윈타워 A동 305호

전 화 | 1670-8316

이메일 | info@bookk.co.kr

ISBN | | 979-11-372-9561-2

www.bookk.co.kr

나는 파우치를 만듭니다

문일선 지음

가족과 함께, 파우치와 함께 만나는 세상

우리 가족의 이야기를 기록으로 남기고 싶었다. 각자의 위치에서 치열하게 살아온 삶을. 나는 평생 주부로 살면서 가족이 있는 곳에 늘 함께 있었다. 아프리카건, 미국이건, 스리랑카건…. 남편이 직장 생활을 할 때면 그 직장 구성원으로, 아이가 학교에 다니면 그 학교 학생으로 함께 했다. 덕분에 만나는 세상 사람들은 나의 친구가 되어 지금도 교류하며 지낸다. 동네 야채가게 어르신들에서 아프리카 아줌마, 브라만인 인도 고위공무원, 살사댄스강사 출신 미국 의사, 뉴요커 수지 아줌마, 아들에게 'A&B 장학금'을 주신 억만장자 부부, 아이비리그 교수에 이르기까지….

집 근처의 종합병원에서 우연히 시작된 봉사활동. '남을 돕는다'는 거창한 의미는 애당초 없었다. 주부로 살면서 남는 자투리 시간이 아까워 시작한 일이었다. 그러나 그곳은 내게 또 다른 삶을 살게 했다. 병원 봉사실의 바느질 팀을 통해 배운 어설픈 재봉 솜씨로 만든 파우치! 나는 이것을 만들어 '전 세계'에 뿌렸다. 아마 내가 만나는 거의 모든 사람에게 드린 것 같다. 세상의 고마움에 대한 나의 표현 방법이다. 아들이 유학생활을 할 때에는 백 개씩 여러 번 만들어 보냈고 사부인께도 몇 백 개를 만들어 드렸다.

세브란스병원, 삼성서울병원, 유니세프, 라파엘클리닉, 야채가게…. 이곳들은 거대한 나의 놀이터다. 여기서 만나는 모든 이들은 나의 친구다. 나는 요즘도 어디를 가나 늘 파우치를 몇 개씩 가방에 넣어 다닌다. 그래서 오늘도 파우치를 만든다.

이글을 쓰는 동안 사돈께서는 제주도의 별장을 내어주셨다. 글모퉁이 어딘가에 바람소리, 파도소리, 풀벌레 소리가 스며있다면 그 때문이리라. 백승현 사장어른과 강순길 사부인께 감사드린다. 큰아들 성휘는 막강한 네트워크를 바탕으로 늘 풍부한 소재를 제공했고, 작은아들 성빈은 함께 경험한 세상에 대한 옛 기억을 되살려주었다. 며느리 송화는 시댁의 지난 이야기에 호기심을 가지고 깜짝 이벤트로 격려했다. 싱가포르에서 지내다가 방학을 맞아 일시 귀국한 손자 관의는 할머니 손을 잡고 소보루빵을 사 먹으러 다니며 최고의 즐거움을 주었다. 남편 홍호표는 총괄기획을 맡아 가족을 대상으로 부족한 부분을 취재해 채워주었고 무엇보다 컴맹인 나를 위해 손목이 저리도록 키보드를 두드렸다.

글을 엮는 동안 행복했다. 지도를 펴고 미 대륙을 몇 번이나 다시 횡단•종단했다. 또 아프리카, 남미, 스리랑카, 인도, 스페인, 스코틀랜드, 아일랜드…. 내가 다녔던 여러 나라들도 다시 여행했다. 어마어마한 양의 사진도 다시금 펼쳐보았다. 글을 쓰던 곳들도 떠올렸다. 컬럼비아대학 캠퍼스, 뉴욕 하버드동문클럽, A&B 펜트하우스, 니코네 집 '캐슬'과 아프리카 마사이마라의 초원….

2022년 9월

문 일 선

Contents

1. 아프리카에서 만난 사람들

미국 처녀 '보석이'

어디선가 들리는 경찰의 날카로운 호루라기 소리에 우리 일행이 탄 밴이 길 옆에 멈췄다. 밴에는 한국인 3명, 미국인 2명, 스웨덴인 1명 등 모두 6명의 관광객이 타고 있었다. 2016년 2월 케냐의 수도 나이로비. 마침 출근시간에 갇힌 차는 속도를 내지 못하고 수많은 차량 사이에서 주춤거리던 때였다. 정장을 한 경찰이 다가와 차 안을 들여다보며 우리 차가 속도위반이라는 거였다. 차안을 다시 한 번 들여다보더니 "너희들, 안전벨트도 안 매고… 이것도 위반"이라고 난리도 아니었다. 그때서야 우리는 급히 안전벨트를 매려고 했으나 대부분 망가져 있었고 심지어 안전벨트가 없는 좌석도 있었다. 경찰은 또 다시 모두를 법정에 세우겠다고 한참을 떠든 후 저만치 가서 서 있었다. 차안의 우리는 모두들 잔뜩 '쫄아서' 어쩔 줄 몰랐다. 현지 운전사가 경찰에게 가서 사정했다. 그러나 사정이 여의치 않았는지 밴으로 돌아와서 하는 말이 "통상 돈을 좀 주면 합의가 되는데…"였다. 아마도 너희가 알아서 돈을 갹출하라는 의미인 듯했다.

순간 우리 일행 중 가장 어려보이는 젊은 미국인 여성이 차에서 내리더니 저만치 서 있는 경찰에 다가갔다. 금발에 빼어난 미모였다. 한참을 경찰과 이야기를 주고받았다. 우리 일행은 모두들 창밖

케냐 교통경찰의 시비를 한 방에 해결한 루비(왼쪽에서 두 번째) 등 일행과 마사이 마라 사파리 도중 초원에서 도시락을 먹었다.

으로 그 모습을 바라보았다. 한참 후 그녀는 돌아와서 "다 해결됐으니 가자."라고 했다. 모두들 놀랐다. 차는 출발했고 우리는 그녀가 경찰에게 무슨 얘기를 했는지 궁금해 했다. 그녀는 경찰이 자기에게 "보이프렌드가 있느냐?"라고 물었다며 웃었다. 결혼했다고 하니 경찰은 "왜 반지가 없느냐?"라고 다시 물었단다. 그래서 "반지의 보석이 너무 커서 집에 두고 왔다."라고 했단다. 이 젊은 미인은 미국 워싱턴 주에서 온 루비라는 여성으로 옷가게에서 일한다고 했다. 물론 미혼이었고.

우리 가족은 차로 가는 동안 루비의 용맹성을 자주 화제에 올렸다. 본인의 이름이 거론되면 별 이야기는 아니지만 괜히 궁금해 할까봐 루비라는 이름을 떠올리며 여행 내내 우리끼리는 '보석'이라고 불렀다. 우리가 탄 차는 사파리를 즐길 수 있는 마사이마라에 도착했다. 일찍 도착해서 오후에 일행은 함께 사파리를 했다. 저녁이 되어 식사 후 다 같이 모여 환담하는 자리에서 나는 늘 가지고 다니던 파우치 두 개를 루비에게 주었다. "하나는 너에게 주는 것이고, 다른 하나는 너의 어머니께 드리는 나의 선물이다. 아침의 그 상황에서 해결하기 위해 나선 너의 용기를 칭찬하고 싶다. 특히 너를 그렇게 길러준 너의 어머니를 존경한다." 물론 큰아이의 통역을 통해 말했다. 루비는 나의 선물에 기뻐하면서 "저의 어머니도 그런 상황이라면 저처럼 행동했을 것"이라고 했다. 어련할까.

이튿날 루비는 본인의 일정에 따라 우리 팀과 헤어지게 되었다. 루비는 떠나면서 그동안 자신이 쓰던 쌍안경을 우리에게 선물했다. 그것은 오래된 것으로 낡고 투박했다. 할아버지가 2차 세계대전 무렵 쓰시던 것을 물려받은 거라고 했다. 우리는 일주일 가까이 마사이마라 텐트에 머물면서 넓은 초원에서의 사파리를 계속 즐겼고 쌍안경을 요긴하게 사용했다. 그 쌍안경은 지금도 우리 집 거실에 전시되어 늘 그때의 기억으로 나를 즐겁게 한다.

뜬금없이 웬 케냐 이야기? 큰아이가 다니던 학교에서는 최종학년이 시작되기 직전 두 달간 어디에서 무슨 일을 하든 자유로이 선택하여 스스로 과제를 해결하게 하는 과정이 있었다. 큰아이가 아프리카와 중남미의 생활수준 향상 및 보건의료 향상에 깊은 관심을 갖고 있기에 우간다의 한 병원에서 실습하기로 결정한 것이었다. 우리 내외도 이 기회에 아프리카에서 살아보기로 했다.

케냐의 마사이마라 마을.

　당시 우간다 시골에 머물던 우리 부부와 큰아이는 당국으로부터 '출국 권유'를 받았다. 우간다 대통령 선거 캠페인이 막바지에 접어들자 정국 불안을 우려한 당국이 외국인은 가급적이면 국외로 나가 있으라고 했던 것이다. 거리에는 장갑차와 무장군인이 배치되었고 유엔 공명선거감시단이 들어왔다.

　우리는 피난하는 김에 우간다의 옆 나라 케냐로 사파리 여행을 하기로 했다. 아들은 인터넷으로 마사이마라 사파리투어를 예약했다. 야간에 국경을 넘는 '심바' 버스도 미리 예약했다. 만화영화 '라이온 킹'을 통해 우리에게 익숙한 심바는 스와힐리어로 사자라는 뜻이다.

　저녁에 '심바'를 타고 밤새 12시간을 달려 케냐 국경을 넘었다. 어두운 차안에서는 케냐 출신 이슬람 여학생이 우리 옆 자리에 앉

앉다. 그 학생은 "음발레의 우간다 이슬람 대학교(IUIU, Islamic University in Uganda)의 유학생도 모두 이웃나라로 떠났다."라면서 자신도 '피란길'에 올랐다고 했다. 사우디 출신으로 케냐에 살고 있는 그 학생은 스왈하라고 이름을 소개하고 의사가 되기 위해 공부중이라고 했다. "우리는 기숙사에 들어가면 평소에는 바깥에 못 나옵니다. 이번에는 대통령 선거 때문에 위험하다면서 출국을 권유해서 케냐로 갑니다."라고 말했다. 스왈하는 "케냐에서 의대에 진학하려면 수학, 물리, 화학, 생물에서 모두 A학점을 받아야 지원 가능한데 고등학교 때 수학 한 과목을 A 마이너스를 받았다."라고 말했다. 그래서 ISIU에서 수학 점수를 높여서 의대에 지원하려고 한다고 포부를 밝혔다.

스왈하 학생은 여러 이야기를 하다가 지하드(성전)에 관해서도 설명했다. 우리는 그때까지 지하드 하면 이슬람 성전, 심하게 말하면 극단주의자들이 벌이는 테러 정도로만 알고 있었다. 그 학생은 싸움도 지하드지만, 지하드에는 몇 종류가 있다고 말했다. "첫째 나에 대한 성전, 예를 들면 라마단을 지켜 아침부터 저녁까지 음식을 먹고 싶은 욕구를 참는 것이고, 둘째 다른 사람에게 하는 지하드, 즉 말로 다른 사람을 인도하는 것이고 셋째는 손으로 하는 성전, 즉 폭력에 해당합니다." 스왈하는 또 "이슬람 경전인 쿠란에는 이런 얘기가 없지만 예언자들이 한 이야기"라고 덧붙였다.

아무튼 '심바' 버스 안에는 좌석이 없어서 바닥에 누워 자는 사람도 있었다. 우리는 자면서, 깨면서 달린 끝에 국경 근처에서 내려 캄캄한 밤길에 '까만 사람들'과 함께 약간의 두려움을 느끼면서

20여 분을 걸어 국경선을 넘어 케냐로 들어갔다. 케냐 쪽 입국심사대에 가보니 '심바'는 먼저 와 있었다. 새벽에 수도 나이로비에 도착해서 현지 여행사 직원들과 만난 후 숙소에서 잠시 쉬었다가 그곳에서 합류한 일행과 함께 밴에 올랐다.

마사이족 동네에는 높이 뛰어오르는 환영 점프가 있었다. 현지 안내인이 "여자는 아주 높이 뛰면 결혼 지참금을 적게 내어도 된다."라고 말해서 나는 "내 경우 소 몇 마리를 내면 중혼(重婚)이 되느냐?"라고 농담했다. 또 내가 "당신은 와이프가 몇 명이냐?"라고 물었더니 안내인은 없다고 했다. 우리가 방문한 마사이족 마을에는 약 20가구 200명이 살고 있었는데 모두 족외혼을 한다고 했다.

사파리를 하는 동안 몇 명이 합류했는데 그 가운데 스웨덴의 간호대 여학생 다니엘도 있었다. 그녀는 "간호사 시험 두 과목에서 낙제해서 재시험을 준비 중인데 마음을 추스를 겸 여행에 나섰다."라고 했다. 나는 그 솔직함에 놀랐다. 스위스에서 온 다른 여학생은 환경공학을 전공하는데 숲에 대해 연구하러 왔다고 말했다.

우간다 대선이 끝나고 안전이 확인된 뒤에야 우리는 우간다로 돌아왔다. 덕분에 케냐의 마사이마라에서 무려 일주일 가까이 사파리를 즐겼다. 초원 한 가운데에 케냐와 탄자니아 국경이 있는데 작은 돌에 양국의 영문 이니셜인 K와 T를 써놓은 게 경계선의 전부였다. 국경선에서 돌아오는 길에 무장한 군인 여러 명이 우리가 탄 차를 히치하이킹해서 태워주었다. 우간다의 대선 혼란 덕분에 '동아프리카의 빅5'라는 사자, 표범, 코끼리, 코뿔소, 들소는 실컷 구경했다. 버팔로를 공격하려던 사자가 버팔로가 떼로 다가오자 슬금

슬금 뒷걸음질하는 모습이 인상적이었다.

30년간 살림 잘한 날 갈아치운다고?

우간다에서 우리 가족은 커피농장을 견학했다. 커피농장 주인 잘레 씨는 교장 선생님 출신으로 민박을 겸하고 있었다. 농장에 도착해 보니 산등성이에는 커피나무가 빽빽이 심어져 있었고 커피 열매가 익어가고 있었다. 집 담장 밖에는 바나나 나무가 자라서 정글을 이루고 있었다. 사실 일년생 '풀'인 바나나 나무에는 한 나무에 한 송이의 바나나만 달린다고 했다. 신기했다. 바나나 나무는 씨앗을 뿌리느냐, 모종을 심느냐고 물었다. 잘레 씨는 열매를 수확하고 나서 그 나무를 베어 버리면 밑동에서 새싹이 다시 나와서 자라서 열매를 맺는다고 했다. 베어버린 나무는 어쩌느냐고 했더니 잘레 씨는 좋은 질문이라며 썩혀서 퇴비로 쓴다고 했다.

커피농장인 산속에는 군데군데 집들이 있었다. 커피나무 사이로 미로를 헤치듯 가다보면 가끔씩 숲속에서 반짝반짝 하는 뭔가가 보였다. 동네 아이들의 눈이었다. 우리 일행을 보고 있었다. 아이들의 짙게 그을린 피부와 어둑한 숲은 구별이 어려웠다.

어느 작은 토담집 앞을 지나는데 창문도 없는 벽에 뚫린 구멍 사이로 역시 뭔가 반짝이고 있었다. 나이를 짐작하기 어려운 남자 노인이 내다보고 있었다. 어둑어둑한 짙은 초록을 배경으로 황토로 지은 토담집 안에 나타난 노인. 한 폭의 유화를 보는듯한 느낌이었다. 현지 운전사가 다가가 인사를 나누고 우리 일행을 소개했다.

우리 아들이 의학을 공부한다고 소개하자 노인은 자기가 아픈데 좀 봐줄 수 있느냐고 했다. 노인은 잠시 창에서 사라지더니 옷을 갈아입고 목에는 묵주를 걸고 힘겨운 걸음으로 간신히 집밖으로 나왔다. 큰아이가 영어로 물어보고 현지 운전사는 토착어로 통역했다. 우리 아이는 노인의 눈 흰자가 샛노란 것을 놓치지 않았다. 노인은 간이 몹시 안 좋다고 했다. 현지 의료기관에 다닌 기록을 가져와 보여주었다. 아들은 "아직 의사가 아니라서 진료를 할 수 없다."라면서 몇 가지 일반론을 이야기를 해주었고, 노인은 아주 고마워했다. 그분은 지금 어떻게 됐을까? 아직도 노인의 무심해 보이는 듯한 표정과 누런색을 띠고 있던 두 눈을 잊지 못한다.

때마침 우간다의 대통령 선거 기간이었다. 여느 나라 선거와 마찬가지로 이 나라도 완전히 갈라져서 이판사판 싸움을 벌이고 있었다. 상대적으로 젊은 우리 운전사와 나이가 든 잘레 부인의 대통령 선거에 대한 의견 대립이 시작되었다. 당시 우간다에는 이디 아민을 몰아내고 30년 동안 집권 중인 무세베니 현 대통령과 이에 맞서는 야당 후보의 대결이 있었다. 사람들은 장기집권 대통령이 물러나고 새 대통령을 뽑아야 한다는 의견과 현 대통령이 일을 잘하니 계속 재임하도록 해야 한다는 의견으로 나뉘어 있었다.

운전사는 이젠 새 대통령이 나와야 한다고 열변을 토하면서 "우리는 변화를 원한다."라고 했다. 이에 대해 잘레 부인은 현 대통령이 잘하고 있는데 새 대통령이 왜 필요하냐는 의견이었다. 그러면서 일갈하기를, "'우리'가 변화를 원한다고? 아니 '당신'이 변화를 원하는 거지. 내가 30년 넘게 (손으로 남편을 가리키며) 이 양반의

교장 출신으로 커피 농장을 운영하는 잘레 씨 부부

아내로서 주부 일을 잘하고 있고 아무 문제가 없어. 그러면 됐지 무슨 변화가 필요한데? 나를 바꿔치운다고?"

잘레 씨는 아주 적은 돈을 받고 커피농장을 구경하게 했고 커피를 갈아서 담아주었다. 게다가 거하게 점심을 차려주었다. 잘레 부인은 남편에게 "그렇게 다 해주면 뭐가 남느냐?"면서 투덜댔다. 나는 부인이 짓궂은 면도 좀 있다고 생각했다. 그렇지만 부인의 대통령선거에 대한 촌철살인은 오래도록 기억에 남았다. 잘레 부인에게 파우치 한 개를 선물했음은 물론이다.

결국 오랜 삶의 경험에서 우러나온 잘레 부인의 말이 '옳은 것'

으로 판명됐다. 1986년부터 집권해온 현 대통령이 압도적 표차로 5년 임기의 대통령에 당선됐기 때문이다. 2021년 선거에서도 과반 득표로 승리해 6선의 대통령이 되어 36년 넘게 집권하고 있다.

흥미로운 사실은 유엔 공명선거감시단이 와서 지켜봐도 '소소한 것들'을 제외하고는 특별한 선거부정이 드러나지 않는다는 점이었다. 당시 현직 대통령이었던 무세베니는 안보와 치안 관련 대선후보토론에서 "Security is ideological."이란 말로 시작했다. 안보(치안)란 이데올로기적이라? 무슨 의미인지 알 듯 말 듯 헷갈렸다. 한 뚱뚱한 여성은 무세비니 후보가 유세하러 음발레를 방문하자 "나는 원래 파란색(야당)인데 오늘은 노란색(여당)을 응원한다."라면서 실제로 노란 옷을 입고 유세현장으로 향했다.

미인들 환영 속 시장님과 자선마라톤

우리가 머물던 음발레는 제법 큰 도시였지만 자동차가 지나가면 흙먼지가 풀풀 날리는 시골 분위기였다. 우리 부부는 큰아이가 묵고 있는 게스트하우스 '여행자의 집'에 방을 하나 얻어서 2016년 2월 한 달간 살았다. 이 게스트하우스 이름은 스페인어로 '카사 델 투리스타(Casa del Turista)'인데 투숙객들은 줄여서 그냥 '카사'라고 불렀다.

큰아이는 병원으로 출근했고, 우리 부부는 매일 동네를 휘젓고 다녔다. 큰아이는 당시 연세대 의학전문대학원 4학년이었다. 큰아이의 병원 휴일을 이용해 우리는 진자라는 곳으로 놀러 갔다. 나름 관광지였다. 진자는 나일 강의 발원지로 알려져 있는 곳이다.

　진자 여행의 목적은 우선 큰아이의 마라톤대회 참가였다. 큰아이가 인터넷을 검색하다가 진자에서 무슨 마라톤대회가 열린다는 내용을 접했다. 이 행사가 진짜 그 날짜에 그 장소에서 열리는 지가 궁금했다. 개발도상국에서 여러 번 일해 본 경험에 따른 반응이었다. 우선 인터넷에서 적당한 게스트하우스를 찾아서 담당자에게 '그곳에서 이런 마라톤대회가 열린다는데 예정대로 행사가 진행되는지 확인해 달라.'고 메일을 보냈더니 모른다는 답변이 돌아왔다. 아프리카답지 않게 바로 답변이 온 것이 신기했다. 그래서 포기하지 않고 그 담당자에게 계속 메일을 보냈고 무려 10번의 메일이 오간 끝에 대회가 열린다는 사실이 확인됐다. 마라톤대회는 당초 발표됐던 날보다 한참 뒤에 열렸다.

　큰아이는 메일을 주고받았던 담당자에게 숙소를 예약했다. 우리는 버스로 진자에 아침 일찍 도착해 게스트하우스로 갔다. 아직 문을 열지 않아서 집을 둘러보면서 마당에 있었다. 한참 뒤 백인남성이 미심쩍은 눈초리로 멀리서 보고 있었다. 큰아이가 다가가서 게스트하우스에 묵으러 왔다고 했다. 큰아이가 "당신, 마라톤 관련한 문의를 받은 적 있지?"라고 물으니 그는 "너였구나!"라고 반색하면서 우리에게 "당신 아들은 크레이지 보이(crazy boy)"라고 말했다. 우리는 그렇게 친해졌다. 메일에 즉시 답장을 한 사람이 바로 그 영국인이었다.

　마라톤 시작 시간은 여전히 오리무중이었다. 궁리 끝에 경찰서에 가서 혹시 내일 집회 신고가 된 게 있느냐고 물었다. 경찰은 한참

진자 자선마라톤 대회에 도우미로 참석한 미스관광, 미스유니버시티 등 미인들.

뒤 "오전 6시에서 낮 12시 사이에 집회가 있다."라고 말했다. 도대체 몇 시인지 계속 헷갈려서 오전 8시쯤 대회가 열린다는 곳에 가서 기다렸다. 한참 뒤 무장 경관의 호위 속에 지프에서 빨간 티셔츠를 입은 시장이 내렸다. 뒤에는 BMW 승용차가 따라왔다. 암환자 돕기 자선마라톤이었다. 나는 시장에게 다가가 손을 내밀어 악수를 청했다. 큰아이는 시장과 무슨 이야기를 한참 주고받았다. 현장에는 눈에 뜨이는 미인 10여 명이 있었는데 '미스유니버시티', '미스 관광' 등 '미스 OOO'라고 쓰인 노란 띠를 두른 여성들이었다. 이들은 마라톤대회에 참가하지는 않고 행사 도우미 겸 바람잡이 역할을 하고 있었다. 시장 주변에서 함께 사진을 찍기도 했다.

대회는 시내를 도는 단축마라톤으로 진행됐다. 시장도 뛰었고 큰아이는 현지 젊은이들과 어울려 달렸다. 완주한 큰아이는 "코스는 도로 통제가 거의 되지 않았고 흙먼지가 풀풀 날리는 구간의 연속으로 진행요원도 부족했다."라면서 "코스 자체도 분명하지 않았는데 앱으로 측정한 거리 기준으로 18km 정도였다."라고 했다.

이들이 달리는 동안 우리 부부는 진자 시내를 둘러보았다. 큰아이는 이미 국내 마라톤대회에서 두 차례 완주한 적이 있고 그 기록도 4시간 정도로 순수 아마추어로서는 준수하다. 큰아이는 이후 미국에서도 뉴욕 하프마라톤 등에 참가한 적이 있는 나름 '아마추어 베테랑'이다.

새 옷으로 갈아입고 찍은 사진인데

이튿날 큰아이는 래프팅을 하러 떠났다. 작은 버스 한 대가 와서 주로 유럽에서 온 젊은이들을 싣고 나일 강으로 갔다. 우리는 이때다 싶어서 동네 구경에 나섰다. 숙소에서 나와서 강 쪽으로 걸어갔더니 마을이 나타났다. 주민들에게 다가가 인사를 나눴다. 외국인이 나타나니까 사람들이 보려고 몰려들었다. 외국인들은 주로 숙소에 머물고 관광지에 다니지 마을 깊숙이 들어오는 경우는 드문 듯했다. 우리는 마을 사람들과 어울려 함께 사진을 찍었고 어떤 집에서는 장작불을 때면서 요리하는 모습을 구경하기도 했다.

이렇게 시간을 보내다가 헤어져서 한참을 가는데 한 아주머니가 손을 흔들며 헐레벌떡 뛰어오고 있었다. 무슨 일인가 하고 기다려서 만나보니 "사진을 찍으려고 집에 뛰어 가서 옷을 갈아입고 왔

나일강 발원지인 우간다 진자에서 찍은 현지인 가족사진.

는데, 가족사진을 다시 찍을 수 있겠느냐?"라면서 수줍은 듯 말했다. "물론이지요!" 우린 그들이 흡족해 할 때까지 가족사진 여러장을 찍었다. 반드시 보내주겠다고 약속했다. 그런데 이메일 주소를 가지고 있는 사람이 아무도 없단다. 나는 남편 이메일 주소를 적어주고 "어딘가에서 컴퓨터를 사용할 수 있게 되면 반드시 연락하라."라고 신신당부했다. 그래도 믿음이 가지 않아서 영어를 구사하는 젊은 여성에게 물었더니 페이스북을 한다고 했다. 그래? 남편은 귀국하자마자 페이스북의 메신저를 통해 사진을 모두 보내주었다. 그런데 열어보는 것 같지 않아서 남편은 페이스북에 글을 남기기도 했고 메신저도 몇 차례 더 보냈지만 응답이 없었다. 옷까지 갈아입고 머리도 빗고 맨발로 달려와 가족사진을 찍던 그분들이 가족사진을 받았을지 지금도 궁금하다. 혹시나 못 받고서 그놈의

'하얀 사람들'은 믿을 게 못된다고 푸념하지나 않을까 가끔씩 생각해 본다. 지금도 그 가족사진을 보면 마음에 걸린다.

우리는 게스트하우스 주인에게 나일 강 유람선 투어를 신청했다. 우리가 신청한 날 정족수(5인)가 차 있었지만 승선 3시간 전쯤 두 사람이 예약을 취소해 우리 가족만 예약된 상태였다. 담당자는 더 모집해보겠다고 했지만 신청자는 더 이상 없었다. 담당자는 이리저리 전화하더니 "인원이 모자라지만 유람선을 띄우겠다."라고 말했다. 아마도 큰아이와 여러 차례 메일을 주고받은 이유로 결심한 것 같았다.

유람선에 오르니 넓은 배에 손님은 우리 가족 세 명뿐이었다. 큰 배에 승객이 세 사람이면 적자운행은 뻔한 일이라 좀 미안했다. 나일 강을 거슬러 올라가면서 나무를 파서 만든 배로 고기를 잡는 어민을 보았고, 강변에서 목욕하는 주민들도 보았다. 강 양쪽 언덕에는 어마어마한 휴양시설이 들어서서 현지 주민들이 사는 모습과 대조를 이뤘다. 나일 강 발원지에 올라갔다. '물'이 있었다. 유람선에서는 우리 세 사람을 위해 바비큐 파티를 마련했다. 나일 강의 석양을 바라보면서 우리는 바비큐를 즐겼다. 현지에서 유명한 나일(Nile) 맥주도 곁들였음은 물론이다.

넌 '무중구'니까 비싸게 받아도 돼!

우간다 사람들은 우리를 '무중구'라고 불렀다. '하얀 사람'이란 뜻이다. 특히 아이들은 우리가 어디로 가나 '무중구, 무중구' 하면서 뒤를 따라다녔다. 가끔씩 상인들이 우리에게는 물건 값을 비싸게 불러서 따지면 태연하게 "넌 무중구니까!"라는 대답이 돌아왔다. 나는 아직도 '무중구'에 담긴 깊은 뜻을 알지 못한다. 우리가 옛날에 백인만 보면 무조건 '미국사람'이라고 했듯이 단순히 '하얀 사람' 즉 백인이라는 뜻인지, 아니면 어떤 다른 정서까지 포함하고 있는 단어인지 모르고 있다.

음발레에 머무는 동안 아들이 현지인의 돌잔치에 초대되어 우리도 함께 가게 됐다. 백인여자와 흑인남자 의사가 결혼하여 낳은 아이의 돌잔치였다. 마을에서 가장 크고 좋은 카페를 통째로 빌려서 잔치를 벌였다. 큰아이가 우간다 현지 NGO 사람들하고 어울렸는데 아기의 부모를 알게 돼 초대받은 것이었다. 그 백인여성은 NGO 소속으로 봉사하러 음발레에 왔다가 남편을 만나 그곳에 눌러앉게 됐다고 했다. 그 여성이 큰아이에게 이렇게 말했다고 한다. "나도 이렇게 될 줄 몰랐다."

아이 엄마 친구로 보이는 백인 여성들은 모두 하얀 아이를 데리고 왔다. 남자 쪽에서는 일가친척으로 보이는 사람들이 모두 흑인 아이들을 데려왔다. 생일파티에 모인 사람들은 정확하게 흑인은 흑인대로, 백인은 백인대로 나뉘어 각각 다른 테이블에 앉았다. 섞여 앉은 사람은 없었다. 백인 어린이들이 주인공 주변에 둘러 앉아 있었고 흑인 아이들은 좀 떨어져 있었다. 파티에는 케이크를 놓았으며 여느 돌잔치와 다름이 없어보였다. 흑백 아이들 모두가 선물을 내놓았다. 흑백 부부가 결혼해 아기 돌잔치를 하는데 이렇게 기계적으로 나눠 앉는다니. 더구나 여기는 아프리카가 아닌가. 이건 인

종차별이라고 보기도 어려웠다.

이튿날 파티가 열렸던 카페에 다시 들렀더니 돌잔치를 한 미국 여성이 있었다. 그는 우리에게 손님 대접이 너무 소홀했던 것 같아 미안해서 오후에 우리가 묵던 '카사'에 찾아갔었다고 말했다. 생일 파티에서는 차와 커피 정도만 나왔던 것 같다.

미국에 갔을 때 친구인 백인 여성에게 흑백 어린이의 자리 이야기를 했더니 대뜸 "너는 어느 쪽에 앉았느냐?"라고 물었다. 나는 그가 무심코 내뱉은 첫 반응에 더욱 쇼크를 받았다. 내가 말했다. "한번 추측해보라. 내가 어디에 앉았을지."

라면도 메뉴에 추가해야겠어요

숙소 '카사' 주인은 살레라는 젊은이로 딸 한 명을 둔 아버지였다. 대학에서는 커뮤니케이션을 전공했는데 영어도 아주 잘했고 지역 라디오방송에 게스트로 관광사업과 기업가 정신 등에 대해 좌담도 하고 있었다. 이후 본인의 유튜브 채널도 개설했다. 그는 스페인에서 여행자들에게 편리하고 안전한 숙소를 제공해 보자는 아이디어를 얻었다고 했다. 1층에 차와 식사를 할 수 있는 카페와 주방이 있고 2층은 객실이었다. 옥상엔 테이블과 의자가 있어서 밤하늘의 별도 볼 수 있었다. 우리는 가끔씩 밤에 옥상에 올라가 현지 와인을 즐겼다.

'카사'는 외국인들에게 편안한 느낌을 주었다. 주변 숙소보다는 비쌌지만 편의성과 안전성을 고려하면 상대적으로 싸다는 생각도

들었다. 그래서 늘 유럽 여행객들이 여러 명 묵었다. 현지인들의 발음 때문에 영어를 알아듣지 못해 고생했는데 여기서는 살레 씨와 말이 통해서 아주 좋았다.

'카사'에 머물면서 주인은 물론 식당 종업원, 청소원까지 모두 친해졌다. 어느 날 부엌이 쉬는 시간에 좀 사용해도 되겠느냐고 물었다. 그들은 그러라고 했다. 요리사의 부엌을 전세 내어 한국에서 가지고 간 라면을 끓이기로 했다. 셰프 윌리와 '시다'들은 라면 봉지 뜯는 것부터 신기하게 바라보더니 드디어 함께 나서서 끓이기 시작했다. 나는 라면 끓이는 법, 양파와 달걀 푸는 법도 설명했다. 스태프 전원과 라면파티를 벌였다. 사발이 부족해서 종업원을 1, 2부로 나눴고 라면을 먹은 뒤 모두들 국물에 밥을 말아 먹도록 했다. 주인은 "레스토랑 메뉴에 라면을 추가하겠다."라고 했다.

직원들은 모두 매우 친절했다. 직원 중 한 명은 우리 방을 매일 청소해 주겠다고 제안하기도 했다. 나는 청소가 필요하면 도움을 청하겠다고 했다. 그 친구는 아침 일찍 출근해서 게스트하우스 로비 바닥과 카페를 청소하는데 손으로 물걸레를 짜서 엎드려 바닥을 말끔히 닦았다. 기계나 청소 도구는 일절 없었고 단지 걸레 하나로 바닥 전체를 해결했다.

"왜 자꾸 싼 걸 팔려고 해?"

새벽 일찍 일어나서 산책을 나섰다. 게스트하우스 문을 나서려는데 문 앞에는 야간 경비를 섰던 어린 소년이 총을 멘 채 잠들어 있었다. 그를 깨워서 문을 열어달라고 했다. 장총을 들고 집을 지키는 모습은 생소하고 신기한 풍경이었다. 거리에 나가보니 건물 군데군데 총을 들고 경비를 서고 있는 모습이 보였다. 새벽거리에 사람은 눈에 띄지 않았다. 한참을 이리저리 돌아다니는데 저 멀리 사람들이 가득 모여 있었다. 궁금해서 가까이 다가갔더니 '반짝 시장'이 서 있었다. 상가건물 주변이었고 상인들이 물건을 길에 늘어놓고 파는 중이었다. 물건을 사러온 사람들도 많았다. 관광객은 없어 보였고 주민들만 있는 것 같았는데 느닷없는 두 명의 '무중구' 출현에 사람들은 하던 일을 멈추고 우리를 쳐다봤다. 옥수수를 삶아서 파는 이도 있었고 밤톨만한 토마토를 파는 곳도 있었다. 알수 없는 나무를 산처럼 쌓아놓은 곳도 있었다. 아직 초록이 선명한 바나나가 산더미처럼 쌓여 있기도 했다.

나는 하루 동안 먹을 과일과 삶은 옥수수를 사기로 했다. 옥수수를 고르자 주위 상인들은 자기 장사를 제쳐놓고 일제히 몰려와 순식간에 내 주위를 둘러쌌다. 각자 옥수수를 하나씩 집어 들고 이게 더 좋은 거라는 듯한 표정으로 뭔가 말했다. 영어가 아니었다. 토착어인가, 아니면 스와힐리어인가? 그중 하나를 샀다. 한 상인은 옆의 상인이 싼 게 더 맛있다면서 골라주자 "왜 싼 걸 팔라고 하느냐?"라고 따지기도 했다. 바나나 가게로 가면 또 사람들이 따라와서 골라주었다. 아보카도를 사려고 이동해도 따라와서 골라줬다. 그들이 골라주는 과일과 옥수수는 내가 맛있을 거라고 생각한 것과는 확실히 차이가 있었다. 집에 와서 먹어보니 맛이 정말 기가 막혔다. 가장 신기했던 건 바나나 맛이었다. 한국에서 먹었던 바나

음발레 시장

나와는 어찌나 맛이 다르던지. 그동안 플라스틱 바나나를 먹었던
게 아닌가 하는 느낌마저 들었다. 그 뒤로는 매일 새벽 장에 가서
일용할 과일과 옥수수를 샀다.

　하루는 늦잠을 자서 서둘러 나가 보니 이미 장은 파했고 상가가
문을 열어서 과일과 음식을 팔고 있었다. 바나나를 사려고 했더니
가격이 새벽시장에 비해 무려 세 배에서 다섯 배나 됐다. 다음날부
터는 반드시 새벽에 일어나 새벽 장을 보았다.

　낮에는 시내를 쏘다니며 구경했다. 하루는 거리를 지나는데 "사
모님 안녕하세요?"라는 한국어가 선명하게 들렸다. 깜짝 놀라 돌아
보니 중년 아프리카 아주머니가 "사모님 안녕하세요?"라고 다시 인
사했다. 오랜만에 아프리카 시골에서 들어보는 한국어였다. 강한

인상을 받았다. 내가 물었다. "한국말 할 줄 아세요?" 아주머니는 "이 말밖에 할 줄 모른다."면서 "친정 근처에 있는 한국인 킴 씨의 집에서 3년 동안 일했다."라고 했다. 우간다 서부 출신으로 아들 둘이 있는 이혼녀라고 자신을 소개한 아주머니는 "나를 한국 좀 데려가줘, 난 무슨 일이든 할 수 있어."라고 말했다.

마담에겐 블링블링한 핫핑크 신발이

동네에 맞춤 양장점이 있었다. 수많은 천들이 진열돼 있었는데, 지나다니면서 아무리 살펴봐도 손님은 없었다. 이곳에서 맞춤옷은 얼마나 할까. 비쌀까. 며칠 만에 만들어질까. 파우치 만드느라 재봉틀을 만지는 나는 이런 것들이 매우 궁금했다. 원피스를 한번 맞춰보기로 했다. 남편과 함께 가서 천을 고르고 몸의 치수를 쟀다. 주인은 제법 메모까지 하며 상당히 꼼꼼하게 치수를 쟀다. 잘 만들어주려나 하고 생각했다. 손짓으로 치마길이는 어느 정도였으면 좋겠느냐고 물어왔다. 나는 발목을 가리키며 '여기까지'라고 했다. 가격이 얼마냐고 물으니 우리 돈으로 7,000원 정도였다. 언제 되느냐고 물으니 내일 오라는 거였다. 아프리카에서 이렇게 빨리 된다고?

가게 구석을 살펴보니 옷을 만들고 남은 자투리 천이 자루에 수북이 담겨 있었다. 천 욕심이 발동했다. "저 천 좀 얻어갈 수 있느냐?"라고 했더니 그러라고 했다. 무늬가 화려하고 쓸 만한 천을 제법 많이 챙겼다. 그 천을 한국으로 가져와서 가끔씩 펼쳐보며 무엇을 만들까 이리저리 머리만 굴리고 있다. 구상한 것만도 몇 십 가지가 넘는다.

이튿날 옷을 찾으러 갔더니 자루 형태의 원피스가 만들어져 있었다. 이 옷을 만드는데 치수를 그렇게 정교하게 잴 필요가 있었을까 하는 생각이 들었다. 어쨌거나 그날부터 그 옷을 즐겨 입고 돌아다녔다. 게스트하우스의 여직원들은 옷이 좋다면서 만져보고 난리였다. 수박색에 아프리카적인 문양이 새겨진 옷이다. 지금도 한국에서 가끔 입는다. 원피스는 아랫단에 옆트임이 있어서 걸을 때면 종아리가 살짝살짝 드러나 보였다. 숙소의 '카사' 여직원에게 옆트임을 가리키며 너무 속살이 드러나지 않느냐는 의미로 "투 머치?" 하고 물었다. 직원은 "노, 베리 베리 굿!" 하면서 엄지를 치켜세웠다. 옷을 입고 돌아다니면 많은 여성들이 옷이 예쁘다고 다들 한마디씩 했다. 현지인들의 반응을 살펴보니 옷을 맞춘 가게가 나름대로 '오트쿠튀르'인 모양이었다. 우간다 의상을 입은 나를 보고 어떤 사람들은 영어로 "You look smart!"라고 말했다.

원피스에 어울리는 신발을 하나 사고 싶었다. 신발을 사려고 나가니 거리에 신발을 늘어놓고 파는 사람이 있었다. 물어보았지만 그는 영어를 할 줄 몰랐다. 얼른 옆 가게에 가서 사람을 한 명 데려왔다. 그는 영어를 했다. 우간다에서 영어를 할 줄 모른다는 것은 학교에 다니지 않았다는 뜻이라고 한다. 아무튼 신발을 고르려고 하니 상인은 '블링블링한' 핫핑크에 광채가 선명한 신을 내게 권했다. 웃으며 손사래를 치고 수수한 것을 고르자 그 직원은 "마담, 잇스 굿"이라고 연신 외치며 신어보라고 애원하다시피 했다.

그래도 수수한 것으로 고르자 아쉬워하면서 자기가 고른 신을 들고서 다시 한 번 권했다. 그때 산 신발도 물론 아직 한국에서 신고 있다.

큰아이도 내 옷을 보더니 자기도 한 벌 맞추겠다고 나섰다. 남편은 기성품을 샀다. 한국에 돌아와서 원피스와 신발을 볼 때면 그 시절이 떠올라서 미소를 짓곤 한다. 직원이 권하던 '블링블링한 핫핑크' 구두도 하나 사올 걸 그랬나?

그건 어제 가격이잖아요!

며칠 뒤 시장을 둘러보던 중 아프리카 전통 옷이 눈에 확 들어왔다. 한 벌 장만하기로 했다. 한 가게에서 현지 주민으로 보이는 아주머니가 내가 사고 싶은 것과 같은 전통의상을 고르고 있었다. 멀찍이서 지켜보다가 점원이 옷을 포장하러 들어간 사이에 얼마를 주었느냐고 물었다. 그는 값을 알려주었다. 내가 옷을 하나 골라서 흥정을 하는데 점원이 터무니없이 높은 가격을 불렀다. 나는 웃으며 동네 아줌마가 산 가격으로 흥정을 해서 결국 하나를 샀다. 옷을 입어보니 너무 편하고 시원했다.

이튿날 다시 그 가게에 가서 옷을 하나 더 골랐더니 점원은 어제 내가 지불한 가격을 불렀다. 나는 "그건 '에스터데이의 프라이스'(어제 가격)이니 '투데이의 프라이스'(오늘 가격)를 말하라고!"라고 웃으면서 말했다. 점원도 농담인 줄 알고 웃으면서 "세임, 세임. 마담, 세임."이라고 말했다. 그렇지만 약간 더 깎아주었다. 그 후로는 시장을 지날 때마다 점원은 나를 보면 웃으며 "마담, 오늘은 뭐 필요한 건 없냐?"라고 인사했다.

시장에 유명 커피숍이 있었다. 그 동네의 스타벅스 격이었다. 제법 야외좌석까지 있어서 가끔 동네 젊은이들이 떼로 모여 있기도 했다. 커피는 거르지 않고 간 원두를 그대로 넣어서 커피 찌꺼기가 컵에 가라앉게 해서 마시는 방식이었다. 원두는 좋았는데 처음에는 설탕을 너무 많이 넣어줘서 속이 울렁거릴 정도였다. 그들 방식이었다. 나중에는 바리스타에게 부탁해서 블랙으로 마셨다. 맛이 좋았다.

커피숍에서 거리를 스케치한 사진을 보냈더니 며느리가 내셔널지오그래픽 사진을 보는듯하다는 반응을 보내왔다. 현지에서 산 옷들을 입고 찍은 사진도 함께 보냈더니 며느리는 옷에 큰 관심을 보였다. 며느리 옷을 사고 사부인 것도 한 벌 샀다.

하루는 커피숍으로 가는 길에 트럭 운전사가 내게 인사를 했다. 남편이 영어로 이런 저런 얘기를 하니까 그는 대꾸도 안 하고 나하고만 이야기하려들었다. 그는 남편을 가리키며 "저 사람은 영어를 못 해서 안 된다. 레이디하고 이야기해야 한다."라면서 남편에게 계속 '저리 가라'고 손짓을 했다.

우간다 아빠는 일찍 죽는데 함께 골프까지

설이 다가왔다. 차례를 지낼 준비를 했다. 우선 새벽시장에 가서 몇 가지 열대과일과 옥수수를 샀다. 현지 술도 한 병 사서 일회용

큰아이가 본과 4학년 때 우간다에서 의료실습 겸 봉사활동을 하고 있다.

종이컵에 붓고 나름 정성스레 차례를 지냈다. 과거 미국에서 대륙을 횡단하던 중 뉴멕시코 주 산타페의 호텔에서 아이들과 함께 시어머니 제사를 지낸 기억이 떠올랐다. 조상님들이 아메리카에, 아프리카에, 먼 곳까지 다녀가시느라 피곤하시지 않으셨을지…. 나는 기일을 늘 수첩에 메모해두었다가 지구 어디에 가있든 제사나 차례를 지낸다. 현지에서 구할 수 있는 음식과 술, 음료수로 지낸다.

큰아이는 열심히 병원에 출근했다. 우리도 아프리카 병원이 궁금했다. 병원으로 찾아갔더니 보호자들이 바깥에서 불을 피워서 밥을 해먹고 빨래를 해 빨랫줄에 널어놓은 게 인상적이었다. 환자들은 칸막이가 없는 큰 강당 같은 곳에 집단으로 입원해 있었다. 소아과 앞에는 아기 사자에게 예방주사를 놓는 벽화가 그려져 있었다.

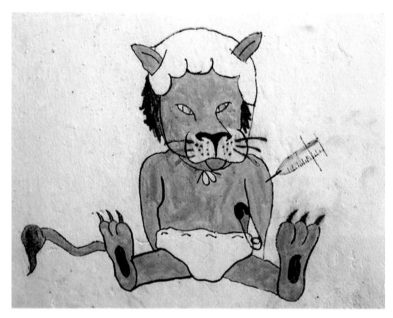

음발레 병원 소아과 입구 벽에 그려놓은 예방주사 안내 벽화.

수술실의 문이 열려 있어서 어지간한 수술 장면은 복도에서 지켜볼 수도 있었다. 병원식당에서 점심을 맛있게 먹고 바깥으로 나왔다. 식당 종업원이 달려왔다. 아차, 돈을 안 내고 그냥 나온 것이었다.

큰아이는 모처럼 휴일을 맞아 병원에 가지 않고 골프를 좋아하는 남편에게 '카사' 근처에 골프장이 있다며 부킹하겠다고 했다. 남편은 아들에게 같이 가자고 했다. 큰아이는 초등학교 때 미국에서 아빠가 동네 골프장에 몇 번 데리고 갔지만 영 취미가 없어했다. 이번에는 '효도' 차원에서 따라가는 눈치였다. 골프장은 '카사'에서 걸어갈 수 있는 거리였다. 전날 골프장에 미리 가서 골프를

음발레 병원의 환자보호자들. 바깥에서 밥 하고 빨래하며 지낸다.

칠 수 있느냐고 물어 예약을 하고 이튿날 아침 일찍 갔다. 오전 9시에 개장한다고 해서 9시30분에 갔지만 관리인이 아직 오지 않았다고 했다. 한 시간 정도 기다려도 오지 않았다. 다시 물었더니 직원은 계속 "온 더 로드(on the road)"라고만 반복했다. 오는 중이라는 것이었다. 두 시간이 지나도 마찬가지였다. 아들이 "아직도 온 더 로드냐? 캄팔라에서 오고 있느냐?"라고 했다. 캄팔라는 우간다의 수도로 몇 시간이나 걸리는 거리였다. 할 수 없이 집에 왔다가 점심을 먹고 다시 갔더니 비로소 관리인이 나타났고 오후 1시경 골프를 시작했다고 한다. 헌공을 세 개씩 주더란다.

3시간이나 늦게 나타난 매니저는 되레 큰아이에게 "You are lucky."라고 말했다고 한다. 매니저는 "우간다 아버지들은 대부분 일찍 죽어버리는데 당신은 아버지와 골프까지 하니까 얼마나 행복하냐!"라고 덧붙였다는 것이다.

놀라운 광경은 골프채를 빌려서 골프장에 들어갔을 때 또 한 번 펼쳐졌다고 했다. 페어웨이에는 개가 다니고, 아주머니들이 커다란 대야를 머리에 이고 지나다니고 있었다. 더욱이 한 현지인은 긴 수염을 늘어뜨린 채 페어웨이 한 가운데에서 명상을 하고 있었다. 페어웨이에 있는 사람들이 맞지 않도록 알아서 피해서 공을 쳐야 한다는 의미였다. 남편은 이렇게 묘사했다. "그린은 페어웨이였고, 페어웨이는 러프였고 러프는 풀숲이었다. 그린은 잘 다듬어진 페어웨이가 아니라 붉은 흙이 드러나 있었다." 열대 아프리카에서 펼쳐진 큰아이의 '효도 골프'는 이런 추억을 남겼다. 지금도 부자(父子)는 툭하면 '온 더 로드'라고 하면서 웃는다.

'온 더 로드'를 말하면서 우리는 늘 엔테베 공항과 공항으로 가는 길에 대한 기억을 떠올린다. 우간다에 입국하면 엔테베 공항에서 우리를 픽업해서 여행까지 시켜주기로 한 녀석이 펑크를 냈다. 당초 공항에서 만나기로 하고 큰아이가 계약금까지 보내줬는데 우리의 도착 하루 전날 돌연 일방적으로 취소를 통보해 왔다. 결국 우리는 엄청나게 고생했고 겨우 다른 사람을 수소문해서 어렵게 음발레로 가야했다. 계약금은 나중에 돌려받기는 했다. 공교롭게도 우리를 골탕 먹인 운전기사를 출국할 때 엔테베공항에서 마주쳤다. 엔테베공항은 1970년대 이스라엘 특수부대가 유명한 엔테베 작전을 펼쳐 비행기 인질을 구출한 곳이다. 제주공항보다 작고 초라했다. 우간다는 국적기가 없는 나라다.

엔테베공항과 음발레를 잇는 큰길은 우간다의 동서를 가로지르는 길이다. 길에서는 차가 잠시라도 멈추면 젊은이들이 까맣게 달려들어 구운 닭 꼬치를 차안으로 쑥 들이밀면서 사라고 했다. 그들은 닭꼬치를 부챗살처럼 좍 펼쳐서 들고 있었다. 그 일대는 닭고기를 굽느라 마치 불이 난 듯 거대한 연기로 뒤덮였다. 창문을 열면 손이 마구 들어와 위험할 정도였다.

2. 스리랑카의 위제 선생님

"돈 필요하면 말씀하세요."

위제 선생은 남편이 스리랑카에 머무는 동안 남편을 지극 정성으로 '섬겼'다. 남편은 한국국제협력단(KOICA · 코이카) 봉사단원이었고 위제 선생은 현지 파견기관에서 직접 함께 일하는 파트너 겸 도우미인 코워커였다. 봉사단원은 코워커와 사이가 좋지 않아 힘들어하는 경우가 왕왕 있다고 한다. 한국에서 남편과 통화하면서 이야기를 들어보니 남편은 위제 선생에게 많이 의지하고 도움을 받는 모양이었다.

KOICA에서는 파견 교육 때 단원들에게 돈 있는 티를 내지 말고 아껴 쓰라고 강조한다고 했다. 왜냐 하면, 이리저리 도와달라는 부탁도 많이 받을 수 있는데다가 기본적으로 외국인은 돈이 있다고 인식되기 때문에 범죄의 타깃이 될 수 있기 때문이었다. 아닌 게 아니라 귀국 후에 제자로부터 돈을 빌려달라는 황당한 부탁이 날아오기도 했다.

남편은 조직의 가르침은 잘 따르는지라 스리랑카 생활 내내 몇 푼을 아껴가면서 생활했다. 가능한 한 택시는 타지 않았고 털털거리고 복잡한 일반버스를 이용했으며 심지어는 무더위에도 에어컨 버스조차 타지 않았다. 비싸다고 생각했다는 것이다. 에어컨 버스는 직행인데 요금이 일반버스의 2배였다. 외국인은 한 시간 이상

걸리는 여행에서는 거의 예외 없이 에어컨 버스를 이용했다.

파견기간 중 1년에 한번 가족이 한 달 간 방문할 수 있었다. 나는 스리랑카를 찾아가기로 했다. 내가 방문한다 했더니 위제 선생은 남편에게 "당신 마누라가 오면 여행도 다녀야 하고 돈이 들 테니 내가 돈을 좀 빌려줄까?" 하고 물었다고 한다. 위제 선생은 남편이 아주 가난하여 스리랑카에 와서 일하는 정도로 생각했던 모양이다. 외국인에게 돈을 빌려줬다가 못 받으면 어쩌려고…. 어쨌거나 고마운 위제 선생이다.

스리랑카로 떠나면서 선물을 바리바리 챙겨갔다. 남편으로부터 선물해야 할 명단을 받아서 사소한 것 하나라도 돌아갈 수 있도록 챙겼다. 위제 선생이 담배를 피운다기에 공항면세점에서 담배도 한 보루 샀다. 우리 어린 시절 양담배 한 갑이 큰 선물이었다. 그런데 담배 한 보루라면 만만치 않은 선물이다. 그 나라 담배 값은 우리나라의 3배 정도였다. 위제 선생의 부인에게는 미국 뉴욕 5번가에서 산 가방을 선물했다. 코스트코에서 먹을 것도 바리바리 챙겼다. 남편이 세 들어 사는 주인집에는 어린 손녀가 있기에 학용품도 챙겼다. 현지인들이 가장 좋아한다는 초코파이와 믹스커피도 준비했다.

뉴욕 아웃렛에서 위제 선생의 유명상표의 티셔츠를 샀는데 가격표에는 89달러라고 붙어있었다. 실제로는 20달러 안 되게 주고 샀다. 스리랑카 사람들은 모든 물건의 값을 궁금해 한다기에 가격표를 일부러 떼지 않고 그대로 선물했다. 당시 스리랑카 교사의 월급은 300~400달러 정도였다. 그런데 어쩐 일인지 내가 있는 한 달

동안 그 티셔츠를 한 번도 입지 않았다. 누굴 줬나? 마음에 안 들었나? 왜 안 입을까를 두고 우리 내외는 가끔씩 이야기하곤 했다. 그렇다고 본인에게 물어볼 수는 없었다. 궁금증은 나중에 한국에서 풀렸다.

'생불'(生佛)이시네요

위제 선생은 외동아들이다. 위로 누나가 넷이고 막내인데 태어나자마자 아버지가 돌아가셨다고 한다 공군에서 복무했고 그곳에서 배운 정비기술로 기능대학에서 자동차과 학생들을 가르쳤다. 콜롬보에서 비교적 가까운 시골에 사는데 집은 널찍했다. 제법 큰 코코넛 밭이 있고 부인은 미용실을 운영했다. 새 집을 짓기 전에 살았던 옛 집터는 지금은 작은 코코넛 밭이 되었고 딸이 시집갈 때 '지참금'으로 딸려 보냈다. 스리랑카에는 시집 갈 때 지참금을 가져가야 하는 풍습이 있다. 사위는 결혼하자마자 뉴질랜드로 유학을 갔는데 석사학위를 받고 취직해 그곳에 살고 있다. 딸은 코로나바이러스 사태로 발이 묶여 있다가 3년 가까이 지나서야 남편과 합류했다. 위제 선생의 부인 쪽도 자매만 5명이다.

내가 스리랑카에 머무는 동안 부인은 갖가지 반찬을 많이 만들어 보내왔다. 신기한 열대과일을 가장 잘 익은 시점에 따서 보내기도 했다. 위제 선생은 늘 자동차를 학교와 집의 중간쯤에 세워두고 친한 친구인 교사 사마라뚱가 선생의 오토바이를 함께 타고 왔다. 우리 집에 오는 반찬과 과일도 오토바이 뒷자리에 앉은 위제 선생의 배낭에 매달려 배달됐다.

위제 선생은 남편이 무슨 이야기든 말만 하면 다 들어주었다. 거의 대부분은 바로 전화해 해결해주었고 정 해결이 안 되는 것은 결과라도 반드시 알려주었다. 이 이야기를 들은 아들은 불교도인 위제 선생에게 '생불'(生佛)이라고 말했다. "어떻게 그 까탈스러운 우리 아빠의 비위까지 잘 맞출 수 있느냐!"면서 감탄했다. 위제 선생은 말없이 웃기만 했다.

나의 운전기사가 된 교장선생님

나는 남편이 봉사하는 동안 두 번 스리랑카를 방문했다. 가족은 1년에 한 차례씩 한 달간 머물 수 있도록 돼 있었다. 스리랑카는 '찬란한 섬'이라는 뜻인데 현지인들은 그냥 '랑카'라고 불렀다. 랑카로 떠나기 전에 남편으로부터 주의사항을 단단히 들었다. 공항에서 짐을 들어주겠다거나 하면 반드시 돈을 요구하니 주의하라는 얘기였다. 비행기에서 내려서 수화물을 찾으러 갔더니 수많은 사람들이 있었지만 외국인은 나밖에 없어서 모두들 나를 일제히 바라보았다. 짐을 실으려고 카트를 찾았으나 어디 있는지 알 수 없었다. 초행길이라 짐이 많았다. 주춤주춤 두리번거리는데 근사해 보이는 신사가 다가와서 친절하게 "마담, 도와드릴까요?"라고 했다. 순간 남편의 당부를 잊고 카트가 어디 있느냐고 물어봤다. 그는 성큼성큼 앞서 걷기 시작했다. 그렇게 찾아도 보이지 않던 카트를 어디선가 구해 와서 짐을 싣고 출구 쪽으로 향했다. 순식간에 벌어진 일이었다. 얼마쯤 밀어주는 척 하더니 카트를 내게 넘기며 손을 쓱 내밀었다. 수고비를 달라는 뜻이었다. 그제야 나는 '아차' 했다. 돈까지 지불할 정도로 도움이 필요했던 것은 아닌데…. 1달러를 주었다.

　입국 심사를 받기 위해 담당자 앞에 섰다. 직원은 손가락을 하나 세우면서 "원 달러."라고 말했다. 사전에 이야기를 들은 터라 말없이 1달러를 건네고 비자를 받았다. 과거에는 한중일 사람들에게 돈을 요구했는데 일본인들은 강하게 항의하고 시끄럽게 해서 포기하고 이젠 한국인과 중국인들에게만 요구한다고 들었다. '원 달러'에 얽힌 뒷얘기를 듣고 보니 측은한 생각도 들었다. 담당자는 그 보직을 차지하기 위해 엄청난 돈을 쓴다는 것이었다. 개발도상국의 씁쓸한 모습이었다.

　수속을 마치고 밖으로 나와 보니 의외로 대합실은 사람이 별로 없고 한산했다. 세 사람이 마중 나와 있었다. 와라카폴라 기능대학의 자야위크라마 교장선생님과 위제 선생, 남편이었다. 교장선생님이 자기 차를 몰고 두 사람을 태워서 2시간 넘게 달려온 것이다. 팻말에는 한글로 '환영', 싱할라어로 '필리가니무', 영어로 '웰컴'이라고 세 언어로 환영한다는 글이 내 이름과 함께 쓰여 있었다. 큰 푯말을 들고 서 있는 이는 교장선생님이었다. 공항대합실 문밖을 나서는 순간 사람들이 구름처럼 새까맣게 몰려 있었고 일제히 출입문을 바라보고 있었다. 스리랑카에서 공항대합실 안으로 들어오려면 입장권을 사야 한다. 입장권은 우리 돈 1만 원 정도로 아주 큰돈이었다. 그래서 많은 사람들이 들어오지 못하고 청사 밖에서 떠나보내고 맞이하고 하는 바람에 청사 밖이 북새통이었던 것이다. 우리가 짐을 교장선생님 차에 싣는데 한 현지인이 다가와 도우려 했다. 나는 강하게 저지했다. "돈트 터치, 플리즈!"(Don't touch, please!) 한번 당하지 두 번은 안 당한다.

차는 2시간을 달려와서 남편 숙소에 짐을 내려놓고 나는 빠른 속도로 옷을 갈아입고 그 학교 스리말 선생의 결혼식에 갔다. 교장선생님은 결혼식 참석을 앞두고 새벽 시간을 쪼개어 나를 픽업하러 공항에 오신 것이다. 역시 교장선생님 차를 타고 1시간 넘게 달려서 예식장으로 갔다. 이날은 신랑 쪽 결혼식이라 파티가 위주였다. 도착하자마자 음식을 먹고 나니 현지인들이 춤을 추자고 해서 함께 춤을 추었다. 먹고 춤추는 것은 스리랑카 사람들의 중요한 문화였다. 교직원들은 내가 당시 한국은 한겨울이라 영하 17도의 강추위라고 했더니 상상조차 안 된다는 표정을 지었다. 교장선생님은 파티가 끝난 뒤 우리를 집까지 데려다 주고 되돌아갔다. 새벽 5시경 집에서 출발해 남편을 싣고 공항에 와서 다시 집에 갔다가 결혼식장에 갔고 끝난 뒤 다시 우리를 집으로 데려다 주고 갔으니 15시간 정도 운전으로 봉사하신 셈이다. 남편은 지금도 늘 그 교장선생님 이야기를 한다. 교장선생님의 부인을 위해 파우치와 별도의 선물을 전달했다.

전 부치는 냄새가 교정에 진동하다

와라카폴라 기능대학에서 나는 선생님들과 교직원 전원을 대상

학교 강당에서 펼친 전부치기 쇼.

으로 파티를 열었다. 우리나라의 전을 알려주려고 손바닥 크기의 전을 순한 맛과 매운맛 두 가지로 부쳤다. 학교의 강당 하나를 통째로 써서 초코파이를 보게 좋게 진열하고 준비해간 구절판에는 갖가지 견과류와 과자로 색깔을 맞춰 넣었다. 차 종류로는 현지인들이 마시는 홍차와 한국의 믹스커피를 준비했다. 옆에는 물론 그들이 좋아하는 설탕을 수북하게 담은 그릇을 여러 개 놓았다. 마음 껏 퍼갈 수 있도록. 그 사람들은 믹스커피에도 설탕을 무지 많이 넣어서 마셨다.

전의 대부분은 집에서 미리 구워서 준비하였다. 밀가루와 찹쌀가루를 섞고 그들이 좋아하는 야채를 썰어 넣어서 다양한 크기와 맛으로 몇 차례 연습했다. 전을 부치는 과정도 보여주고 싶어서 휴대용 가스버너를 구하려고 알아봤다. 위제 선생도 이리저리 한동안 알아보았지만 뾰족한 방법이 없는 듯했다. 결국에는 이 문제 역시 위제 선생이 해결했다고 연락이 왔다. 막상 현장에 가보니 가스탱크가 딸린 식당용 버너가 놓여 있었다. 기겁을 했다.

시간이 되어 교직원들이 속속 모여들었다. 미리 전을 부치기 시작했기 때문에 냄새가 온 학교에 퍼졌을 터였다. 여직원과 교사들은 내 주위에 둘러서서 전 부치는 모습을 신기하게 바라보았다. 1m가 넘는 바나나 잎 2개를 펼쳐놓고 그 위에 집에서 미리 준비해간 전을 전시했다. 바나나 잎의 선명한 녹색과 알록달록한 전이 조화를 이루어 근사한 잔칫상이 차려졌다. 제법 그럴싸했다. 오시는 대로 자유롭게 드시라고 했으나 그들은 멀찍이 서 있기만 했다. 드디어 교장선생님이 도착했고 정식행사를 시작했다. 교장선생님의 인사말에 이어 내가 "와 줘서 고맙다. 여러분 덕분에 남편이 여기서 잘 지낼 수 있게 됐다."라고 영어로 인사말을 했다. 한 여교사가 이 파티를 열어줘서 고맙다고 거듭 인사했다. 손님들이 줄을 서서 전 하나, 초코파이 하나, 바나나 하나, 너츠와 과자를 하나씩 집어서 접시에 담은 뒤 서서 먹었다.

잔치가 끝난 뒤에 보니 개인 접시가 모자라서 음식을 진열했던 바나나 잎을 모두 뜯어서 쓰는 바람에 긴 바나나 줄기만 앙상하게 남아 있었다. 지금까지 봉사단원 중에 이런 종류의 행사를 한 것은 처음이라고 했다. 행사 후에 우리 집에 선생들 여러 명이 온 적이 있는데 그들은 전을 어떻게 만들었느냐고 물었다. 나는 "밀가루와 찹쌀가루를 섞어서 만드는데 그 비율은 영업비밀이라 알려줄 수 없다."라고 농담했다.

스리랑카로 갈 때 파우치를 여러 개 만들어 가서 교직원들에게 하나씩 돌렸다. 사람들이 다들 좋아했다. 위제 선생이 나중에 그들의 반응을 전해왔다. 다들 "너무 고맙다. 말이 통하면 이야기를 좀 했으면 좋겠는데 말이 안 통하니….."라고 아쉬워했다는 것이다. 파우치를 받은 한 교직원이 감사의 표시로 열대과일을 손질해 그릇에 담아서 내게 갖다 주었다.

랑카 할머니의 길 가르쳐주기

매주 수요일과 토요일에는 마을의 새로 지은 넓은 시장에 장이 섰다. 우리식으로 말하면 시장을 시내 중앙통의 좁은 곳에서 널찍한 곳으로 옮겨놓았다. 시장과 집의 거리가 제법 됐기에 장을 본 물건이 많을 때에는 택시를 이용했다. 여기서 말하는 택시는 '툭툭'이다. 한번은 툭툭을 타고 행선지를 얘기했는데 운전사가 들은 체도 안 하고 시동을 걸더니 냅다 달리기 시작했다. 못 들은 줄 알고 목소리를 높여서 행선지를 다시 이야기했다. 그래도 돌아보기는 커녕 대꾸도 없었다. 갑자기 불안해졌다. 혹시 엉뚱한 곳으로 가는 게 아닐까. 바가지요금? 긴장했는데 가는 방향을 보니 우리 집으로 가는 게 맞기는 맞았다. 정말 신기하게도 요리조리 우리 집 가까이로 가는 것이었다. 집 근처에서 저 집이라고 말하려는 찰나 운전사는 핸들을 확 하고 꺾더니 집 마당까지 쑥 들어가 버렸다. 운전사는 내가 어디 사는지 다 알고 있었다.

남편이 머물던 와라카폴라의 인구는 12만 명이다. 중심가는 우리의 옛날 시골 읍 같은 분위기다. 사람이 별로 많지 않아 보이는 것은 대부분의 사람들이 시골에 흩어져서 살기 때문이라고 했다. 그 도시 전체에는 외국인이 남편 한 명뿐이었는데 내가 방문하는 바람에 2명이 된 것이다. 사람들 모두가 우리가 어디에 사는지 다 알고 있었다.

　하루는 큰길가에 있는 나름 도심으로 갔다가 길을 잃었다. 기억이 안 나서 세 갈래 길에서 머뭇거리는데 할머니 한 분이 한 쪽으로 가고 계셨다. 나는 그쪽에 우리 집이 있겠거니 하고 할머니를 따라갔다. 갑자기 할머니가 냅다 손을 휘저으면서 내게로 달려왔다. 깜짝 놀라 뒤돌아서서 한참을 뛰다시피 가다가 돌아보니 할머니가 가던 길을 다시 가시기에 더 멀찍이 떨어져 뒤따라갔다. 할머니가 또 돌아서 다가왔다. 놀라서 다시 뒷걸음질 쳤다. 이때 할머니가 멀리서 다른 길을 가리키며 손짓을 했다. 그제야 할머니의 뜻을 알아차렸다. 방향이 서로 달랐던 거다. 우여곡절 끝에 집을 무사히 찾았다. 몸으로 길을 막아가면서까지 길을 가르쳐주신 할머니. 파우치도 하나 못 드렸다. 고맙다고 인사라도 할 걸.

　남편은 내가 만들어서 보낸 파우치를 학생들 가정방문용으로 잘 썼다. 가정 방문 때마다 학생의 어머니에게 "우리 집사람이 만든 거"라면서 파우치를 선물했다. 어떤 집에서는 학생의 어머니가 바느질하는 사람이었다고 했다. 그 이야기를 듣고 나는 남편에게 "그렇다면 그 '프로'가 내 바느질 수준을 알면 곤란할 텐데…."라고 농담했다.

"장가가세요"

스리랑카에는 무슬림도 10% 정도 산다. 싱할라족 불교도가 70%로 다수고 13% 정도가 인도계 타밀 사람들로 힌두교도다. 남편은 무슬림과도 친분을 쌓기 위해 이슬람 명절이면 동네 이슬람사원(모스크)에도 들렀다. 한두 차례 동네 모스크를 방문해 친해진 이맘(성직자)이 남편을 집으로 초대해 갔더니 남편에게 무슬림 여성에게 를 들라고 권했다고 한다. 남편이 결혼했다고 하니까 이맘은 아무 문제없다고 했단다. 무슬림은 아내를 4명까지 둘 수 있는데 바로 이맘이 이를 허가한다는 것이었다. 신자들의 집안 사정을 잘 아는 이맘이 남자 쪽 경제력 등을 고려해서 허가를 하면 관공서에서는 그냥 호적에 올려준다는 것이다.

싱할라족 불교도나 힌두교도들은 그렇게 할 수 없었고 경비를 부담해서 정부 관리를 결혼식장에 오게 하거나 신랑신부가 관공서에 가서 결혼신고 절차를 밟아야 했다. 이들은 중혼이 금지됐다. 무슬림은 예외였다. 한 나라에 모순되는 두 가지 법이 공존했다. 이맘의 눈에는 남편이 아내 4명에게 재산을 골고루 나눠줄 만큼 부자로 보였나? 아무튼 남편이 한국에 와서 사람들에게 이야기할 때 이 경험담은 절대 빼놓지 않고 무용담처럼 늘어놓는 것을 보면 아마도 이맘의 권유가 마음에 들었던 모양이다.

남편은 이맘과 무슬림 신도회장 등 신세를 진 세 집에 파우치를 갖다 주러 갔다. 한낮인데도 이맘과 신도회장 집에서는 문을 열어주지 않았다. 분명히 안에 사람들이 있을 텐데. 외간남자가 와서 그랬나 보다. 대신 무슬림인 툭툭이 기사를 만나서 전달했단다.

남편의 귀국을 한 달 앞두고 스리랑카에 테러가 발생했다. 성당 6곳과 콜롬보의 특급호텔 2곳 등 8군데에서 부활절에 동시다발 테러가 일어났다. 당일에만 260여 명이 사망했다. 남편을 비롯한 봉사단원들이 가끔씩 회식을 했던 호텔의 식당도 테러현장이었다. 무슬림이 뉴질랜드에서 기독교도들이 무슬림에 대해 벌인 폭력에 대한 보복이라는 것이었다.

나는 이 뉴스를 한국에서 TV로 봤다. 용의자가 살고 있는 집과 동네라고 비추는 곳이 내가 늘 다니던 곳과 너무나 비슷했다. 제법 큰 개울이 있고 다리를 건너 번듯한 집들이 있는 동네를 비췄다. 내가 시내를 다닐 때 늘 지나던 길이었다. 비로 떠내려가서 새로 만든 동네의 다리까지. '아, 스리랑카에서는 모든 동네가 다 내가 머물던 곳과 비슷한가 보다' 생각하고 무심히 지냈다. 나중에 남편의 설명을 들으니 바로 그 길이 내가 다니던 길이고, 나는 용의자의 집 앞을 매일 지나다닌 것이었다. 그 집은 콜롬보 호텔 테러 용의자 여러 명 중 한 사람의 집이었다. 남편은 그 용의자의 얼굴을 모르지만 용의자는 남편을 잘 알았을 것이 분명하다. 그곳에는 약 300가구의 무슬림이 있는데 남편은 동네 무슬림이 다 모이는 이슬람 명절에 모스크에 두 차례나 찾아갔기 때문이다.

아무튼 남편은 10일간 집에 갇혀 있다가 귀국 예정일보다 열흘 일찍 한국에 돌아왔다. 위제 선생은 남편의 송별식을 정성을 다해 거창하게 준비했으나 순식간에 날아가 버렸다.

'고스트 하우스' 같은 공무원 연수원

두 차례 방문에서 스리랑카 곳곳을 여행했다. 스리랑카는 면적이 남한의 3분의 2 크기이고 인구는 2,200만 명 정도로 우리의 절반에 조금 못 미친다. 랑카에 머무는 동안 기차로 고산지대인 누와라엘리야의 차밭 동네를 여행한 것이 기억에 남는다. 영국인들이 식민지 시절에 일군 차밭이었다. 차밭에는 인도에서 노동자로 건너온 타밀사람들이 찻잎을 따고 있었다. 그들이 찻잎을 따는 것을 구경하다가 실제 차밭에 들어가 보았다. 밑동은 고목인데 높이는 우리 무릎 아래 정도에 불과했다. 키가 작은 타밀족이 찻잎을 따기 좋은 높이로 나무를 길러놓았다는 거였다.

한번은 위제 선생이 스리랑카 공무원 연수원 생활을 경험해보지 않겠느냐고 제안했다. 기차를 타고 중부 고원지대 시원한 곳에 있는 연수원으로 갔다. 어마어마하게 규모가 큰 집이었고 집 가운데 중정이 있었다. 긴 회랑에는 고풍스런 의자들이 놓여 있었다. 우리가 묵은 침실은 느낌상 '80평에 침대 하나'가 놓여있는 것 같았다. 연회장 홀로 쓰이던 곳에 침대를 갖다 놓았나? 이곳은 옛날 식민지 시절 스리랑카 섬을 가로지르는 철도를 건설할 때 철도회사 간부의 저택이었다고 한다. 관리인은 가족과 함께 옆에 있는 작은 집에서 살고 있었다. 공무원 모임도 열리고, 공무원 가족이 싸게 이용할 수 있는 복지시설이기도 했다. 우리 외에 다른 손님이 없어서 우리는 큰 집을 통째로 썼다. 부엌에서 요리도 해 먹었다. 집, 수많은 방과 거실, 부엌 등이 모두 고루고루 낡아서 거의 폐가 같은 분위기였다. 우리는 고스트하우스(유령의 집)라고 불렀다. 그곳에서 걸어서 몇 분 거리에는 스리랑카 육군사관학교가 있었다.

여기서 그리 멀지 않은 곳에 사는 위제 선생 친구를 만났다. 그는 자신의 작은 봉고차로 우리를 데리고 다녔는데 그 차가 예술이었다. 속도표시판을 비롯해 계기판이 하나도 없었다. 실내등도 없었다. 앞 유리를 제외하고는 창문은 합판으로 적당히 막아 놓았고 문짝도 너덜너덜했다. 한데 차가 달리자 출입문이 슬금슬금 열리기 시작했다. 내가 기겁을 하고 바로 닫았으나 손을 떼니 다시 슬금슬금 열렸다. 할 수 없이 손으로 문을 꼭 잡고 있었다. 이 양반도 자동차과 교사라 정비를 잘하기 때문에 엔진 등에는 문제가 없다고 했다. 사실 위제 선생이 "내 친구 차가 좀 낡아서…."라고 계면쩍은 표정을 짓긴 했었다. 그렇지만 그 정도일 줄은 몰랐다. 고택과 고물차 두 가지는 오래도록 머릿속에 남아 있다.

마을은 집집마다 코코넛을 비롯해 갖가지 열대나무기 하늘을 찌를 듯 솟아있었고 특히 바나나 나무가 곳곳에 무심한 듯 심어져 있었다. 바나나 나무라고 하면 거대한 농장에 있는 걸로 생각하던 나는 어릴 적 우리가 자라던 마을의 살구나무 앵두나무 같이 동네 여기저기에 심어져 있다는 게 이채로웠다. 바나나는 1년생 풀이지만 나는 그냥 나무라고 부르기로 했다. 바나나 종류가 수십 가지나 됐다. 이름도 다 달랐다. 손님이 오면 내어놓는 비싼 것부터 싼 대중적인 바나나에 이르기까지. 나는 바나나를 케셀로 통칭한다는 것과 제일 비싼 게 '콜리쿠투', 익어도 초록색인 것이 '앰붕'이란 정도밖에는 종류별 이름을 기억하지 못한다.

마을 시장에 들어서면 가끔씩 한국말로 "안녕하세요."라고 하는 상인들이 있었다. 이들은 어김없이 한국에 외국인 노동자로 왔다가 돈을 벌어간 사람이었다. 어디에 있었느냐고 물으면 전국의 지명을 댔다. 한국에 있을 때 사장님이 잘 대해줬냐고 물으면 모두들 너무 고마웠다고 했다. 그들은 외국에서 돈을 벌어 좋은 집을 짓고 가게 하나 차리는 것이 가장 큰 꿈이었다. 가끔씩 새 집을 짓는 공사장이 분명한 곳에서 빨래가 날리는 것이 보였다. 방 한 칸이 지어지면 일단 들어가서 살면서 몇 년에 걸쳐 집을 완성하는 것이었다.

옛날 우리나라에서 외국인 노동자로 나가서 돈을 벌어 부모와 형제자매를 먹이고 공부시키던 때가 생각났다. 내 친척 오라버니 한 분은 월남인가 중동인가에 가서 일하고 전축을 사왔다. 당시 마을의 유일한 신문물이어서 벽장에 전축을 설치하고 문을 잘 닫아두었다가 손님들이 오면 자랑스레 보여주던 기억이 난다. 그러나 전축에서 나는 소리는 한 번도 들어보지 못했다. 또 학교 다닐 때 친구 중 한명은 언니가 독일에 간호사로 가서 한국으로 보내온 선물 중에 책가방보다 더 큰 가죽 앨범이 있었다. 친구는 그 무거운 것을 학교로 들고 와 자랑하면서 자기도 간호사가 되어 독일에 갈 거라고 얘기했다. 친구는 간호과에 떨어졌고 독일 행은 꿈으로 끝나고 말았다.

남편이 세 들어 사는 집 주인 아주머니는 내가 방문하자 키리밧을 해줬다. 키리밧은 코코넛 열매에서 나오는 우유로 밥을 하는 것이다. 우리식으로 말하면 떡에 해당한다. 손님에게 키리밧을 만들어준다는 것은 옛날 우리나라에서 귀한 손님이 오면 떡을 해서 대접하는 것과 비슷하다. 스리랑카 사람들은 명절이나 잔치, 파티 때 키리밧을 만들어먹는다.

하숙집의 남편 도시락 배달

내가 스리랑카를 두 번째 방문했을 때에는 사돈 내외분도 함께 갔다. 남편 자취방은 사돈 내외분이 쓰도록 하고 우리는 남편이 이 곳에 처음 왔을 때 하숙하던 집에 가서 열흘 간 살았다. 주인은 동네에서 유일하게 '마담'이라고 부르는 여성이었다. 주인 프린시 마담은 흔쾌히 우리에게 그냥 묵으라고 했다. 마담은 드물게도 대학을 나온 여성이었고 별채를 지어 예식장 겸 파티장소로 대여하는 '윈디 네스트'를 운영하고 있었다. 당시에는 친정아버지와 이모를 모시고 있었고 아들은 호주 유학 중이었다. 결혼한 쌍둥이 딸 가운데 한 명은 호주에 살고 있었다. 내가 처음 방문했을 때에는 마담이 호주에 있었는데 집안의 일하는 여성에게 "그분들 잘 모시라." 라고 해서 우리는 식사대접을 잘 받았다.

프린시 마담은 영어도 잘하고 비즈니스도 잘했다. 집에는 일을 도와주는 여성이 두 명 있었다. 한 사람은 시아버지의 수양딸로 함께 살면서 가사를 맡아서 했고 다른 할머니 한 분은 타밀 사람으로 이웃 동네에 살면서 출퇴근했다. 할머니의 주된 일은 부잣집에서 반려동물처럼 기르는 소를 풀밭에 매어놓았다가 저녁에 몰고 오는 것이었다. 남편이 한 달간 하숙할 때 프린시 마담은 점심시간에 일하는 분들에게 "선생님께 도시락을 학교로 배달하라."라고 당부했다. 그래서 매일 따뜻한 식사가 학교에 배달됐다. 남편은 황망해서 "제발 이러지 마시라."라고 부탁해서 그만두게 하고는 집으로 점심을 먹으러 갔다고 했다. 그래도 어떤 때에는 도시락을 들고 와서 위제 선생이나 옆 교실 선생님에게 맡겨놓고 가곤 했다는 것이다. '손님에게는 따뜻한 음식을 대접해야 한다.'는 게 마담의 당부였다고 한다. 나는 마담에게는 파우치와 함께 한국에서 사간 한국 화장품을 선물했다. 또 우리가 인도 여행을 다녀오는 길에 인도 사리도 한 벌 사다 드렸다. 프린시 마담은 가끔씩 인도 여행도 했고 딸과 아들이 있는 호주에 다녀오기도 했다. 친척이 있는 미국 로스앤젤레스에도 다녀온 적이 있다. 와라카폴라 기능대학에서 영어를 가르치는 여교사 3명 중 아무도 외국에 나가 본 적이 없다는 점에 비춰 아주 특이한 아주머니였다.

사돈 내외분도 결혼식 하객으로 참석

나의 두 번째 스리랑카 방문에 사돈 내외분이 동행한다니 사부인의 친구들은 "무슨 열흘씩이나 사돈과 한 집에 사느냐?"면서 "그러다가 사돈들 사이가 나빠지는 게 아니냐?"라고 걱정했단다. 사돈 내외분과 함께 방문했을 때 위제 선생 딸 결혼식이 있었다. 사실 내가 갔을 때 결혼식이 열린 게 아니라, 사전에 다 조율해서 적시에 방문한 것이었다. 위제 선생은 택일하기 전에 계속 나에게 언제 스리랑카에 올 수 있느냐고 열 번도 더 묻고 다짐했었다. 스리랑카에서는 결혼식에 정식으로 초대되지 않으면 갈 수 없다. 사돈 가족도 자기 쪽 결혼식에 초대할 대상이었다. 위제 선생 딸 결혼식은 한국으로 치면 고급호텔에 해당하는 식장에서 열렸는데 콜롬보 북쪽 도시 미가무와(영어 명 네곰보)의 해변에 있었다. 서양식 결혼이었지만 전통혼례를 약간 섞어 놓은 형태로 진행됐다. 신랑은 양복을 입었고 신부는 드레스를 입었지만 전통북춤과 함께 식이 시작됐다. 댄서들은 요란한 장식이 달린 모자를 쓰고 전통 북 게타베라를 치면서 베스댄스를 추었다. 베스댄스는 중부 고원지대인 옛 왕조의 수도 캔디의 전통춤 가운데 대표적인 춤이다. 사장어른은 비디오로 결혼식의 전 과정을 촬영해 신부가족에게 넘겨주었다.

스리랑카에서는 여자 측과 남자 측에서 각각 결혼식을 한다. 결혼식 주관 측에게는 상대 사돈에게 미리 '사돈 가족은 몇 명을 초대하겠다.'고 알려준다. 보통 30~40명을 사돈에게 할당한다. 사돈 쪽의 몫으로 초대된 손님은 '무료하객'으로 부조를 하지 않는다. 신부 쪽 결혼식이 '진짜' 결혼식이고 신혼여행 뒤에 신랑 쪽에서 하는 결혼식은 예식은 없이 하객을 초대해 파티를 여는 식이었다. 위제 선생 딸의 결혼식에 우리 사돈 내외분이 함께 가는 것은 아무 문제가 없었다. 며칠 뒤 열리는 신랑 측 결혼식이 문제였다. 우리 사돈은 초청 대상이 아니어서 신랑 측 결혼식에 참석할 수 없었다. '참가 T.O.'가 없어서 사돈 내외분은 따로 집에 계시도록 다 조치해 놓았다. 위제 선생도 어려운 자기 사돈댁의 일이라 별도리가 없었다. 신부 쪽 결혼식이 끝나고 피로연 도중에 신랑이 우리 테이블로 따로 다가와서 "우리 쪽 결혼식에 선생님 사돈 부부도 꼭 함께 오시라."라고 정식으로 초청함으로써 문제가 해결됐다.

가얀카-랑기 커플의 결혼식. 사돈 내외분과 자야위크라마 전 교장도 참석했다.

위제 선생 딸 랑기 양의 결혼식은 서양식이었지만 전통의 베스댄스로 시작됐다.

　야외 식장에서 결혼 예식을 거행한 뒤 실내로 옮겨 연회가 시작
됐다. 신랑신부가 연단에 앉아 있으면 하객은 각 테이블에 앉아 있

다가 다가가서 사진을 같이 찍고 얘기도 나눴다. 나는 준비해간 한복을 입고 참석했다. 예식장 주차장에서부터 같이 사진을 찍자는 사람이 여럿이어서 기꺼이 모델이 되어 주었다. 예식 도중에도 많은 사람들이 같이 사진을 찍자고 다가왔다. 식사는 뷔페여서 줄을 서서 음식을 가져가려고 하니까 식장의 한 직원이 끝까지 따라다니면서 이것은 어떤 음식이라고 설명해주었다. 나에게만. 한복 덕이었나?

여자 하객들은 엄청나게 화려하게 치장하고 왔다. 대부분은 사리를 입고 왔는데 그렇게 다양한 색깔과 문양은 처음 보았다. 까무잡잡한 그들의 피부와 사리의 색이 환상적으로 어울렸다. 남편은 허리가 드러나게 입은 옷은 스리랑카 전통의 '웃사리야'이고, 허리까지 다 감기도록 입은 것은 인도 방식의 '사리야'라고 설명해 주었다. 내 눈에는 다 그게 그거였다. 스리랑카에서 결혼식 택일은 철저하게 사주를 봐서 하는데 일단 가족만 알고 청첩장을 보낼 때까지는 비밀에 부치는 전통이 있었다.

사돈 내외분과 밴을 대절해서 관광을 다녔다. 옛 싱할라 왕조의 수도인 캔디에 갔다가 근처에 노리다게 도자기공장이 있다기에 안사돈들이 급 관심이 생겼다. 공장에는 약간의 흠집이 있는 B급 상품의 할인매장도 있었다. 직원들은 하자가 있는 곳을 구체적으로 알려주었다. 사부인은 식기류 일체를 샀다. 사장어른이 찻잔세트를 사고 싶어 했으나 사부인의 반대에 부딪혔다. 이튿날에도 계속 사장께서 찻잔에 대한 미련이 남아서 안타까워하시기에 일정을 변경하여 만원 버스를 타고 몇 시간 걸려 다시 도자기공장을 방문했다.

기존 일정은 취소해 버렸다. 어차피 관광은 내 하고 싶은 것을 하는 게 아닌가. 훗날 위제 선생이 방한했을 때 서울의 사돈댁에 초대돼 갔다. '문제'의 찻잔과 그릇이 식탁에 등장했다. 어휴, 그놈의 노리다케! 요즘도 사돈끼리 만나면 그때 이야기를 하면서 즐겁게 웃는다.

"드림 와게"

위제 선생은 코이카 봉사단원 수발을 10년 정도 했다. 단원들이 와라카폴라 기능대학에 처음 파견되던 시절부터 코워커를 맡아왔다. 기능대학, 우리 식으로 말하면 폴리텍의 어지간한 교사들은 KOICA 초청으로 한국의 폴리텍에 와서 3개월 교육 받고 구경도 하고 가는 것으로 보였다. 실제로 그 학교에도 교장을 비롯하여 상당수 교사들이 한국에 다녀갔다. 한국이나 코워커와 관련된 업무를 했었느냐 하는 것과는 아무 상관이 없었다. 위제 선생의 경우 군에 있다가 교사가 된 탓에 처음에는 경력이 짧아서 한국에 못 왔다고 했고 나중에는 나이가 많아서 거절당했다고 한다. 한국에 초대받을 운은 영 아니었던 모양이다.

사실상 봉사단원에게 헌신적인 사람은 위제 선생밖에 없었다. 나는 남편에게 우리가 초청하자고 했고 직접 초청했다. 그 양반은 "5일 정도면 구경이 충분하지 않겠느냐?"라고 했다. 나는 "한국을 보려면 그 정도로는 어림없다. 적어도 열흘은 있어야 한다."라고 강력하게 말했다. 그 양반은 스리랑카에서 나름 먹고 살만 하기에

'한국이 잘 산다고 해도 그저 뭐 조금 더 잘사는 정도겠지.' 정도로 생각하는 눈치였다. 우리의 형편이 넉넉지 않다고 보았는지 너무 폐를 끼치면 안 된다고 생각하는 듯했다. 여행경비를 걱정하기에 왕복비행기 값, 기념품과 선물비용은 당신이 부담하고 나머지는 내가 해결한다고 했다. '위제 선생이 이런 일을 하고 이런 업적이 있으며 모든 것은 내가 책임지겠다.'고 남편이 초청장을 보냈다. 부부를 함께 오라고 했지만 만만찮은 여행경비 때문에 부인은 두고 홀로 한국에 왔다.

위제 선생이 인천공항에 도착하던 날 우리는 환영 팻말을 정성스레 만들어서 흔들었다. 팻말에는 한글과 스리랑카의 싱할라어를 함께 적었다. 작은아들이 차를 가지고 나와서 올림픽대로를 달리는데 위제 선생이 서울의 야경을 보더니 "이건 열흘이 아니라 1년을 관광해야 할 것 같다."라고 첫 소감을 말했다.

'스리랑카에서 내가 선물했던 폴로셔츠를 왜 안 입었을까' 하는 궁금증이 마침내 풀렸다. 위제 선생은 우리 집에 들어서자마자 그 옷을 꺼내 입고는 한없이 쓰다듬었다. 모셔두었던 옷을 외국 나들이에서 처음으로 입어본 것이다! 그는 자랑하듯 말했다. "스리랑카에 진짜 폴로티셔츠는 이것 하나밖에 없을 걸."

일단 서울 구경에 나섰다. 코엑스를 거쳐 근처에 있는 봉은사로 갔다. 큰 도로변에서 절의 정문이 보이자 위제 선생은 신발을 벗을 준비부터 하면서 "어디서부터 신발을 벗어야 하느냐?"라고 진지하게 물었다. 그렇지! 불교국가인 스리랑카에서는 누구나 절에 가면 입구에서부터 신발을 벗고 다녀야 한다. 내가 "여긴 한국이니까 그럴 필요가 없다."라고 했더니 그 양반은 고개를 갸우뚱했다.

여행 계획을 세우던 중 위제 선생은 KTX를 타보고 싶다고 했다. 그거 비싸다고 농담하니까 당장 그럼 빼자고 했다. 막상 서울역에서 KTX를 타기 전에 서 있는 기차를 배경으로 사진을 여러장 찍었고 좌석에 앉자 연신 싱글벙글했다. 짧은 거리를 타보자고하고 진부까지 가서 월정사를 구경했다. 역시 싱할라족 불교도라절에 가니 경건해졌다. 실은 나도 그때 KTX를 처음 타봤다. 자동차가 있으니 차로만 다녔지….

때는 10월 하순이라 오대산의 나무 일부는 벌써 낙엽이 져서 앙상한 모습을 한 것들도 있었다. 위제 선생은 그 나무를 보고 "아까운 나무가 죽었다."라면서 안타까워했다. 죽은 게 아니라, 봄이 되면 잎이 다시 돋아난다고 했더니 아주 신기해했다. 항상 정글로 뒤덮인 열대지방에서 온 분이라 그게 그렇게 신기했던 모양이다. 오대산 단풍은 그래도 상당부분 남아 있었고 관광객도 많았다. 그 여행이 인상 깊었던지 그 양반은 이후에도 오래도록 진부라는 이름을 또렷이 기억했다.

사돈 내외분은 위제 선생을 한강변의 근사한 레스토랑으로 초대해 점심을 대접했다. 또 집으로도 초대해 맛있는 저녁도 차려주었다. 이때 사부인은 남편이 찍은 위제 선생 딸 결혼식과 우리들의모습을 직접 편집해 책으로 만들어 위제 선생에게 선물했다. 위제선생은 스리랑카 최고 브랜드의 찻잔 세트를 양쪽 집에 선물했다. 저녁식사 뒤 우리는 한강변 카페에서 차를 마셨다. 전에 이곳 카페야경 사진을 보냈더니 위제 선생이 가보고 싶다고 했던 바로 그곳이었다.

위제 선생은 연세대 의대 한광협 교수의 연구실을 방문했을 때 세브란스병원의 규모와 시설에 입을 다물지 못했다. 한 선생님은 위제 선생에게 저녁식사를 대접했고 아껴두었던 술도 내놓으셨다. 나도 이런 자리에 덩달아 어울려 다니면서 즐거워했다. 남편이 스리랑카에 있을 때 한 교수님이 휴가를 맞아 놀러오셨고 위제 선생이 극진히 대접했다는 것이다. 내과전문의인 한 교수는 간암 분야에서 세계 최고였다. 한 선생님은 와라카폴라 기능대학의 교사 및 교직원 전원과 학생들을 대상으로 특강을 했다. 남편은 세계적 권위자의 강연을 들을 기회를 주고 싶어서 한 선생님께 부탁했고 위제 선생이 나서서 성사됐다고 한다. 위제 선생은 한 선생님을 자기 집은 물론 처제 집까지 모시고 갔는데 처제 집에서도 코리아의 유명 의사가 왔다고 동네 사람들이 몰려들어 한 선생님은 '무료진료'까지 해 주었다. 한 선생님은 정년퇴직 후 보건의료연구원장에 취임했다.

위제 선생이 우리 집에 머무는 동안 남편의 책 출판 기념회도 있었다. 스리랑카의 민속과 문화 등을 취재해 쓴 책 '제가 스리랑카에서 살아봤는데요'였다. 한 음식점에서 옛 남편회사의 후배들 및 출판사 관계자 등 지인들과 저녁식사를 하고 근처 맥주집의 야외에 앉아서 맥주를 마셨다. 그는 "드림 와게."('꿈을 꾸는 것 같다'는 뜻)라고 여러 번 말했다.

위제 선생은 남편보다 앞서 봉사단원으로 근무했던 두 사람을 서울에서 만나기로 했다. 두 사람은 스리랑카에서 사귀어 결혼을 앞두고 있었다. 두 사람은 나중에 우리를 만나서 위제 선생과 나눈 이야기를 이렇게 전했다. "우리가 위제 선생에게 '좋은 분들을 만나서 우리도 아직 가보지 못한 곳들을 구경하시고…'라고 했어요. 그러자 위제 선생은 잠시 조용해지더니 눈물을 뚝뚝 떨구더라고요." 하기야 나도 아직 못 가본 하남 스타필드에 그 양반은 남편과 같이 가서 따뜻한 물에 푹 잠겼다 오기도 했다.

"훔쳐간 돈 돌려줘!"

위제 선생이 귀국한 직후 코로나바이러스 사태가 덮쳤고, 그렇잖아도 비틀비틀하던 스리랑카 경제는 엉망이 됐다. 스리랑카 지인들이 가끔씩 전화해 소식을 전해온다. 위제 선생의 경우 물가가 폭등했다면서 자동차 기름을 넣으려고 이틀을 기다렸다고 했다. 동네에 기름이 떨어져서 기름을 넣기 위해 콜롬보 근처까지 갔지만 하루를 기다려도 안 되어서 할 수 없이 친구가 대신 줄을 서서 기다렸고 이틀 만에야 기름을 넣었다고 했다. 기다리는 시간이 지루해서 친구들과 한잔 했다고도 했다. 자동차 기름은 요일제로 넣게 됐는데 월 제한양인 60리터를 넣으면 기름 값은 교사 월급의 절반에 이르렀다. 밀가루 가격이 폭등했다고도 했다.

남편이 떠나오던 당시 환율이 1달러에 170루피 정도였는데 3년 뒤에는 무려 360루피가 되었단다. 경제가 어려워지자 콜롬보의 골포트 해변에서는 반정부시위가 연일 벌어졌다. 그들이 들고 있는 피켓에는 커다란 글씨로 된 한글도 섞여 있었다. "훔쳐간 돈 돌려

쥐!" 부정부패를 규탄하는 구호였다. 이 이야기를 듣고 다른 사람들에게 전했더니 "혹시 당신 남편이 가르친 학생들 아니야?"라고 농담하기도 했다.

남편의 제자 한 명이 난데없이 문자를 보내왔다. "선생님, '대둥려' 때문에 못 살겠어요." 대둥려? 남편이 물었고 그 학생은 영어로 프레지던트라고 답을 보내왔다. '대통령'을 잘못 표기한 것이었다. 스리랑카 경제파탄 소식은 한국 TV 뉴스에도 가끔씩 소개된다. 기름이 완전 바닥이 나서 병원, 경찰서, 기차역 같은 필수 시설만 제외하고 관공서와 학교 모두가 한 달 동안 문을 닫았다는 소식도 접했다. 달러가 바닥이 나자 일체의 전자기기 수입이 금지됐다. 지인의 전화가 걸려왔다. "지금은 쓰던 휴대폰이 아무리 낡아도 절대 버리면 안 됩니다. 절대로 다시 살 수 없기 때문입니다." 결국 대통령은 하야했다.

스리랑카는 과거 아시아에서 두 번째로 잘살던 나라였다. 싱가포르가 스리랑카 같은 나라를 건설하자고 외쳤을 정도였다. 또 "한국과 똑같다."라는 스리랑카 말은 바로 달동네 빈민촌이라는 뜻이었다고 한다. 그랬던 나라가 계속 가난해지더니 경제파탄 지경에 이르자 사람들은 "한국처럼 잘사는 것까지는 필요 없고, 2019년만큼만 살았으면 좋겠다."라고 이야기한다는 것이다.

이런 소식을 들을 때마다 나는 관광객의 입장에서 평화롭고 아름다워 보이던 스리랑카의 모습이 떠오르면서 가슴이 아프다.

3. 남인도의 로빈 후드

개혁의 아이콘으로 떠오른 브라만

큰아이가 하버드에서 국제보건을 공부할 때였다. 큰아이는 동료 학생 스리람과 함께 하버드로부터 '로즈 펠로' 연구비를 지원받아 인도 의료시스템에 대해 연구하기 위해 인도 남부 케랄라 주 코치로 갔다. 코치는 이곳 출신인 스리람이 의사 겸 현직 고위공무원이어서 의료기관의 협조를 구하기 쉬운 장점이 있었다. 또 하버드와 협력하고 있는 기관도 있었다.

스리람은 의사 생활을 하다가 공무원으로 변신한 케이스였다. 그는 인도 행정고시에서 전체 2위를 차지한 수재였다. 인구 14억 명을 헤아리는 인도에서는 매년 행정고시에만 50만 명이 응시한다고 했다. 시장급 공무원인 스리람은 풀브라이트 장학금으로 당시 하버드에 공부하러 와 있었다.

스리랑카에 머물던 나는 남편과 함께 큰아이의 인도 프로젝트에 맞춰 남인도로 갔다. 남인도를 선택한 이유는 우선, 북인도는 30여 년 전에 봤기 때문이고 또 하나는 스리랑카에 있던 남편에게 주어진 봉사단원 해외휴가가 남아있었기 때문이다. 봉사단원은 2년에 3주 동안 주재국 국외여행을 할 수 있었다. 남편은 기간을 절반으로 잘라서 그 전 해에 나와 함께 모로코, 포르투갈, 스페인을 함께 여행했고 반이 남아 있었다.

스리람의 집은 코치 시내 주택가에 있는 2층짜리였다. 집을 찾아 근처에서 헤매던 중 마침 스리람네 친척을 우연히 만나서 쉽게 찾았다. 대문 앞에는 스리람과 역시 의사인 여동생의 영문 문패가 자랑스럽게 걸려 있었다. 'Dr. Sriram'과 'Dr. Lakshmi'. 집에는 스리람의 부모님이 살고 계셨는데 방 한 칸은 아예 아들 방으로 꾸며서 기념품, 각종 상장 등 온갖 물건들로 장식해 놓았다. 아버지는 우리가 도착하자마자 아들 방부터 자랑스럽게 소개했다.

이 집안은 인도 최고 카스트인 브라만 집안이었다. 거실에는 힌두 신들이 모셔져 있었고 대체로 집안은 검소한 분위기였다. 아버지는 동물학 교수였고, 정년을 맞은 후였다. 어머니는 은행의 현직 간부였다. 나는 말로만 듣던 브라만 사람들을 처음으로 직접 만나볼 수 있었고, 브라만 가정도 방문했다. 놀란 것은 이들의 예의였다. 말로 표현하기 어렵지만 아무튼 굉장히 정중하다는 느낌을 받았다. 이 집안은 케랄라 주에 살지만, 특이하게도 말라얄람어 대신에 옆에 있는 타밀나두 주의 타밀어를 쓰는 브라만이었다.

스리람의 어머니는 여러 종류의 간식을 직접 만들어서 우리를 극진히 접대했다. 간식을 먹은 뒤 부부는 강변에 있는 고급호텔의 식당으로 우리를 안내했다. 나는 준비해간 파우치를 스리람 어머니게 선물했다. 스리람 엄마는 우리 내외를 위해 인도 남부의 전통의상을 각 한 벌씩 선물로 주었다. 약간 금빛이 도는 고급한 느낌의 색깔이었다. 스리람의 아버지는 우리를 숙소에 자동차로 태워다 주겠다고 했지만 축제로 다리가 통제돼 교통체증을 빚을 것 같아서 우리는 택시로 돌아가겠다고 했다. 우리가 묵은 숙소는 코치의 조

스리람의 부모

그만 섬에 있었고 시내와는 다리로 연결돼 있었다. 중간 어디쯤에서 택시를 내려 게스트하우스에서 보내온 차 갈아타고 숙소로 갔다. 인도 아대륙 남서부에 있는 케랄라 주는 인도에서 가장 부유한 지역이며 코치가 중심도시다.

스리람의 부모와 이야기 도중에 그들을 한국으로 초청했다. 우리 집에 와서 머물면서 구경을 다니면 된다고 했다. 마치 나의 미국인 친구가 "내 집이 네 집이니까 언제든지 쓰라."라고 말하는 것처럼. 스리람이 그러겠다고 했다. 순간 그의 어머니가 아들에게 "너 언제 한국에 갈 거냐?"라고 바로 물었다. 코로나바이러스 사태가 터졌고 아직 그는 한국에 오지 못하고 있다.

우리가 떠나던 날 스리람이 큰아이의 짐을 가지러 우리 숙소에

브라만인 스리람네 집안에 힌두 신들을 모신 곳에 그의 아버지가 서 있다.

왔다. 나와 남편이 스리랑카로 떠나면, 그동안 우리와 함께 지내던 큰아이는 스리람의 집에 머물기로 했기 때문이었다. 큰아이가 게스트하우스에서 스리람과 통화하던 중 '스리람'이라는 이름이 여러 번 나오자 통화를 마친 큰아이에게 종업원이 물었다. "방금 통화하면서 '스리람'이라고 하던데 이 도시에서 우리가 알고 있는 그 스리람이 맞느냐?" 아들이 그렇다고 했다. 갑자기 종업원의 태도가 180도 달라지면서 "그분이 오시면 나하고 사진 좀 찍게 해 달라."라고 신신당부했다. 종업원이 갑자기 바빠지기 시작했다. 동네방네 부산하게 전화를 돌리더니 스리람이 온다고 하면서 친구들을 불러 모았다. 이른 아침이라 아직 어둑할 때였다. 드디어 스리람이 도착했다는 전화가 와서 우리는 큰아이의 짐을 챙겨서 나섰다. 평소에

'인기 공무원' 스리람(왼쪽)과 셀카로 사진을 찍고 있는 코치 젊은이.

는 손님의 짐에 손을 대기는커녕 눈길도 주지 않던 종업원이 갑자기 우리 짐을 낚아채더니 꼬불꼬불한 긴 골목을 지나 스리람의 차까지 들고 갔다. 모두들 그를 둘러싸고 굽신굽신 인사하고 난리도 아니었다. 모여서 한참 동안 셀카로 사진도 찍었다. 그들은 스리람에게 항상 '서(Sir)'라는 존칭을 붙였다.

아무리 고위공무원이고 브라만이라고 하지만 뭐 이렇게까지 황송해 할까 궁금해서 종업원에게 물었다. 그의 설명은 이랬다. 스리람은 수재일 뿐만 아니라 '의협심'도 대단했다. 그가 부시장 정도의 위치에 있었을 때 지역 유지들이 정부의 땅을 불법 점거해 제멋대로 사용하는 모습을 보게 됐다. 고시 출신의 이 젊은 엘리트 공무원은 유지들이 주 정부와 결탁이 돼 있어서 문제를 해결하기 어렵다는 점을 직감했다. 여론전을 펴기로 했다. 포클레인을 동원해 불법시설을 밀어버리기로 하면서 미리 경찰과 언론에 알렸다. TV방송이 그 장면을 생방송으로 중계했고 그 바람에 주 정부 관리나 경찰이 '봐 줄 수' 없게 됐다. 결국 정부 땅은 농부들에게 불하됐다.

이런 이유로 브라만 출신인 고위공무원은 시민들 사이에서 '민중 지도자'로 추앙받고 있었다. 우리는 이 이야기를 들으면서 스리람에게 '남인도의 로빈 후드'라는 별명을 붙였다. 게스트하우스 종업원과 친구들은 스리람이 짐을 싣고 떠나자 차가 사라질 때까지 손을 흔들고 있었다.

"발찌 한 개는 어디에?"

새해라 코치에서 액운을 물리치기 위한 새해맞이 행사가 열렸다. 도심 한복판에서 커다란 나무들을 높은 탑처럼 거대하게 쌓아올려 놓고 태우는 의식이었다. 항구도시 전체에 연기가 자욱했다. 물론 집집마다 앞길에서 소소하게 태우는 행사도 있었다. 집 앞의 작은 의식은 우리의 정월대보름 달집태우기와 비슷하다는 느낌을 받았다. 아마도 그날은 주민 전체가 다 행사장에 모여 있었던 듯했다. 우리 숙소가 있던 코치의 섬은 주로 서양인 관광객의 휴양지로 기능했다. 휴양시설도 많았다.

마침 당시 무슨 대규모 페어가 열려서 수준 높은 예술작품들이 전시됐다. 작은 동네 하나 규모의 전시공간이었는데 각 건물별로 다른 주제의 전시가 있어서 모두 다 둘러봤다. 특히 목판화나 나무 조각품 같은 것들을 섞어서 이미지를 형상화한 작품들이 내 눈길을 끌었다. 나는 지금껏 나름 수많은 국내외 거장들의 작품을 보았지만 이들 작품은 그동안 본 것과는 확연히 다른 느낌을 받았다. 그래서 몇 번이나 보러 갔다. 전시장 바깥에서는 재활용 소재에 예술성을 가미한 '업사이클링 제품'을 팔고 있었다. 거기서 초록색 에코백을 사서 코치에 머무는 동안 메고 다녔다. 우리는 예약해서 작은 극장에서 열리는 케랄라 주의 전통무용공연도 관람했다.

해변을 거닐다 난전에서 발찌를 만져본 뒤 내려놓고 돌아서서 걸어갔다. 조금 뒤 어떤 사람이 발찌를 두 개 들고 몇 십 m를 헐레벌떡 뛰어왔다. 내가 집어보았던 발찌를 사라는 거였다. 난 두 개는 필요 없고 한 개만 필요하다면서 하나만 사서 발에 차고 다녔다. 한국으로 돌아올 때 공항 검색대에서 '삑' 소리와 함께 탐지기에 걸렸다. 잊어버리고 미처 발찌를 벗지 않았던 탓이다. 검색대 아주머니는 다른 이야기는 전혀 하지 않고 대뜸 "발찌가 한 개밖에 없는데 다른 하나는 어디 있느냐?"라고 물었다. 당초에 한 개만 샀다고 대답했더니 이해가 안 간다는 표정이었다.

케랄라 주에서 유람선을 타고 강기슭을 둘러보기로 했다. 배를 타러 가는 길에 정류장에서 스코틀랜드에서 온 부부 관광객을 만나 잠시 수다를 떨었다. 평소 영국, 스코틀랜드, 아일랜드에 관심이 많은 남편이 스코틀랜드 출신 명배우 숀 코너리를 미국 샌프란시스코에서 만난 적이 있다고 말해 친해졌다. 남편은 또 스코틀랜드인들의 잉글랜드에 대한 저항을 그린 영화 '브레이브 하트'를 가

길거리에서 상인이 쫓아 와서 내게 발찌를 채워주고 있다.

장 좋아한다고 말했다. 남편은 과거에도 영국문화원장이 새로 부임
했을 때 그 영화가 아주 멋있다고 말해서 잉글랜드 출신의 원장을

당황하게 만든 적이 있었다. 당시 원장은 "아, 우리 할머니가 스코틀랜드 출신"이라면서 어색한 장면을 모면한 적이 있었다. 아무튼 그 스코틀랜드 아저씨는 "영화의 내용 좋고 연기 좋고 다 좋은데, 오 마이 로드! 멜 깁슨, 그 양반 스코틀랜드 말은 아휴 말도 마슈. 어디서 그런 엉터리를 배웠는지…."라면서 고개를 절레절레 흔들었다. 그렇구나!

안내는 한 사람이면 충분한데요

인도 남부 기차여행을 하고 싶었다. 스리람의 네트워크가 힘을 발휘했다. 그는 각 도시에 있는 동료 관리들에게 연락하여 우리의 안내를 부탁했다. 기차로 이동해 내리니까 승용차가 대기하고 있었다. 고위공직자들이 관용차를 내줄 수는 없는 노릇이니까 개인의 외제승용차를 '비서들'과 함께 보내주었다. 차는 두 대가 왔는데 한 대는 우리를 태울 차였고 하나는 '수행원들'이 타는 것이었다. 수행원들이 다른 차를 타고 따라다니는 통에 너무 부담스러워서 "우리는 안내할 사람이 한 명이면 충분하다."라고 말했다. 그래서 나중에는 차 한 대에 비서 한 명만 우리와 함께 다녔다. 인도 남부 3,000km 정도를 기차로 여행했다. 들르는 곳마다 현지인들이 나와서 우리를 안내했다. 어느 도시에서는 박물관에 들어갔더니 작은 쇠줄로 울타리를 쳐서 접근하지 못하게 돼 있었다. 비서는 그걸 들어 올리더니 들어와서 만져보라고 했지만 우리는 괜찮다고 했다.

타밀나두 주 마두라이에 있는 유명한 힌두사원 미낙쉬 사원에

남인도 여행에서 시장의 부탁으로 정성껏 우리를 안내했던 두 양반.

갔다. 드라비다 양식의 이 사원은 엄청났다. 이곳은 일반인의 개별 사진 촬영이 금지돼 있어서 입구에서 전화기를 맡기고 들어가야 했다. 대신 현장 사진사가 찍어서 사진을 팔았다. 우리는 사진사의 사진도 찍고, 별도로 우리 카메라에 모습을 담을 수 있는 특권이 주어졌다. 순례자의 줄은 끝이 없었다. 우린 기다리지 않고 그냥 들어갔다. 특히 힌두교도가 아니면 들어갈 수 없는 '깊숙한 곳'까 지 안내됐다. 힌두 성직자가 이마에 붉은 점 '빈디'를 찍어주면서 축복도 해줬다. 미낙쉬 사원을 나와서 점심을 먹으러 갔다. 우리가 점심값을 내려하자 비서는 절대 안 된다면서 자기가 지불했다. 나 는 한국 연락처를 적어주면서 한국에 오라고 초청했다.

숙소에 돌아와 큰아이는 비서를 보내준 시장에게 메일을 보냈다.

타밀나두 주에 있지만 케랄라 주 소관인 파드마나바푸람 궁전에서 만난 사람들.

"이번 여행은 우리 인생에서 영원히 잊지 못할 최고의 여행이었다. 당신은 참 훌륭한 부관을 두었다. 한국에 오게 되면 꼭 연락해 달라. 인도 고위 공무원들은 정말 친절하다. 불교도인 우리 어머니는 '만약 내가 다음 생에 인도에서 태어난다면 관리가 되고 싶다.'고 하신다."

이튿날 우리는 자유 시간을 갖기로 하고 일단 숙소 근처 길거리에서 파는 아침 식사를 현지인들과 어울려 손으로 맛있게 먹었다. 전날 깊은 인상을 받았던 미낙쉬 사원을 오늘은 좀 더 찬찬히 살펴보고 싶었다. 이번에는 '빽'이 없어서 사진을 찍을 수 없도록 입구에 전화기를 맡겨야 했다. 느긋한 마음으로 사원을 실컷 둘러본 뒤 아이의 전화기를 찾아 확인하니 20통이 넘는 전화가 와 있었

타밀나두 주의 한 식당 종업원들이 카레에 대해 자세히 설명해 주었다.

다. 시장의 비서가 한 전화였다. 그 양반은 우리 숙소 앞에 쪼그리고 앉아 언제 올지도 모르는 우리를 기다리고 있었다. 그날은 비서와 미리 약속하지 않았기 때문에 우리는 우리끼리 다닌 것이었다. 당시 시장은 다른 지방에 출장을 나가 있었다. 시장은 출장지에서 저녁에 큰아이가 보낸 감사 메일을 체크한 뒤 비서에게 이튿날 아침 다시 지시를 내렸던 것이다. 오늘 하루 그분들을 다시 수발을 하라고.

점심때가 됐던 터라 미안하기도 해서 우리가 밥을 사려고 하니 비서는 한사코 자기가 사겠노라며 우리를 크고 좋은 전통식당으로 데리고 갔다. 간판을 본 남편이 흥분해서 말했다. "어, 이곳은 마두라이의 명소인 '무르간 식당' 아냐!" 무르간이 누구인가? 인도 시바의 둘째아들로 전쟁의 신이다. 스리랑카에서는 무르간을 카타라가마라고 부르면서 인도에서 건너왔지만 스리랑카 고대종족의 공주

한 힌두사원에서 공연단원들이 전통공연을 감상하고 있다.

인 왈리암마와 결혼한 '토속 신'으로 받들어 모신다. 스리랑카에서는 아예 남부에 카타라가마라는 도시가 있고 매년 엄청난 순례자들이 찾아올 정도로 유명하다. 아무튼 마두라이의 무르간 식당에서는 넓은 바나나 잎에 밥과 각종 카레를 조금씩 올려놓았고 사람들은 손으로 조물조물 버무려 먹고 있었다. 외국인에게는 스푼과 포크가 서비스됐다. 그 비서의 일하는 자세에 감동받아서 "이렇게 열심히 일하는 것을 가족이 알고 있느냐?"라고 물으니까 그는 알고 있다고 답했다.

늘 우리와 붙어 다니던 비서는 좀 친해지자 아들에게 직업이 뭐냐고 물었다. 큰아이가 한국 의사이고 스리람과 하버드에서 함께 공부하고 있다고 했더니 그 양반이 "뭐, 스리람?" 하면서 놀라는 표정이었다. 시장이 배경 설명을 하지 않았던 모양이었다.

남인도에서 만난 마하트마 간디

우리는 마두라이에서 간디기념관으로 갔다. 간디는 북부 출신인데 왜 이곳에 기념관이 있을까? 현지 문화해설사가 이유를 설명했다. "간디는 이곳에 오셔서 북부 구자라트 주의 화려한 의상을 벗어버리고 우리에게 익숙한 그 특징적인 옷으로 갈아입었습니다. 아주 역사적인 의미가 큰 곳입니다." 또 한 가지, 1959년 네루 총리가 건립한 이 기념관에는 간디가 암살당할 당시 입었던 피 묻은 의상이 전시돼 있다고 했다. 우리는 자연스럽게 기념관장실로 안내됐고 관장과 한참 동안 이야기를 나누었다. 기념관장인 구루사미 박사는 간디에 대한 책에 직접 서명해 우리에게 선물했다. 남편, 큰아들과 나는 방명록에 영어로 다음과 같이 쓰고 서명했다. "간디의 영혼을 느낄 수 있는 위대한 장소입니다(This is the great place to 'meet' Gandhi's soul). 인도 국민들에게 감사합니다. 2018년 12월 28일." 타고르가 간디 앞에 붙여준 '위대한 영혼'(Great Soul)이란 뜻의 '마하트마'를 떠올리면서 '위대한'과 '영혼'을 적절히 넣어서 우리의 소감을 적은 것이다.

그렇다. 간디, 타고르, 네루를 빼놓고 근현대의 인도를 말하기 어렵다. 네루가 건립한 위대한 영혼 간디 기념관! 우리는 마두라이에서 세 사람을 동시에 만난 것이다. 나는 오래전 인도 여행을 떠올렸다. 1993년 뉴델리의 간디 기념관을 찾았고 일종의 생활공동체였던 아슈람에도 갔다. 당시 여행을 떠나기 전에 무려 10여 년간 인도에 관한 책을 읽고 다큐멘터리를 봤다. 워낙 인도에 관심

마두라이 간디기념관의 간디 관련 벽화.

이 컸기 때문이었다. 그때는 관련 책자가 드물었고 주위에 인도여행을 한 사람도 없었다. 여행 후 세상의 모든 여행지는 말과 글과 사진으로 표현할 수 있다고 생각했다. 인도는 그 어떤 것으로도 완벽하게 표현되지 않았다. 마두라이에서 간디기념관을 보니까 그에게 '마하트마'를 붙여준 시성 타고르를 떠올리는 건 당연했다. 북부 여행 때 우리는 타고르가 아버지의 땅에 설립해 나무 밑에서 가르쳤다는 학교인 산티니케탄(평화의 집)에도 들렀었다. 타고르의 시 '기탄잘리'에서 내가 가장 인상 깊게 읽은 구절.

'모든 인식이 자유로운 곳, 세계가 여러 조각으로 나눠지지 않은 곳, 진리의 근원에서 말이 흘러나오는 곳…'(기탄잘리 35).

'기탄잘리'(기트+안잘리)는 시들을 실에 꿰어 놓은 것, 즉 시편(詩篇)이란 뜻이다. 물론 신에게 바치는 노래라고 할 수도 있지만, 당시 우리를 안내했던 찬단 싱은 이렇게 설명했다. 국립 델리대학 출신으로 자신의 카스트는 크샤트리아라고 소개한 찬단 싱은 독학으로 한국말을 배워 '새총'까지 알 정도로 잘했다. 예전 여행에서 본 아그라 야무나 강변의 타지마할, 마더 테레사의 집, 갠지스 강가의 목욕장면 등이 떠올랐다. 비행기로 인도 서해안 뉴델리에 내려서 비행기를 갈아타고 동북부 콜카타로 온 뒤 기차로 아대륙을 횡단하면서 구경하는 코스였다. 콜카타에서는 5m 간격으로 '하리잔'(신의 아이들)이 누워 있었다. 하리잔은 간디가 달리트(불가촉천민)를 달리 부른 이름이다. 어느 도시에서 강변 천막촌으로 들어갔더니 소와 염소, 사람들이 함께 뒤엉켜 살고 있었다. 당시에는 기본적으로 관광지 위주로 여행했기 때문에 표면적인 것을 볼 수밖에 없어서 이번 남부 여행과는 판이했다. 남부여행은 현지인들의 실제 삶속으로 들어갔기 때문이다. 또 케랄라 주는 인도에서 가장 부유한 지역이었다.

하버드 졸업식에 등장한 큰아이와 스리람 사진

스리람의 부탁으로 이뤄지는 특별 배려는 우리가 떠나는 기차 안에까지 이어졌다. 비서가 기차에 올라와 우리 자리를 꼼꼼히 체크했다. 사실 우리에겐 돌아가는 기차표가 없었다. 결국 스리람의 선배가 출발 전날 표를 구해주었다. 인도에서는 기차 좌석을 구하기가 아주 어려웠다. 온라인에서 기차표를 사려면 우선 회원 가입을 해서 인증을 받아야 하고 연락처가 있어야 한다. 미국에서 여행 계획을 짜던 중 큰아이는 하버드의 미국인 친구 머피가 회원가입이 돼 있다는 사실을 알게 됐다. 머피는 평화봉사단원으로 인도에서 활동한 적이 있었기 때문이다. 그걸 통해 미국에서 미리 기차표를 샀지만 한 구간은 표가 없어서 사지 못했다. 스리람에게 부탁해 놓았지만 여행 기간 내내 걱정이었는데 결국 해결된 것이다.

기차가 멀어져 그 양반이 작게 보일 때까지 비서는 서서 손을 흔들고 있었다. 우리 부부는 큰아이의 졸업식에 갔다가 하버드 캠퍼스에서 스리람 부자(父子)와 다시 만났다. 직장에 다니는 스리람의 어머니는 오시지 않았다.

한편 당시 큰아이와 스리람이 인도에서 진행한 대학병원의 의료서비스 평가 프로젝트는 하버드에서 좋은 평가를 받았다. 자료를 분석하려면 현지 의사, 간호사, 행정직원의 도움이 필요했다. 큰아이가 연구를 진행한 대학병원은 힌두교의 한 종파에서 운영하는 곳이었다. 큰아이는 병원 의료진과 친밀해져야 했고 또 힌두교에 대한 호기심도 있었기에 종교행사에도 참석하고 관계자들과 식사도 하고 파우치도 돌렸다. 여직원들이 파우치를 아주 좋아했다고 한다. 스리람의 명성을 활용했음은 물론이다.

결국 큰아이와 스리람의 프로젝트는 하버드에서 우수사례로 선정돼 큰아이는 특강도 서너 차례 했다. 학교 측에서는 기사로 실었고 그 기사는 지금도 홈페이지에 남아있다. 아들은 이때 취재 온 기자에게도 내가 만든 파우치를 선물했다고 한다. 하버드 졸업식 내내 두 사람이 인도에서 활동하는 사진이 식장 중간 중간에 설치해 놓은 모니터 화면에 계속 비치고 있었다.

몇 년 뒤 스리람은 같은 의사이면서 행정고시 출신의 여성과 결

하버드 홈페이지에 실린 큰아이와 스리람의 인도 의료시스템 연구 홍보자료.

혼했다. 스리람이 지역의 스타인지라 그의 결혼 소식은 지역신문에
정식 '기사'로 실렸다.

4. A&B 부부의 장학금

맨해튼의 펜트하우스

큰아이가 뉴욕의 컬럼비아대학에 진학하게 되었다. 유학 떠나는 길에 아들은 앞으로 닥칠 삶의 무게와 같은 짐을 챙겨서 홀로 미국으로 떠났다. 군대에 입대할 때도 혼자 갔던 것처럼. 마음 같아서는 내가 따라가서 이것저것 돌봐주고 싶었으나 큰아이는 극구 사양하며 혼자 가겠노라고 고집을 부렸다. '그래 한 번 해봐라, 녹녹치 않을 거다.' 나중에 들은 바로는 고생깨나 했던 모양이다. 우리 가족과 친한 스토니브룩 뉴욕주립대의 라스코스키 교수가 몇 시간을 달려서 JFK 공항에 나와 큰아이의 기숙사로 짐을 실어다주었다. 큰아이가 일단 자리를 잡은 뒤 남편도 휴가를 내어 방문하기로 했다. 큰아이는 뉴욕시에 사는 초등학교 은사님 부부에게 부모님이 뉴욕으로 온다고 했던 모양이다. 이분들은 결코 자신들의 이름이 드러나는 것을 원하지 않기 때문에 여기서는 이름 이니셜을 따서 'A&B'로 부르기로 한다. A는 큰아이의 미국 초등학교 ESL 선생님이셨고 B는 남편이다. ESL은 '제2언어로서의 영어'(English as a Second Language)를 가리킨다.

큰아이의 연락을 받은 B 아저씨는 "때마침 그 시기에 우리 집이 비어있으니 부모가 와서 묵으라고 해라."라고 했다. 아들은 우리를 대신해 고맙다는 말과 함께 "우리 부모님이 묵는 동안 전기료와

뉴욕 맨해튼 첼시에 있는 A&B 부부의 펜트하우스.

수도료를 내겠다고 하신다."라고 전했다. B 아저씨는 "우리 집에
그 많은 사람들이 묵었지만 그렇게 이야기하는 사람은 너희뿐이다.
좋다. 그렇다면 1주에 25달러씩, 4주에 100달러를 내라."라고 했
단다. 나는 현금을 봉투에 챙겨서 갔다. 가기 전에 또 메일을 통해
서 집을 사용하게 해 줘서 고맙다는 말과 함께 주의사항을 알려달
라고 했다. 특히 "중요한 물건은 방 하나에 모아서 넣어 달라. 우
리가 그 방은 사용하지 않겠다."라고 했다. B 아저씨의 답장이 왔
다. "우리 집에는 중요한 것이 너무 많아서 방 하나에 다 넣어둘
수 없다. 우리 집에서 편히 지내길 바란다." 그 말이 농담인 줄 알
았는데 현실이었다. 나중에 B 아저씨를 만나 100달러 현금이 든

봉투를 건넸다. B 아저씨는 빙그레 웃으며 그 봉투를 들고 우리와 잠시 이야기하더니 아들에게 주었다.

　B 아저씨의 집은 뉴욕 맨해튼 부촌 첼시에 있는 복층 펜트하우스다. 거실에는 피카소 그림을 비롯하여 거대한 사이즈의 앤디 워홀, 렘브란트, 모딜리아니, 모네 등 우리가 학교 다닐 때 교과서에서 보았던 화가의 그림 진본이 걸려있었다. 그림들은 가끔씩 바꿔서 걸렸다. 15세기 유물이 전시돼 있었고, 유명작가의 식탁과 의자 등등은 실제로 사용하고 있었다. 내가 놀라서 B 아저씨에게 말했다. "당신 집은 집이 아니라 박물관이군요!" 냉장고 앞에는 아파트를 사용할 때의 주의사항이 적혀 있었다. 거실 전면이 창으로 돼 있어서 햇빛이 너무 많이 들어오니 미술작품 보존을 위해 낮에는 반드시 커튼을 쳐달라는 부탁과 함께 몇 가지 소소한 내용이 있었다. 나는 A4용지에 '커튼, 전기, 열쇠'라고 한글로 크게 적어 출입문 앞에 붙여두었다. 외출하기 전에 다시 확인하려는 것이었다. 아파트 사용수칙을 지키려고 항상 조심했다. 이층엔 게스트 룸과 테라스가 있었는데, 테라스에는 일광욕을 즐길 수 있게 선베드가 여러 개 놓여 있었다. 옆집과의 경계는 듬성듬성한 나무펜스여서 만나면 서로 인사를 할 수 있게 돼 있었다. 펜스에는 어느 작가의 것인지 모르는 예술품으로 장식돼 있었다.

　거실에서 남쪽을 바라보면 9•11 테러 후 옛 세계무역센터 자리에 새로 지은 '원 월드 트레이드 센터'(프리덤타워)가 정면에 보이고 테라스에서 북쪽을 바라보면 엠파이어스테이트 빌딩이 눈에 들어온다. 맨해튼의 가장 유명한 랜드마크 두 개가 앞뒤로 펼쳐지는 것이다. 바로 위층에 해당하는 건물 옥상에는 파티를 할 수 있는 공간이 있어서 높고 낮은 테이블과 소파와 의자들이 준비돼 있었다. 실제로 7월 4일 독립기념일에는 옥상에서 주민들과 어울려 독립기념일 축제 불꽃놀이를 감상하기도 했다. 주민 중에는 빨간 드레스에 킬힐을 신고 와인 잔을 들고 있는 사람도 있었다.

"Be quiet!"

나는 B 아저씨의 집을 여러 차례 방문했다. 한번은 큰아이와 함께 아파트에 도착하자 그는 집안 곳곳에 있는 책자와 지도 등을 가리키면서 사용법을 설명했다. 여기에 지도가 많으니 이것을 보면 된다고 했다. 그러자 부인인 A 선생님이 그 지도는 너무 오래돼서 틀린 게 많다고 길게 설명하기 시작했다. 잠시 조용히 듣고 있던 B 아저씨는 "Be quiet!"라고 버럭 소리를 질렀다. A 선생님이 조용해졌다.

B 아저씨는 내게 말할 때면 나를 뚫어지게 바라보며 우리가 중학교 1학년 때 영어책을 읽는 속도로 천천히 또박또박 이야기했다. 내가 거의 다 알만한 단어만 사용했다. 내가 가만히 듣고 있으면 그는 가끔씩 걱정이 되는지 "언더스탠드?" 하고 물었다. 나는 알아들었을 때면 알았다고 하고 못 알아들었으면 고개를 살래살래 흔들었다. 그러면 그는 다시 생각해서 여러 번 설명하고 또다시 "언더스탠드?" 했다. 드디어 이제 알겠다고 하면 그는 흡족한 표정을 지었다.

학교 다닐 때 영어선생님은 우리에게 늘 영어공부를 열심히 하라고 닦달했다. 그 시절 나는 '우리가 졸업하면 영어를 쓸 일이 뭐가 있을 것이며 더욱이 미국 사람 만날 일이 뭐가 있단 말인가, 선생님도 참 딱하시다.'고 생각했다. 그런 내가 해마다 미국인들과한 달씩 지내는 것이다. 미국에 갈 계획을 세울 때마다 몇 달 전부터 한국에서 영어공부를 한답시고 교육방송 영어회화 프로그램도듣고 영어회화 책도 보고 그들을 만나서 쓸 문장을 간추려 따로외우기도 한다. 하지만 현장에서는 번번이 말 대신 손짓이 먼저 나온다. 그렇지만 한 달 정도 그들과 지내다 보면 제법 그들의 이야기가 들리기도 하고 가벼운 아줌마 수다 정도를 할 수 있게 된다.그러나 한국으로 돌아오는 즉시 원위치다. 아이고, 이놈의 영어….

한번은 B 아저씨가 "너는 아들하고 어떻게 연락하느냐?"라고 물었다. 아침에 헤어지기 전에 어디서 언제 만나자고 약속한다고 했더니 긴급 상황에서는 어떻게 하느냐고 물었다. 대책이 없다고 했다. 그러잖아도 큰 두 눈이 우동 대접 만하게 더욱 커지더니 "그렇게 하면 안 된다."라면서 게스트 폰을 주겠다고 했다. '게스트 폰이 뭐람, 미국엔 그런 것도 있나?' 하고 생각하면서 미안하여 극구사양하였으나 그는 펄쩍 뛰면서 전화기를 한 대 구해주었다.

쫑파티 약속

여기서 B 아저씨와의 인연을 이야기해야겠다. 1996년 남편이스토니브룩대로 연수를 떠나게 되어 우리 가족은 모두 같이 갔다.

당시 외국인 학생들을 위한 영어교실인 ESL 반이 설치된 곳은 쓰리빌리지 학군에서 W. S. 마운트 스쿨밖에 없어서 우리 아이들은 집에서 좀 떨어진 그곳으로 배정됐다. 이때 초등 6학년생 큰아이에게 영어를 가르친 분이 A 선생님이다. 그분은 잉글랜드 출신으로 정통 브리티시 악센트로 점잖은 영어를 가르치셨다. 얼마나 품위 있는 표현을 가르쳤던지 큰아이가 컬럼비아대학에서 공부하면서도 "당시에 A 선생님이 어느 정도로 고급스러운 영어를 가르치셨는지 새삼 느꼈다."라고 감탄했다. A 선생님은 남들이 다 영국식 영어를 한다고 하는데도 본인은 "영국 악센트가 없다."라고 주장하는 분이다.

미국인은 '애들' 하면 영어로 '키즈'를 당연히 먼저 떠올린다. A 선생님은 그건 '점잖지 못한 표현'이라면서 반드시 '칠드런'이라는 표현을 쓰셨다고 한다. "키즈가 비속어는 전혀 아니지만 좀 그렇다."라고 하셨단다. 우리도 왕년에 학교에서 칠드런으로 배웠지 키즈라고 배우지 않았다. 나는 큰아이의 이 이야기를 들으면서 한국 최초의 의사이자 독립운동가인 서재필 선생이 1세기도 더 전에 미국으로 떠나는 유학생들에게 미국에 가거든 '군인들이 쓰는 비속어를 쓰지 말고, 어깨를 으쓱하는 몸짓을 배우지 말고, 서투르더라도 점잖고 올바른 영어를 쓰도록 하라.'고 당부하신 것을 떠올렸다. 이건 내가 미국인들과 교유하면서 뼈저리게 느끼는 것이기도 하다.

큰아이는 점잖은 영어인 '킹스 잉글리시'에 빗대어 "지금은 여왕의 시대"라면서 '퀸스 잉글리시'를 배웠다고 말하곤 했다. 그 후 여왕 서거로 찰스3세의 시대가 열림으로써 다시 '킹스 잉글리시'가

되긴 했다. 잉글랜드 출신의 점잖은 영어선생님께 큰아이가 장난을 친 적도 있다. 큰아이는 만우절에 A 선생님께 "웬델 추 교장선생님께서 오셔서 선생님을 찾으시던데요."라고 농담했다. 선생님은 놀라면서 "그러냐?" 하고는 나가시기에 큰아이는 문밖으로 얼른 따라 나가서 "만우절이라 농담했어요."라고 말했다고 했다. 너무나 놀라는 A 선생님께 큰아이는 되레 "만우절에 이런 장난 흔히 받지 않으세요?"라고 물었더니 그분은 "아니, 난 여태껏 학생들을 가르치며 단 한 번도 이런 장난을 당해 본 적이 없어."라고 하셨단다.

한편 작은아이는 뉴욕 출신의 린다 선생님께 영어를 배웠는데 선생님은 아주 깐깐하고 엄격했다. 우리가 한국으로 돌아올 무렵 작은아이의 담임인 해킷 선생님은 "너희 아이들이 뉴욕 악센트를 배워간다. 어린 나이에 얼마나 좋은 일이냐."라고 내게 말했다. 아무튼 1997년 우리는 귀국을 앞두고 아이들 학교 선생님과 두 아들의 학급 친구들 모두를 초대해 우리 집 정원에서 파티를 열기로 하고 초대장을 보냈다.

귀국 쫑파티를 앞두고 우리는 미국 대륙을 횡단하기로 했다. 여행을 하며 우리는 더 많은 곳을 시간 여유를 가지고 다니고 싶었다. 하지만 귀국 파티의 약속이 있기에 서둘러 돌아왔다. 더 즐기고 싶은 유혹을 뿌리치고 약속을 지킨 대가가 B 아저씨를 만난 계기였기에 여기서 좀 소개하려고 한다. 미국에 도착하자마자 암트랙 기차를 타고 워싱턴에 가서 가수 조용필-안진현 씨 부부의 집에서 닷새 묵은 것을 시작으로 동부해안 일대는 메인 주에서 플로리다 주까지 아래위로 몇 번씩 다녔다. 또 시카고 쪽도 갔다 왔기 때문

에 생략했다. 대신 남서 방향으로 차를 몰아 남부를 거쳐 옐로스톤
을 찍고 북쪽으로 돌아오는 코스를 선택했다.

고속도로에서 주 경계를 넘는 곳의 휴게소에는 호텔 할인쿠폰이
있어서 거리와 시간을 계산한 뒤 쿠폰으로 전화 예약을 해서 호텔
을 이용했다. 이건 우리의 오랜 노하우다. 마크 트웨인의 흔적을
보러 미주리 주 한니발로 가서 증기선도 타고 '약국'도 둘러본 뒤
두 아이들이 시골의 이발소에서 이발을 했다. 반지르르하던 뉴욕
아이들을 이발사 아저씨는 단번에 영락없는 시골아이로 만들어 놓
았다. 컨트리뮤직의 본고장 내슈빌과 엘비스 프레슬리의 도시 멤피
스를 보았다. 특히 휴게소안의 관광 안내소에서는 브라이스 캐니언
과 자이언트 캐니언을 추천받아 가보았다. 이곳들은 당시 한국 관
광 책자에는 아예 등장하지 않는 곳으로 큰아이 친구인 앤드류 가
족도 앞서 추천한 곳이었다.

로키산맥 근처 메사베르데에서 아이들은 말을 타고 돌아 다녔다.
작은아이가 승마장 주인아저씨께 "돈이 잘 벌려요?"라고 물으니
"에이, 요즘은 별로."하면서 이맛살을 찌푸렸다. 그 양반은 아이들
에게 오래 된 말발굽을 선물로 주었다. 산타페는 마을 전체가 아도
비 양식의 건물로 되어 있어서 외계에 온 느낌을 주었다. 아이들은
공원에서 현지 아이들과 어울려 놀았다. 또 시어머니 기일이 다가
와 콜라와 비스킷, 과일을 사서 제사도 지냈다. 동네를 둘러 보다
쇼핑한 폴란드 민속의상 재킷은 요즘도 잘 입고 있다.

여행을 떠난다고 했더니 교포 한 분이 "사막에서 휘발유가 떨어
질 것에 대비해 기름통을 가져가라."라고 조언했다. 그렇지만 애리

조나 사막 한 가운데에도 주유소는 있었다. 어떤 곳에는 사람은 없고 먼지를 뒤집어쓴 주유기 한 대만 달랑 있었다. '저게 과연 될까?' 하는 우려와 달리 정확히 작동했다.

옐로스톤에서는 입장권 관리인이 작은아이에게 1달러를 건넸다. "이걸 지니고 있으면 행운이 온다."라는 말과 함께. 아이는 아직도 지갑에 그 지폐를 지니고 다닌다고 한다. 그래서인지 작은아이에게는 늘 행운과도 같이 좋은 일들이 많았다. 옐로스톤에서 유황 냄새 속에 바위가 녹아서 샘물처럼 솟는 것을 보기도 하고 아이들은 낚시 면허를 사서 낚시도 했다. 어느 곳에서는 차도를 가로막는 들소 떼들 때문에 지나던 차들이 줄줄이 대기하기도 했다.

캔자스 주를 지날 때 작은아이가 갑자기 화장실에 가고 싶다고 해서 급한 김에 고속도로에서 보이는 작은 여관을 찾아갔다. 주인으로 보이는 아주머니는 아예 깨끗이 청소해 놓은 객실의 화장실을 쓰라고 했다. 고맙다고 했더니 그분은 "다만 한 가지, 한국에 돌아가면 캔자스를 잊지 말아주세요."라고 말했다. 드넓은 평원 캔자스를 잊을 수 없다.

중부 어딘가에서 숙소 주인이 "너희 뉴욕 자동차 번호판을 달고 있는데, 뉴욕에는 땅속으로 다니는 기차가 있다는데 봤느냐?"라고 물었다. 우린 이미 서울에서 매일 지하철을 타던 사람들인데…. 진짜 시골 사람들의 모습을 미국에서 보았다. 이렇게 재미있게 여행하다 보니 귀국 쫑파티 날이 다가왔다. 약속이니까 무슨 일이 있어도 시간에 맞춰 도착해야 했다. 우리는 부지런히 차를 몰았다.

열심히 달려서 파티 약속을 지킨 덕분에 만난 분이 B 아저씨다.

귀국을 며칠 앞두고 두 아들의 친구들과 선생님들을 초대한 쫑파티.

선생님 가운데 유일하게 쫑파티에 가족과 오신 분이 A 선생님이었고 함께 온 분이 B 아저씨였다. B 아저씨는 우리 아이들과 정원에서 야구 글러브를 끼고 공놀이도 하고 사진도 많이 찍었다. B 아저씨가 우리 아이에게 자기 직업이 뭔지 알아맞혀 보라고 했다. 선생님부터 우체국 집배원, 스쿨버스 운전기사에 이르기까지 아이들은 갖가지 직업을 댔다. 그는 "나는 뉴욕 변호사"라고 했고 우린 그런가 보다 생각했다.

　귀국 파티에서 나는 갈비를 불고기 양념에 절였다가 뒷마당 잔디밭에서 차콜 불에 올려 바비큐로 만들었다. 상추를 씻어 놓고 한국식으로 싸서 먹게 했다. 소스는 고추장이었다. 밥은 찹쌀을 섞어 압력밥솥에 지었더니 모두들 "이게 무슨 밥이냐?"라며 맛있게 먹었다. 김밥도 만들어 내놓았다. 잔디밭에는 자치기 도구와 팽이 등 한국식 놀이시설을 갖춰놓았다. 야구공과 글러브, 게이트볼도 준비했고 농구대에서 농구도 할 수 있게 했다. 물 호스를 틀어놓자 아이들이 수영복 차림으로 뛰놀았다. 여행을 연장하고픈 유혹을 물리치고 약속을 지킨 것이 훗날 엄청난 결과를 가져오리라고는 당시에는 상상도 못했다.

"귀국 후 연락해온 제자는 너 하나뿐"

선생님과 헤어지고 몇 년 뒤, 큰아이는 외국에 한국을 올바로 알리는 단체인 반크(VANK)에서 활동했다. 외국 학교에 한국을 홍보하는 내용도 있었다. 큰아이는 모교인 윌리엄 시드니 마운트 스쿨을 택해 한국을 홍보하고 덧붙여 전에 영어를 가르쳐주신 A 선생님을 찾는다고 메일을 보냈다. 한참 뒤에 A 선생님의 메일을 받았다. 큰아이는 귀국 직전 한국 스승의 날에 A 선생님께 카드를 써서 드렸고 그 후에도 꾸준히 편지로 연락했었다. 선생님이 학교에서 은퇴하자 연락이 끊어졌던 것이다. 이메일 주소를 알게 된 뒤로는 늘 스승의 날이면 선생님에게 감사의 메일을 보냈다.

큰아이가 컬럼비아대로 진학해서 A 선생님께 연락했다. 선생님이 집으로 놀러오라고 해서 12년 만에 만났다. 선생님은 은퇴한 뒤에는 맨해튼에 살고 계셨다. 선생님은 큰아이에게 이렇게 말했다. "왜 내가 너를 초대했는지 아느냐? 수십 년 동안 학생들에게 영어를 가르쳤는데 졸업하거나 귀국하고 나서 연락해 고맙다고 인

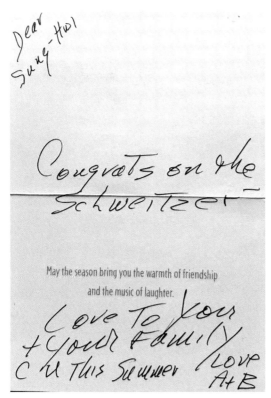

큰아이가 연세대에서 의학을 공부하던 시절 국내외 봉사 활동으로 '청년슈바이처'상을 받았을 때 A&B부부가 보내 온 축하카드.

사한 학생은 너 하나밖에 없었다."

B 아저씨는 "내가 너의 가디언이 되어 주겠다."라면서 학교에 제출할 리포트의 첨삭지도를 해주셨다. 그리고는 "앞으로 성적이 나오면 내게 보내 달라."라고 말했다. 한 번은 성적이 늦게 나오는 바람에 미처 보내지 못하자 B 아저씨가 득달같이 "왜 아직 안 보

내느냐? 이번엔 성적이 안 좋은 거냐?"라고 물어왔다. 큰아이의 성적관리(?)까지 하면서 아들을 명절 때마다 집으로 초대했다. 메트로폴리탄 오페라에도 데리고 다니면서 큰아이에게 양복을 입고 오라고 해서 상황에 맞는 격식도 가르쳤다. 오페라를 본 뒤, 사전 예약한 프랑스요리 전문 레스토랑에서는 메뉴에 없는 음식을 주문하기도 했다. 이것은 단골손님에 대한 최고의 예우로 생각되었다.

이들 부부는 기부와 봉사 등 남을 돕는 일에도 열심이었다. B 아저씨는 곳곳에 많은 돈을 기부한다. 큰아이가 컬럼비아대학과 연세대 의학전문대학원, 하버드대 대학원에 다니는 여러 해 동안 학비도 지원했다. 할아버지가 유럽에서 미국으로 이민을 오면서 맨해튼 여기저기에 땅을 산 덕분에 부자가 됐다고 했다. 나중에 내가 B 아저씨를 만났을 때 그는 이렇게 말했다. "나는 직업이 뉴욕 검사였어요. 솔직히 그것도 무슨 돈을 벌려고 한 게 아니라 '검사'라는 명함이 필요했던 겁니다."

두 분은 절대 자신들의 이름이 드러나는 것을 원하지 않기 때문에 우리는 그분들이 아들에게 지원하는 학비를 언급할 때 'A&B 장학금'이라고 부른다. 아들이 늘 신세를 진다고 말하면 B 아저씨는 이렇게 말하곤 했다. "나에게는 전혀 갚을 필요가 없다. 나중에 네가 TV에 나올 때 '내가 저 아이의 학비를 도와주었다'는 말을 할 수 있었으면 고맙겠다. 돈은 벌어서 다른 사람에게 내가 했던 것처럼 해주면 된다."

A 선생님이 고관절 수술을 받아 병원에 계실 때 아들과 같이 문병을 갔다 왔다. 선생님이 퇴원하기 전에 한 병원 관계자가 퇴원

후 머물게 될 환경을 사전점검하기 위해 아파트에 와서 집안을 둘러보았다. 그 관계자는 선생님에게 퇴원 후 집안 생활에서 주의할 점들을 얘기하던 중 "아파트 출입문에 한글로 쓴 쪽지가 붙어있는데 어찌된 영문이냐?"라고 물었단다. 그는 코리안 아메리칸이었던 것이다. B 아저씨는 한참 동안 긴 사연을 설명했다고 한다. A 선생님이 과거에 가르친 아이의 어머니가 써놓았다는 점을 강조하면서….

'A&B 장학금'은 냅킨 아끼기부터?

B 아저씨는 캐나다에 가까운 북부 버몬트 주에 별장을 갖고 있다. 남부 플로리다 주 마이애미에는 주로 겨울에 머무는 콘도가 두 개 있다. 여름 한철을 지내는 버몬트 별장 대지는 15 에이커(약 2만 평) 규모다. 나와 큰아이를 차에 태우고 동네를 소개하던 B 아저씨가 한 별장을 가리키며 말했다. "사실 저 집을 사고 싶었어. 그런데 A가 자꾸 지금 살고 있는 작은 집을 사자고 해서 할 수 없이…. 내가 이 이야기를 했다는 건 A에게 말하면 안 돼." 그 집의 대지는 10만 평은 돼 보였는데 미국 영화에서 차를 몰고 빙 돌아서 들어가는 대저택과 같은 모습이었다. 잉글랜드 출신인 A 선생님은 고풍스런 것들을 좋아했다. 뉴욕 아파트도 두 배쯤 되는 것을 사자고 했더니 역시 A 선생님이 반대해서 '작은' 아파트를 샀다고 했다.

버몬트 주는 뮤지컬 영화 '사운드 오브 뮤직'의 실제 주인공 가족이 나치 독일을 피해 와서 살았던 곳으로 유명하다. 트랩 대령의 딸 중 한명이 몇 년 전 세상을 떠났고 후손이 그 터에서 로지를 경영하고 있다고 했다. 분위기가 알프스 산록과 닮은 탓인지 주로 부자들의 여름 별장이 이곳에 몰려있었다. 여름에는 시원하고, 대관령 분위기가 났다.

B 아저씨 별장에는 마구간과 요트를 보관하는 부속건물이 있다. 전 주인은 요트를 타고, 말을 기르며 승마를 즐겼다고 한다. 집 근처에 아름다운 호수가 있어서 마을 아이들이 강에서 노는 모습이 보였다. 어느 날 A 선생님이 "잔디 깎는 봉사를 하고 왔다."라면서 "우리 집 잔디는 돈을 주고 깎고 남의 집 잔디를 깎는 일은 내가 무료 봉사한다."라고 웃으며 말했다.

버몬트 별장에 큰아들과 함께 초대됐을 때 나는 맨해튼 아파트의 출입문에 내가 한글로 적어놓은 주의사항을 사진으로 찍어갔다. B 아저씨에게 나는 주의사항을 지키려고 이렇게 노력하고 있고 '에브리 타임 리마인드'(every time remind)하기 위해 아예 출입문에 붙여두고 있노라고 말했다. 그는 '오우' 하고 긴 감탄소리를 내며 내 전화기를 받아들고는 이리저리 돌려가며 사진을 확대해보면서 신기해했다. 그러더니 "너 한국으로 돌아갈 때 떼지 말고 붙여두고 가라."라고 했다. 그래서 그대로 두고 왔다. 그는 떼지 않고 그대로 두었던 모양이다. 그 이듬해에 갔을 때에도 붙어있었고 나중에 한국계 병원 관계자의 눈에도 띄었기 때문이다.

별장에 머물 때 두 분께 식사를 대접하고 싶으니 좋은 식당에 가시자고 제안했다. B 아저씨는 늘 그렇듯 "그럴 필요가 없다."라고 했지만 나는 "나도 신세를 조금이라도 갚아야 하지 않겠냐."라고 우겨서 함께 갔다. "우리가 돈이 없지 '가오'가 없냐?"라는 영화 대사로 농담하고 싶었으나 참았다. 식사 후 B 아저씨는 남은 음식을 포장해 달라고 했고 식탁에서 쓰다 남은 종이냅킨도 살뜰히 챙겼다. B 아저씨가 무엇이든 아끼는 것을 보면 어떨 땐 이런 생각이 든다. '저런 갑부가 사소한 냅킨 한 장까지….' 아, 이렇게 아껴서 각종 기부를 하고 우리 아이에게 학비까지 대어주시는 거구나! 그 후로 우리 가족은 어디에 가나 쓰다 남은 냅킨을 꼭 챙긴다. 그 별장에는 이렇게 알뜰살뜰 챙겨온 각양각색의 냅킨을 모아두는 바구니가 있었다.

"초콜릿 먹고 싶지 않냐?"

가끔씩 B 아저씨가 뜬금없이 내게 "초콜릿을 먹고 싶지 않으냐?"라고 물어왔다. 나는 초콜릿을 별로 좋아하지 않지만 그 순간 '이 양반이 초콜릿을 드시고 싶어 하시는구나' 하고 눈치를 챘다. 그래서 버몬트의 유명한 수제 초콜릿 가게에 가곤 했다. 집을 나서며 B 아저씨는 A 선생님에게 "얘가 지금 초콜릿을 먹고 싶어 하기 때문에 사러 가는 길"이라고 여러 번 강조했다. 그때 A 선생님의 묘한 표정이란…. A 선생님은 늘 B 아저씨의 건강을 염려하여 초콜릿을 먹지 못하게 잔소리를 했다. 손님인 내가 먹고 싶어 해서 사러 가겠다니까 뭐라고 말하기도 좀 그랬을 거다. B 아저씨는 나를 핑계거리로 이용한 것이다. 그렇지만 까짓 거, 그 정도 방패가

버몬트에 있는 A&B 부부의 별장

못 되어드리랴.

A&B 부부가 하루는 댄스파티에 가면서 나보고 같이 가자고 했다. 나는 춤을 출 줄 모르고 드레스도 없다고 했다. B 아저씨는 "춤은 내가 가르치면 되고 옷은 하버드 티셔츠 하나 입고 가면 된다."라고 했다. 내가 "하버드 티셔츠는 너무 비싸서 못 샀다."라고 했더니 그 양반은 할 말을 잃은 표정이었다. 그 양반은 나중에 큰아이에게 마이애미로 자신을 만나러 올 때 하버드대의 'H' 로고가 붙은 모자를 하나 사다 달라고 부탁했다. B 아저씨가 큰아이를 데리고 슈퍼마켓에 갔는데 큰아이가 계산대에서 작은 실수를 했다. B 아저씨는 계산원이 들으라는 듯 말했다. "너는 하버드에 다닌다

면서 그것도 하나 제대로 못하냐!" 큰아이가 하버드에 가기 전, A 선생님의 친정식구들이 많이 모였을 때에도 B 아저씨는 큰아이를 초청해서 "얘가 컬럼비아대학에 다닌다."라고 큰 소리로 말했다고 한다.

버몬트에서 B 아저씨와 이런저런 얘기를 하던 중 큰아이가 "미국 초등학교 졸업 뒤 우리 집 쫑파티 때 공놀이를 함께 하면서 찍은 사진이 있어요."라고 했다. B 아저씨는 다음에 버몬트에 올 때 그 사진을 꼭 가져다 달라고 했다. 나중에 그 사진을 가지고 갔더니 B 아저씨는 이렇게 말했다. "흠, 내가 그땐 날씬했군! 이거 하나 카피 해줘."

'세라비!'

B 아저씨의 70회 생일파티가 버몬트 별장에서 열렸다. 9개 나라 출신의 20여 명이 초대됐다. 출신 국가는 다양해도 우리를 제외하고는 아마 모두 '미국시민'이었을 것이다. A 선생님은 성대한 파티를 준비했다. 나와 큰아들에겐 뉴욕에서 버몬트 주까지 왕복 비행기 표를 보내왔다. 파티에는 동네에서 마술하는 분도 초대해 마술 공연도 준비했다.

A 선생님은 행사 전날 마술에 필요한 의상의 바느질을 내게 맡겼다. 버몬트에는 A 선생님의 재봉틀이 있어서 내가 가면 선생님이 프랑스와 영국에서 사온 천을 꺼내어 3m가 넘는 식탁의 테이블보를 같이 만들곤 했다. 훗날 나는 그 테이블의 사이즈를 적어뒀

다가 한국에 돌아와서 화려한 레이스로 장식된 테이블보 2개를 만들어 보내기도 했다. 그래서 선생님은 나의 바느질에 대해 알고 계셨던 거다.

우리는 생일선물로 축하인사를 담은 족자를 만들어서 가져갔다. 우리 가족 모두가 참석하지는 못했지만 온 가족이 한글과 영어로 축하메시지를 써서 하나의 '예술작품'처럼 보이게 했다. 생일파티에서 우리는 스페셜 코너를 부탁해서 두 분께 한국식으로 큰 절을 했다. 사람들이 모두 빙 둘러싸고 구경하더니 나중에 한국문화에 대해 이것저것 물어보았다. 큰절은 아무에게나 하는 게 아니고 특별한 경우에 큰 어른들께만 하는 존경의 표시라고 설명해 주었다. 한류가 언제까지나 K팝과 K드라마, 사물놀이에 머물 수는 없는 일이 아닌가. 흡족한 표정의 B 아저씨는 "5년 뒤 나의 75회 생일에 이 멤버 이대로 여기서 다시 모이자."라고 했다.

칠순잔치에 초대된 손님들이 많아서 각각 이웃집에 묵게 됐다. 한 집에 한 팀씩 숙소를 얻어준 것이다. A 선생님은 초대 손님을 동네 여러 집에 배치하면서 "저글링하는 느낌"이라고 했다. 우리는 건축가인 테드 몽고메리 아저씨의 집에 묵었다. 아기자기하게 자신의 예술작품처럼 지은 집이었다. 집 소개를 부탁하니 아주 즐거워했다. 지붕으로 뚫린 창으로 나가니 경사진 지붕에는 식물이 자랄 수 있도록 공간이 마련돼 있었다.

테드 아저씨가 손수 준비한 아침을 먹으면서 이런저런 이야기를 나누었다. 그는 얼마 전 상처했다면서 깊은 상실감에 빠져있었다. 이야기 도중에 눈물을 보이기도 했다. 테드 아저씨는 우리를 자신

B 아저씨의 칠순잔치 때 묵었던 집 주인인 건축가 테드
몽고메리 아저씨.

의 빨간 재규어컨버터블에 태우고 동네를 한 바퀴 돌면서 구경시
켜주었다. 그가 "이 차가 기름을 아주 많이 먹는다."라고 말하기에
내가 "기름 값을 좀 주랴?"라고 했더니 펄쩍 뛰었다.

　나는 그 집을 떠나면서 테드 아저씨에게 감사 메일을 보냈다.
'고맙다'는 인사와 함께 '인생은 길고, 당신은 아직 젊어요. 세라비
(C'est la vie).' 그는 환갑이 넘은 나이였다. 떠나는 날 아침 그는
우리에게 '세라비'라고 인사했다. 이날은 테드 아저씨가 A 선생님

집에 재규어컨버터블 대신 '보통 차'로 데려다주었다. 그 양반이 A 선생님에게 우리로부터 감동의 메일을 받았다고 말하자 선생님은 웃으면서 내 어깨를 감싸 안았다.

　그 후 다시 버몬트를 방문하게 되었을 때 2박3일 일정을 잡고 이메일을 보냈다. B 아저씨는 적어도 일주일은 있어야 한다고 강권하는 답장 메일을 큰아이에게 보내왔다. '동네에 새로 생긴 레스토랑 몇 군데에서 식사도 해야 하고 경치 좋은 몇 군데에서 사진도 찍어야 하고 우리 집 수영장에서 수영도 해야 하고…. 만약 부모님께서 이틀만 계신다면 이 모든 것들을 하루에 다 몰아서 해야 하니 내가 계획을 세우기가 힘들어서….' 이 메일을 읽어본 지 몇 시간 뒤 B 아저씨는 다시 메일을 보내왔다. ①Do your parents sleep in one bed?(부모님은 한 침대를 사용하느냐?) ②Can they walk up about 18 stairs to the bedroom there?(침실로 가는데 18계단 정도 걸어올라 갈 수 있느냐?) 이 양반은 2층으로 오르내리기 편하도록 버몬트 집안에 엘리베이터를 설치해 놓았다.

첼시의 이웃

　맨해튼 첼시의 아파트 복도에서 마주친 그녀. "여기 사세요?" 선명한 한국말이었다. 잠시 귀를 의심했다. 늘 무심히 지나쳤던 아파트의 옆집 사람들. 그녀도 나에겐 그들 중 한 사람이었다. "여긴 미국인이 살던데?" 그녀가 물었다. "잠시 여기서 지내고 있어요. 친구 집이에요." 이렇게 그녀를 알게 되었다.

그녀는 한국 이름으로 자신을 소개했다. 내가 미국 이름을 묻자 "저는 한국이름을 사용해요."라고 대답했다. 나는 미국에서 나고 자란 한국계 가운데 이렇게 한국말을 정확하게 구사하는 사람을 처음 보았다. 발음은 물론 어휘도 적확했다. 게다가 젊은 사람이 이 비싼 곳에 살고 있다니….

딸 하나를 키우는 커리어 우먼인 그녀는 우리를 브런치에 초대했다. 여러 종류의 베이글, 각종 과일, 베이컨, 각종소스, 샐러드…. 푸짐했다. 음식은 미국식이었지만 차림은 푸짐한 한국식이었다. 베이글은 뉴욕의 유명한 베이커리에서 산 것이라고 했다. 평소 베이글을 좋아하는 나도 이렇게 맛있는 베이글을 맛본 일은 드물었다.

그는 뉴욕 변호사였다. 우리 가족은 그를 '송변'으로 부른다. 한때 미국 TV방송에서 기자로 일하기도 했다고 했다. 역시 한국계인 남편은 월가에서 일하고 있었다. 두 사람은 명문 프린스턴대학 동문이었다. 나는 모처럼 편안한 한국말로 실컷 수다를 떤 뒤 남은 베이글과 기타 먹을거리를 송변이 싸주는 대로 잔뜩 받아들고 돌아왔다. 유쾌했다. 뉴욕 아파트에서 이웃을 사귀다니! 이튿날 아파트 출입문을 여는데 문에 기대어 있는 쇼핑백이 보였다. 베이글과 함께 먹을 수 있는 여러 식품이 잔뜩 든 쇼핑백이었다. 나는 송변에게 카톡을 보냈다. '문 앞의 쇼핑백! 범인이 당신입니까? 잘 먹겠습니다. 꾸벅!' 송변의 답이 왔다. 'ㅎㅎㅎ'. 우리도 그 가족을 초대했다. 그분들은 집안 구경에 열심이었다.

당시 버몬트에 있던 아파트 주인 B 아저씨는 나중에 이 이야기를 전해 듣고 크게 기뻐하면서 "나도 아직 인사를 못한 사람들인데 뉴욕에 가면 이웃에 인사하겠다."라고 말했다고 한다.

한편 나는 그 후에 한국에 다니러온 송변의 시어머니 편에 파우치를 보냈다. 고마움에 대한 답례로.

뉴욕에서 만난 신경숙 작가

맨해튼의 펜트하우스에 머무는 동안 인기 소설가 신경숙 씨를 만났다. 유니세프에서 전할 것이 있어서 그가 머물던 아파트에서 만났다. 나는 파우치도 함께 선물했고 우리는 금세 친해졌다. 신 작가는 당시 인기를 끌던 소설 '엄마를 부탁해'에 사인해서 내게 주었다. 그는 다른 작품을 구상하느라 뉴욕에 머물면서 외부와 접촉을 별로 하지 않고 있는 듯했다. '엄마를 부탁해'는 한국에서 큰 화제였고 영어로 번역돼 미국 서점에서도 팔리고 있었다.

우리 둘은 동네에 있는 첼시마켓에 갔다. 그곳 서점에 신 작가의 소설이 진열돼 있었고 마침 한 미국인이 책을 펴서 보고 있었다. 내가 그 미국인에게 신 작가를 가리키면서 "이 분이 바로 이 소설을 쓴 작가"라고 소개했고 그 미국인은 깜짝 놀라는 표정을 지었다. '엄마를 부탁해'는 치매에 걸려 집을 나간 엄마를 여러 가지 시선으로 조명한 독특한 작품이다. 논란에 휩싸이기도 했지만 독창적인 서술 방식 및 구성으로 화제가 됐던 소설이다.

과거 한국의 종로통에는 없는 게 없다고들 했지만 맨해튼이야말로 없는 것이 없는 곳이다. 미술관은 신발이 다 닳도록 곳곳을 찾아다녔다. 나는 시간이 날 때마다 벼룩시장을 찾았다. 싼 것은 구입하기도 하고 미국 사람들이 쓰다가 중고나 골동품으로 나온 게 어떤 것인가 하고 궁금했기 때문이다. 세상물정을 익히는 데는 시장만한 곳이 없다. 단골 벼룩시장에는 흑인 할머니가 옷가지를 팔고 있었다. 중고의류가 싸게 나왔는데 당시 내가 가진 돈이 모자라 다른 사람에게 팔지 못 하도록 계약금을 주고 영수증을 달라고 했다. 그는 "뭐, 영수증? 빌리브 미(Believe me)!"라고 했다. 하긴, 맞는 말이었다. 한번은 대판 싸움이 났다. 상인 간 자리다툼인 듯했다. 평소에는 아주 친절한 아줌마인데 거칠게 싸우는 걸 보고는 더는 그 가게에 못 가겠다 싶었다. 언젠가 한국인 지인에게 내가 약간 거친 동네에서 싸움이 나서 구경했다고 하니까 그가 "총알이 날아올 수도 있으니 함부로 구경하지 말라."라고 충고하던 기억이 떠올라서 자리를 피해버렸다.

내가 묵는 펜트하우스에는 일주일에 한 번씩 파출부가 청소하러 왔다. 내가 쓰는 방과 욕실은 내가 청소하겠다고 해도 그 사람은 늘 말끔히 청소해 놓곤 했다. 그에게도 파우치를 선물했다. 우리 가족은 이렇게 뉴욕, 특히 A&B 부부와는 얽히고설켜 있다.

내가 'A&B 뮤지엄'으로 부르는 뉴욕 맨해튼의 펜트하우스를 떠나면서 나는 이들 부부에게 땡큐 메일을 보냈다. 인사와 함께 혹시 문제가 있어서 보상할 게 있으면 알려달라고 했다. 이렇게 덧붙였다. '신은 왜 인간에게 눈을 두 개만 주셨을까요? 만약 신이 우리에게 열 개의 눈을 주셨다면 훨씬 더 많을 것들을 볼 수 있지 않았을까요. 당신이 이 집에 나를 묵을 기회를 주지 않았다면, 나는

뉴욕에 오기 힘들었을 거예요. 숙박비가 어마어마하니까.'

처음에 뉴욕에 머물다 떠나면서 과연 여기에 다시 올 수 있을까 생각했다. 그런데 그 후로 10년 동안 해마다 뉴욕에 갔다. 때로는 한 달씩 묵기도 했다. 니코네, B 아저씨네, 라스코스키 교수네 등 등을 돌면서 묵었다.

5. '아메리칸 히어로' 스키 아저씨

"내 집이 네 집이야"

미국 뉴욕에서 우리가 빌려 살던 집의 정원에는 잔디보다 잡초가 더 많았다. 나는 거의 매일 1,000평이 넘는 마당에서 잡초를 뽑았다. 어느 날 지나가던 까만 승용차 한 대가 우리 집 앞에 멈추더니 미국 아저씨가 내려서 내게 다가왔다. '길을 물어 보려나', '영어도 못 하는데'…. 그때 그가 성큼 다가와서 인사했다. 자기 이름이 리처드 라스코스키고, 스토니브룩 뉴욕주립대 교수라고 소개하면서 이웃과 알고 지내고 싶어서 들른 것이라고 했다. 그는 우리 집에서 몇 집 건너에 살고 있었다. 나는 집안에 있던 가족을 불러서 그에게 소개했다. 이것이 라스코스키 교수와 우리 가족 인연의 시작이었다.

그 양반은 저녁때에는 주로 마을을 뛰어다니며 조깅을 했다. 남편과 나는 그냥 '리처드'라고 하고 그도 우리 이름을 부르는 사이가 됐다. 아이들은 예의 차원에서 언제나 '닥터 라스코스키'라고 했고 특히 큰아이는 '아메리칸 히어로'라는 별명으로 불러서 그를 기쁘게 했다. 나는 우리 가족에게 말할 때는 '스키 아저씨'라고 한다. 스키 아저씨는 언제든지, 무슨 일이든지 도와줄 수 있다고 했다. 우리는 때로는 밤 12시에 그 집 문을 두드렸다. 영어에 서툴러서 아이들의 숙제를 할 수 없었기 때문이었다.

대학 관련 모임에 참석한 라스코스키 교수

그 양반은 자다가 눈을 비비고 일어나 우리 아이들의 숙제를 봐
주었다. 우리는 언제나 그의 집 뒷마당에 있는 골프연습시설을 이
용했다. 연습시설이래야 뭐 작은 핸드볼 골대처럼 쇠틀에 그물을
쳐놓고 그 앞에서 스윙연습을 하는 정도였지만 남편과 아이들은
주인이 있건 없건 들락거렸다. 그는 늘 우리에게 말했다. "내 집이

네 집이다.(My house is your house.)" 그러니 아무 때나 오라는 뜻이었다.

우리는 미국에 살면서 그 양반 덕을 톡톡히 봤다. 말로만 듣던 메이저리그 야구경기를 난생처음으로 직접 보기도 했다. 하루는 우리 집에 와서 명문 야구구단 뉴욕양키즈 초대권 4장을 내놓았다. 이 양반이 당시 체육대학장이라 초대권이 온 듯했다. 우리 가족 네 명은 경기를 보러 뉴욕시로 차를 몰고 갔다. 둘째가 운 좋게도 관중석의 우리 자리로 날아온 파울볼 하나를 '득템'했다. 이 때문인지 10여 년 뒤에도 두 아들과 남편은 각각 양키즈 구장이나 보스턴 레드삭스의 펜웨이 파크에 야구를 보러갔다.

이 양반은 야구 유격수 출신으로 서부의 명문 구단인 LA 다저스에 지명됐었다. 그 인연으로 뉴요커지만 늘 다저스 팀을 응원했다. 투수 박찬호와 류현진의 선배가 될 뻔했다. 류현진이 다저스에서 뛸 때 그는 늘 '류'의 성적에 관심을 보였지만 토론토 블루제이스로 옮긴 뒤에는 별 관심을 안 보인다. 그는 대학을 졸업하면서 명문구단 입단을 스스로 포기했다. "가만히 생각해 보니, 내 실력으로 야구를 해가지고는 장래가 별로 밝지 않아 보였다."라는 게 그의 입단 포기 이유다. 대학원에 진학했고 교육학 박사가 되어 교수의 길로 나섰다. 모교인 뉴욕의 세인트존스 대학에서 교수 생활을 하다가 스토니브룩대로 옮겨온 경우였다. 대학을 옮긴 뒤 그는 교수로 학생을 가르치면서 체육대학장 보직을 맡았다.

지금은 경영대 교수지만, 체대학장 시절 그는 대학의 농구팀과 야구팀 등 스포츠 팀 관리 책임도 맡았다. 그는 남편에게 두 차례나 선수 추천권을 주었다. 처음에는 농구선수 추천을 부탁했다. 당신이 추천하는 선수는 무조건 받겠다는 것이었다. 남편은 잘 모르는 분야라 추천하지 않았다. 이듬해에는 야구선수를 추천하라고 했지만 역시 하지 않았다. 우리가 추천하면 우리나라 고졸 야구선수가 미국의 대학에 사실상 그냥 다니는 셈이었지만, 미국 사회에서 '추천'이란 게 어떤 무게를 갖는 것인지 조금은 감을 잡고 있었기에 남편은 '아깝지만' 포기한 것이었다.

학장이 사인한 체육관 무료카드

스키 아저씨는 대학체육관을 무료로 이용하도록 카드를 만들어주었다. 카드에는 학장 사인이 들어 있었다. 우리 가족은 일 년 내내 수영장과 헬스 시설을 이용했는데 아무리 다녀 봐도 학장 사인이 든 무료카드는 우리 외에 가진 사람을 본 적이 없다.

당시 초등학생이던 우리 아이들은 늘 교수 연구실에 놀러갔다. 그 바쁜 양반이 우리 애들만 가면 만사 제쳐놓고 같이 놀아주었다. 이를 지켜본 한국인 교수 한 분은 "도저히 이해할 수 없다. 저 양반은 깐깐하기로 교수들 사이에서 정평이 나 있는데 그렇게 허물없이 지내는 게 믿기지 않는다."라고 말했다.

그는 농구팀 기금마련을 위한 골프대회에 남편을 초대했다. 우리도 좀 기부하라는 뜻으로 생각하고 입장권을 사겠다고 했다. 그는 "당신은 나의 게스트니까 돈을 낼 필요가 없이 그냥 즐기면 된다. 참석자들은 아주 부자들이다."라고 말했다. 당시 입장권은 250달러로 비쌌다. 장소는 일대에서 최고 명문으로 꼽히는 회원제 골프장이었고 회원은 150명에 불과했다. 미국 사람들이 검소한 차림으로 수수한 채를 들고 골프를 한다는 말은 사실이 아니었다. 남편은 참가자의 옷과 골프채의 브랜드에 놀랐다고 한다.

골프 경기가 끝나고 클럽하우스에서 파티가 시작됐다. 경매 형식으로 기금을 마련하는 것이었다. 경매 물품으로는 농구팀 선수들이 쓰던 공을 비롯해 온갖 자질구레한 것들이 나왔고 재미 삼아 밤늦게까지 경매가 진행됐다. 남편은 그런 자선경매 모습은 난생 처음 봤다고 했다.

그 양반은 또 조교들과의 학기말 쫑파티에도 남편을 데려갔다. 쫑파티는 동네 골프장에서 골프행사를 한 뒤 클럽하우스 앞마당에서 햄버거를 직접 구워서 요리해 먹는 방식으로 진행됐다. 이것도 새로운 경험이었다.

남편의 미국 연수가 끝나서 우리는 한국으로 돌아올 준비를 하고 집주인이 올 때까지 우리 집 잔디를 깎아달라고 스키 아저씨에게 부탁했다. 잔디를 깎지 않으면 주민의 민원대상이 되기 때문이었다. 귀국을 며칠 앞두고 우리는 일 년 동안 빌려서 쓰던 두 대의 차를 모두 반납했다. 작은아이가 그 양반 집에 놀러가서 그 이야기를 했나보다. 그는 득달같이 차 한 대를 가져와서 "이 동네에서는 차가 없으면 꼼짝할 수 없으니 이걸 쓰라."라고 했다. 우리는 깜짝 놀라 '한국에서는 차와 아내는 빌려주지 않는다.'는 속담이 있다고 했더니 그는 "미국도 그렇다."라며 웃었다.

우리는 귀국했고 큰아이는 나중에 뉴욕의 컬럼비아대학에 들어

손자 관의의 백일잔치에 참석한 스키 아저씨.

가서 경제학과 수학을 공부했다. 큰아이가 유학하는 동안에 나는 수시로 미국에 갔고 내가 살던 마을에 가면 항상 그 양반 집에 묵었다. 그는 큰아이의 대학졸업식에도 참석해 졸업선물이라면서 100달러짜리 수표를 건네서 우리를 놀라게 했다. 미국에서도 '현금 선물을 주는구나!' 나는 처음 알았다.

남편 카드냐, 네 카드냐?

우리가 살던 마을은 뉴욕 롱아일랜드의 이스트 시토킷이다. 스키 아저씨가 사는 곳이다. 나는 자주 그곳을 방문했지만 겉모습은 별로 변한 게 없었다. 구성원들이 바뀌는지는 이방인으로서는 알 수 없다. 스키 아저씨는 "우리 동네 사람들은 나이가 들면 따뜻하고 살기 좋은 플로리다로 많이들 이사한다. 아이들에게 살던 집을 물려주니까 구성원들이 별로 바뀌지 않고 유지된다."라고 했다. 뉴욕시는 자유분방해 보이지만, 같은 뉴욕 주라고 하더라도 우리가 살던 롱아일랜드 동쪽 서포크 카운티의 이스트 시토킷이나 올드필드 같은 동네는 보수적인 분위기다. 독립전쟁 당시 격전지였으며 그시대의 우체국이 아직 운영되는 유서 깊은 곳이기도 하다. 겨울에는 큰 연못이 얼어서 동네 사람들이 스케이트를 타는데 어떤 주부는 유모차를 밀면서 스케이트를 타는 진풍경도 연출되는 곳이다.

우리 집 처마 밑에는 너구리가 살고 있었고 사슴들이 놀러왔다. 스키 아저씨는 한국에 왔을 때 "요즘에는 사슴이 너무 많아져서 떼를 지어 돌아다니기 때문에 골머리를 앓고 있다."라고 했다. 내가 "그건 잡아먹으면 되지 않느냐?"라고 했더니 그 양반은 "먹을 수는 있는데 잡을 수는 없다."면서 웃었다. 이 동네는 집집이 넓은 정원과 잔디밭에 호수 같은 바다가 마을 깊숙이 들어와 있는 곳이다. 시골이라기보다는 교외 주택가 정도에 해당한다. 계절마다 집들이 꽃 속에 묻히고 봄이면 집 주위에 수선화가 지천으로 피어 지금도 수선화를 보면 한참을 들여다보며 그 때를 생각한다.

이 지역에는 나름의 조례가 있다. 우리가 살던 이스트 시토킷은 1에이커(1,200여 평)에 집을 하나씩 지을 수 있고 한 주택에 한 가구 이상 살 수 없다. 옆 동네인 올드필드에는 2에이커(약 2,500

스키 아저씨 집 앞에 놀러온 사슴. 동네에는 사슴이 아주 많다.

평)에 한 집을, 대학교가 있는 스토니브룩은 반 에이커(600여 평)에 한 집을 지을 수 있었다. 또 햄버거 가게가 이들 지역에는 들어올 수 없다. 햄버거 하나 사먹으려면 10km 넘게 떨어진 곳으로 차를 몰고 가야 했다. 이들 세 시티를 묶어서 쓰리빌리지라고 불렀고 하나의 명문 학군(學群)을 이루고 있었다.

사실 우리가 이런 동네에 살아볼 수 있었던 것은 남편의 직장동료였던 오명철 씨 덕분이다. 그 양반이 스탠퍼드대에 연수할 때 나는 그 가족을 방문했고 미국 연수에 대해 깊이 생각하게 됐다. 해외연수는 우리와는 먼 이야기인 줄 알았다. 그 집 아이들은 넓은 잔디밭을 가로질러 등교했고 이른 아침 자전거로 달려본 스탠퍼드대 캠퍼스의 화단에는 양귀비꽃이 가득했다. 미국에 오면 꼭 넓은 주택에 살아보리라고 마음먹었다. 오명철 씨는 남편이 스토니브룩대에서 연수하는데도 큰 도움을 주었다.

스키 아저씨는 우리 가족만 보면 아주 부러워했다. 그는 우리에게는 언제나 직설적으로 말했다. "당신네들 사는 게 정말 부럽다. 미국 가정은 절반이 이혼한 가정이고, 그 이혼한 가정 중 절반만이 재혼 가정이다."

내가 자주 들락거리는 것을 본 스키 아저씨 친구들이 "그 아주머니는 왜 맨날 혼자 와서 묵느냐? 남편은 왜 같이 안 오느냐?"라고 물었다고 한다. 스키 아저씨가 "아, 남편은 한국에서 돈을 벌어야 하니까."라고 대답하면 친구들이 놀라는 표정이었다고 했다. 언젠가 내가 식당이나 가게에서 카드를 쓰자 스키 아저씨가 "누구 카드냐? 네 카드냐, 남편 카드냐?"라고 물었다. 나는 서슴없이 "남편 거다. 내게 쓰라고 카드를 줬다."라고 했더니 그는 "사용 한도 액수를 정해주었느냐, 아니면 안 정해주고 카드만 덜렁 줬냐?"라고 또 물었다. 나는 "그런 것은 알아서 쓰는 거지, 그런 제한이 어디 있느냐!"라고 했다. 사실 과거에 남편에게도 비슷한 질문을 한 적이 있는데 당시 남편은 "가정에서의 경제권은 다 아내에게 맡긴다. 한국의 많은 가정에서 그렇다."라고 말했다. 스키 아저씨는 "진짜냐?"라고 여러 번 묻고는 "그럼 카드로 당신 돈을 다 써버리면 어떻게 하느냐"면서 깜짝 놀랐다. 지금도 우리 집은 그렇게 살고 나는 대부분의 한국 가정도 그렇다고 생각한다.

왜 'S+V+O+C' 때문에 머리가 아파야 하지?

스키 아저씨는 내가 그의 집에 머물 때면 늘 자기 승용차를 한

대 내어 준다. 내 자가용 격이다. 언젠가 내가 도착하기 전에 그 양반이 출근하면서 집에 남겨놓고 간 쪽지에는 이렇게 쓰여 있었다. "Welcome Home!" I'm glad you are back in Setauket. Use the car if you need it. '홈'이라고! 그는 본인은 마시지도 않는 커피를 나를 위해 사놓곤 했다. 남편 미국연수가 끝나고 몇 해 뒤 내가 그 양반 집에 혼자 갔을 때 쌀과 고추장, 된장 같은 한국 식품과 작은 전기밥통까지 구해다 놓았다. 게다가 한국계 미국 학생 통역까지 대기시켜 놓았다. 그 양반은 내가 말이 안 통할까 봐 어지간히 걱정이 됐던 모양이었다. 내가 간단한 영어를 하니까 깜짝 놀라면서 "너는 왜 너의 가족과 함께 있을 때에는 영어를 사용하지 않았느냐?"라고 했다. 내가 "우리 가족과 있을 때에는 어떤 한국말을 하더라도 큰아이가 빛의 속도로 동시통역을 해주는데, 내가 왜 말을 시작하기 전에 'S+V+O+C' 같은 문장 5형식 때문에 미리 머리부터 아파야 하느냐?"라고 반문했다. 그는 '하하' 웃으면서 "그렇구나!" 하더니 그 후론 방문해도 통역이 나타나지 않았다.

몇 년 전 큰아이 하버드 졸업식 때 방문해서 그 양반의 '내 차'를 몰고 남편과 함께 미국의 최남단인 플로리다 주 키웨스트로 갔다. 컨트리 음악에 등장하는 웨스트버지니아가 어떤 곳인지도 궁금해서 그쪽으로 돌아 중부를 거쳐 루이지애나 주를 찍고 목적지에 갔다가 돌아오는 여정이었다. 키웨스트로 가는 길에 있는 이슬라모라다라는 곳의 관광안내소에 들렀더니 직원들이 "여긴 동양 사람들이 거의 들르지 않는다."라면서 우리 부부의 사진을 찍었고 결국 그 빌리지의 홈페이지에 실렸다.

헤밍웨이가 '누구를 위하여 종은 울리나'를 집필하면서 쿠바를 바라보던 포인트까지 갔다가 돌아오는 길이었다. 흑인 아주머니가 운전하면서 친구들과 수다를 떨다가 사거리에서 일시정지하지 않고 냅다 달려서 내 차의 옆구리를 들이받았다. 우리는 다치지 않았지만 차는 왕창 찌그러졌다. 경찰이 와서 사고경위를 조사했다. 그 아주머니는 자신이 잘못했다고 한 것 같았다. 경찰이 내게 묻기에 영어 실력이 짧은 나는 "나는 영어를 잘 못한다. 그렇지만 우리는 잘못한 게 전혀 없다."라고만 했다. 그걸로 일단락됐다. 우리는 옆이 찌그러진 차를 몰고 돌아왔다. 당시 중앙아메리카 코스타리카에 학생들을 가르치러 나가 있던 스키 아저씨는 "내가 고칠 테니 그냥 두라."라고 했다. 물론 가해자들이 보험으로 해결했지만 체면이 말이 아니었다.

미국교수, 시골어른들께 한턱

드디어 우리에게도 스키 아저씨에게 신세를 조금이나마 갚을 기회가 왔다. 우리가 귀국하고 19년 뒤인 2016년 봄 그 양반이 한국에 왔다. 인천 송도에 있는 스토니브룩 뉴욕주립대 한국캠퍼스(SUNY Korea)에서 한 학기 동안 학생을 가르치러 온 것이었다. 그가 이곳에 자원한 더 큰 이유는 우리 가족을 만나서 '놀기' 위함이라고 나는 생각한다.

그 양반은 주말마다 우리 집에 와서 묵었고 남편과 곳곳을 다녔다. 우리 집 제사도 참관했고 손자 백일잔치에도 참석했다. 둘째의

스키 아저씨와 시골의 집안 어르신들.

아들 백일잔치였다. 둘째는 과거 초등학생 시절 우리가 미국에 살 때 스키 아저씨가 "내가 맡아서 학비도 대주고 키울 테니 두고 가라."라고 했던 바로 그 아이다. 둘째아이와 스키 아저씨는 특별히 친해서 자주 놀러왔다갔다 했고 농담도 잘 주고받았다.

아무튼 남편은 노래방과 도봉산에 간 것은 물론이고 휴전선까지 다녀왔고 잠실야구장에 LG 트윈스를 응원하러 가서는 LA 다저스에 지명 받았던 유격수 출신답게 남편에게 완벽하게 야구해설을 했다고 한다. 치어리더들을 앞세운 한국의 야구 응원 문화에 반한 그는 남편에게 늘 "야구팀을 하나 만들자. 나는 야구를 아니까 감독을 할 테니 당신은 프런트를 맡으라."라고 농담하곤 했다. 그는 남편에게 등번호 '33번 박용택'이 찍힌 LG 트윈스 유니폼을 한 벌 사주기도 했다.

남편의 고향에도 가보고 싶다고 해서 함께 방문했고 스키 아저씨는 집안 어르신들께 동네에서 제일 좋은 식당에서 저녁을 샀다. 일가친척들은 미국인과의 만남 자체가 처음인데다가, 독신인 이 양반을 신기해했고 갖가지 질문을 해댔다. 드디어 "왜 혼자 사느냐?"라고 물었다. 어르신들에게는 미국인에게 이런 질문이 결례인지는 아예 고려 대상이 아니었다. 완고한 시골 어르신들에게 어떻게 설명해야 하나? 남편은 스키 아저씨에게 "모든 질문은 곧이곧대로 직역해도 되겠느냐?"라고 묻고 그대로 했다. 그 양반은 웃으며 "독신이기는 하지만 걸프렌드는 늘 있었습니다."라고 대답해 어르신들을 어리둥절하게 했다. 서울로 돌아오는 길에는 이천의 유명한 밥집에 들러 임금님 수라상과 같은 밥상을 받았다. 그는 눈이 휘둥그레져서 연신 사진을 찍고 또 찍었다.

스키 아저씨를 통해 미국 사람들이 생각하는 틀을 일부 엿볼 수 있었다. 그는 한국에 머물면서 남편과 도봉산에 오르기를 좋아했다. 처음으로 도봉산에 다녀온 뒤 그 양반은 종아리가 아프다고 했다. 나는 나이가 좀 들어서 그런가 보다고 생각했다. 또 뉴욕 주는 업스테이트를 제외하고는 산이 없으니 오랜 만에 등산해서 그러려니 했다. 2주일 뒤에 또 산에 다녀오더니 역시 종아리가 아프다고 했다. 그 다음에 만났을 때 그 양반은 "내 다리가 왜 아픈가 하고 원인을 찾아보니 특정근육이 약해서라더라. 그래서 그 근육강화 운동을 지속적으로 해왔다."라고 말했다.

'높은 산에 오르면 누구나 다리가 아픈 것이고, 등산하느라 안 쓰던 근육을 쓰면 아플 것이고, 게다가 나이가 들어서 등산하면 더 힘들 것'이라고 생각하는 게 우리네의 전통적(?) 사고방식이다. 이 양반은 사고의 틀 자체가 다르다고 생각했다. '나이 탓' 식으로 적당히 넘어가는 게 아니라 문제의 원인을 정확히 파악해 교정하려는 자세를 보였기 때문이다.

"자네들, 취직해도 지각할 건가?"

라스코스키 교수가 SUNY 코리아에서 저녁 시간에 우리 가족의 특강을 마련했다. 가족 모두가 강사로 나섰다. 큰아이는 컬럼비아대학과 연세대의학전문대학원에서의 공부 경험, 둘째 아이는 연세대를 졸업하고 대기업 인사과에서 근무하는 이야기를 했다. 남편은 자신의 직업과 직장생활, 나는 갖가지 봉사활동과 유니세프 아우인형 만들기에 대해 이야기했다. 학생들에게도 아우인형과 함께 파우치를 보여주었다. 끝나고 나서 나는 봉사활동과 아우인형, 파우치에 얽힌 사연에 대해 집중적인 질문을 받았다. 학생들은 중국 및 아시아 지역 유학생과 한국 학생이었다.

당초 이 양반이 한국에 올 때 우리는 공항에 마중 나가고 싶었으나 대학 측에서 마중 나오기로 했다면서 극구 사양했다. 막상 공항에서는 그를 픽업하러온 기사는 보이지 않았고 '라스코스키 박사'라고 쓰인 종이만 나뒹굴고 있어서 당황했고 어지간히 골탕을 먹었던 모양이다. 그 쓰린 경험 때문인지 미국으로 돌아갈 때는 우리에게 나와서 수속을 좀 도와달라고 했다. 사실 그는 우리 가족이 미국에 갈 때마다 2시간 넘게 JFK 공항으로 달려와서 우리와 포옹하곤 한다.

한국을 다녀간 지 6년 뒤인 2022년 6월 정말 느닷없이 한국으로 다시 날아왔다. SUNY 코리아 개교 10주년을 맞아 초청된 것이었다. 화요일 저녁에 도착해 토요일 새벽에 떠나는 빡빡한 일정이었다. 아침 9시부터 밤 10시 반까지 스케줄이 꽉 차 있었다. 항공권이 워낙 비싸져서 학교 측에서는 미안해하면서 이코노미 표를 끊어주었다는 것이다. 그 불리한 조건을 감수하고 '경영학과 대표'로 온 것은 우리를 만나러온 목적이 틀림없어 보였다.

우리는 단숨에 송도에 있는 호텔로 달려갔고 저녁 내내 맥주를 마시면서 이야기를 나누었다. 우리는 그의 일정상 심야에만 두 차례 만나 맥주를 마셨다. 스키 아저씨는 미국의 최근 분위기에 대해 몇 가지 의미 있는 이야기를 들려주었다. 그는 최근 성차별과 관련해 총장으로부터 주의를 받았다고 했다. 체육대학장 출신인 그 양반은 수업시간에 학생들에게 '성전환한 사람이 바뀐 성별을 대표하는 선수로 뛰게 하면 안 된다.'고 말했다. 즉 남자가 여자로 성전환해서 여자팀에서 스포츠선수로 활동하면 안 된다고 했더니 총장이 주의를 주었다는 것이다. 둘째, '미성년자에게는 성전환수술을 허용하면 안 된다.'고 했다가 또 지적을 받았다. 적어도 '18세 이상 성인이 되어 확실히 사리분별을 할 때 성전환을 허용해야 한다.'고 말했다는 것이다. 역시 총장으로부터 주의를 받았다.

동부의 대학들은 리버럴한 경향이 아주 강하다. 그렇지만 학생들이 이 양반을 아주 잘 따른다는 사실을 우리는 경험을 통해 알고 있다. SUNY 코리아에서 계속 그를 부총장으로 와달라고 초빙하고 있는 데서도 이 점을 알 수 있다. 심지어 이 양반은 한국에서 6개월 강의하고 떠나면서 5,000달러를 한국캠퍼스에 기부하고 갔다.

교수로서 스키 아저씨는 아주 엄격하다. 수업이 시작되면 바로 교실 문을 잠가버린다. 지각생이 못 들어오도록 하는 것이다. 학생들이 항의하면 이렇게 대답한다. "너희는 경영학과 학생들이다. 졸업하면 기업에 취직을 할 것이다. 그때에도 이렇게 지각을 할 건가? 미리 훈련을 해야 한다."

큰아이가 미국과 관련된 일에서 잠시 문제에 부닥친 적이 있다. 스키 아저씨는 이야기를 듣더니 대뜸 "그 사람이 이름이 뭐냐?"라고 물었다. 큰아이가 "왜요? 그분이 일하는 곳에 아는 사람이 있어요?"라고 되물었다. 스키 아저씨는 "그런 건 아니고…."라고 했다.

스키 아저씨가 두 번째 한국 방문을 마치고 돌아갈 때에 나는 파우치 두 개를 건넸다. "파우치 한 개는 마리아에게 주고 나머지 한 개는 혹시 있다면 여자 친구에게 주세요." 스키 아저씨는 고양이 몇 마리를 키우고 있었고 집을 비울 때면 앞집 마리아 아주머니가 대신 돌봐주곤 했다. 이제 한 마리밖에 안 남았는데 이번에도 마리아가 고양이 당번이라기에.

6. 뉴요커 니코와 엄마 수지

"만 달러 대신에 평생 숙박권을"

큰아이가 초대받아서 얼결에 따라간 방문이었지만 어쩐지 니코 엄마(수지 여사)와 뜻이 잘 맞는 것 같았다. 첫 만남 이후로 니코 엄마와 친해졌다. 그 집은 뉴욕 시내에 있었는데 숲속 언덕에 큰 저택만 모여 있는 특이한 동네였다. 코로나바이러스 사태 전까지 여러 해 동안 해마다 니코네 집에서 여름을 보냈다. 뉴욕에서 태어나고 자란 뉴요커인 니코는 큰아이와 컬럼비아대학에서 함께 공부했다. 이 집은 아들이 셋인데 둘째아들 니코가 큰아이의 친구였다. 수지의 막내아들도 컬럼비아 동문인데 생물학을 전공했다. 우리 큰아이는 대학 미분적분 수업시간에 뒷자리에 앉은 니코가 말을 걸어와서 친하게 됐다.

뉴욕에서 니코네 집에 묵는 동안 나는 거의 매일 아침 집을 나와 맨해튼 구석구석을 돌아다니면서 놀았다. 길거리 공연도 보고 무료전시도 보고 신기한 물건을 파는 가게가 있으면 들어가서 구경하기도 했다. 궁금한 것들은 짧은 영어로나마 직원에게 물어보면 직원들은 성심성의껏 대답해주었다. 그러면서 영어듣기와 말하기도 연습했다. 어떤 때에는 전혀 못 알아듣는데 장황하게 설명하면 나는 마치 알아들었다는 듯이 고개를 까딱이면서 오케이 몇 번 하고 적당히 틈을 타서 '땡큐' 하고 가게를 나왔다. 서점에도 수시로

니코네 집 두 채 중 요즘 살고 있는 집.

들렀다. 각종 기념품과 책들로 가득한 그곳은 하루를 지내기 제일 좋은 곳이었다. 저녁에 니코네 집으로 돌아갈 때에는 이따금씩 뉴욕 제일의 매그놀리아 디저트를 사서 수지에게 선물했다. 꽃도 가끔 사갔다. '홀 푸드'(Whole Food)에서 간단한 먹을거리를 사들고 가기도 했다. 수지는 어느 날 포장 봉투를 보더니 "홀 푸드네. 여긴 비싼데 나는 가본 적이 없는 곳"이라고 했다.

니코네 집은 같은 동네의 가까운 거리에 두 채가 있었다. 비어 있는 집 한 채는 가파른 언덕 위에 지어진 고성(古城) 같은 형태였다. 가족들은 그 집을 캐슬이라고 불렀다. 프랑스식 성 모양이었다. 돌보지 않은 집의 정원은 잡초가 무섭게 우거져 주위의 깔끔하

니코네 프랑스식 캐슬 차고 페인트칠을 자청했다.

게 정돈된 집들과 비교가 되었다. 내가 "저 잡초를 좀 손질해 보자."라고 하자 니코네 부모는 "정원사를 불러야 하는데 비용이 너무 많이 든다."면서 손사래를 쳤다. 그래서 "내가 매일 조금씩 손질해 보겠다."라고 했더니 "그런 일은 네게 맡길 수 없다. 왜냐하면 너는 우리 집 게스트이기 때문이다."라고 했다. 사실 집 주위의 바위 언덕이 너무 가파르기 때문에 기계를 사용하기도 어려웠다.

결국 그들을 설득하여 도로변에 있는 작은 화단을 맡아서 이틀 동안 손질했다. 그것만으로도 집의 인상이 몰라보게 달라졌다. 부부가 너무나 기뻐했음은 물론이다. 다음은 차고의 거대한 나무문을 칠하고 싶다고 했다. 문은 내 키의 세 배쯤 되는데 영화에 등장하는 성문 같은 모양이었다. 문 가장자리는 기묘한 모양의 쇠 장식이 빽빽하게 돼 있었다. 어설픈 도구로 간단히 처리할 수 있는 게 아니었다. 부부는 도대체 어떤 방법을 쓰려고 하느냐고 물었다. 나는 한국에서 우리 아파트의 페인트칠한 사진을 보여주면서 경험이 있으니 할 수 있다고 했다. 페인트와 붓만 사달라고 했는데 그들은 열 가지가 넘는 장비를 내게 건네주었다. 눈 보호안경, 페인트칠용 장갑 세 종류, 옷 두 벌, 앞치마. 거의 공사판에서나 쓸법한 사다리 등등. 그리고는 대문의 열쇠를 내게 맡겼다. 나는 우선 사포로 부식되고 부서진 곳을 말끔히 벗겨냈다. 윗부분은 사다리를 사용했다. 이틀이 걸렸다. 다음에는 페인트칠의 밑바탕이 되는 투명라커를 칠했다. 대문 가장자리에 있는 복잡한 쇠 장식은 사포로 문지른 다음 원래의 색인 검정색 페인트칠을 했다. 힘든 작업이었다.

저녁에 퇴근한 수지의 남편은 들어오면서 흥분해서 외쳤다. "내가 당신에게 만 달러 이상을 줘야 하겠네!" 그 일을 외부에 맡기면 정원 손질과 대문 칠하는 데에만 만 달러 이상이 든다고 했다. 나는 웃으며 "만 달러 대신 언제든 너희 집에 묵을 수 있는 숙박권을 줄 수 있겠느냐?"라고 말했다. 그들 내외는 크게 웃으면서 해마다 와야 한다고 말했다.

나의 정원 손질은 그 후에도 이어졌다. 잡초를 제거하면서 옆집과의 경계선에 있는 풀들도 말끔히 정리했다. 성 뒤쪽의 거대한 창틀도 사포질을 한 후 페인트칠을 했다. 꽃이 지고 난 뒤의 묵은 가지들도 잘라냈다. 아침 일찍 시작하여 서너 시간씩 작업했다. 수지 남편은 퇴근길에 매일 둘러보고는 오늘은 어디가 참 예쁘게 정돈돼 있더라고 말하면서 좋아했다.

그 후 부동산에서 집을 둘러보고 싶다는 연락이 왔을 때 부부는 "10년 동안이나 매매 연락조차 없었는데 네 덕분에 드디어 연락이 왔다."라면서 좋아했다. 몇 년 뒤에는 어떤 유명인이 캐슬에 세 들어 살기도 했다.

내친 김에 캐슬에 이어서 니코네가 살고 있는 집도 손질하기로 했다. 우선 정원에 있는 철제 식탁과 의자에 페인트칠을 다시 하고 마당 앞뒤에 있는 거대한 나무흔들의자도 다시 칠했다. 집으로 들어가는 계단을 따라 나있는 레이스 문양의 철제난간도 다시 칠을 했다. 난간을 칠하면서 살펴보니 벗겨진 페인트칠 안으로 흰색과 녹색, 빨간색이 보였다. 지금은 난간이 검정색이지만 과거 언젠가는 녹색이고 빨강이었구나!

니코네가 사는 집은 지하 1층, 지상 3층이다. 지하에는 집 밖의 바위가 실내로 들어와 있었는데 그 바위를 이용해 바를 만들어놓았다. 지은 지 90년 가까이 된 이 저택의 1층은 지금은 부엌과 식당으로 사용되고 있다. 과거에는 1층에 하인 12명이 거처하던 방이 있었다고 한다. 이것을 개조해서 거대한 식탁을 놓고 싱크대를 중심으로 양쪽에 식기세척기 2대를 놓았다. 귀국 날이 다가와 공항에 가려고 택시를 불렀더니 기사가 니코네 집을 보고 "학교예요?"하고 물었다. "아니요. 개인집이에요."라고 답해주었다. 나는 이 집 3층에 묵었다. 주인은 2층에 살았다.

냉큼 앞치마를 건네며 "요리 좀…"

처음 니코네를 방문했을 때 그 가족은 언덕 위에 있는 옛집에서 살았다. 니코네 집 두 채 중에서 고색창연한 3층짜리 벽돌집을 말한다. 훗날 내가 페인트칠을 하고 깨끗하게 단장해놓은 그 캐슬이다. 정원이 넓었고 마치 독일 라인 강변에서 본 성과 비슷했다. 언젠가 크리스마스 파티에 초대되어 갔을 때 운동장만한 느낌의 거실에는 벽난로에 장작이 타고 있었고, 천장까지 닿는 크리스마스트리가 있었다. 백화점 로비의 대형 트리만 했다. 트리에는 니코네 세 아들이 유치원 때부터 만든 각종 카드와 지인들로부터 받은 카드로 빼곡히 장식돼 있었다.

이웃 몇 명, 화가, 니코의 친구 프랑스 여학생들 및 우리 내외와 큰아이가 초대되었다. 그중 이웃에 사는 여학생은 컬럼비아대학에 다니고 있었다. 어떻게 그 어려운 학교에 들어갔느냐고 물었더니 "'학원'에 다녔다."라고 했다. 정확한 한국어 '학원' 발음에 깜짝 놀랐다.

수지는 음식 장만에 분주했다. 세 아들도 도왔다. 니코의 아버지는 집 구경을 부탁하자 투어 가이드로 변신하여 집안을 샅샅이 안내했다. 곳곳으로 통하는 문은 같은 모양이 없이 층마다 모양이 달랐고 문짝의 쇠 장식까지 신경 써서 만든 것이었다. 모퉁이를 돌면 또 어떤 공간이 있을까 하는 궁금증이 일도록 구석구석 동화 속 환상을 현실에 옮겨 놓은 듯 했다. 창문은 동그랗게, 네모지게, 타원형 등 갖가지 모양이었고, 창틀은 꽃과 양초로 장식되어 있었다. 창을 통해 멀리 보이는 옆집들의 크리스마스 장식이 마치 꿈속에 있는 느낌을 주었다. 부엌의 두 뼘 남짓한 기둥에는 책을 꽂게 되어 있어 높은 천장에서 바닥까지 요리책들로 가득 차서 그것 자체가 멋진 장식이었다. 프랑스의 고성에 사는 기분을 간접적으로나마

니코네 캐슬 정원에서 열린 양고기 바비큐 파티.

체험하는 기회였다.

집 구경 뒤 수지에게 "도와드릴까요?" 하고 인사차 말을 건네자, "Thank you!" 하며 냉큼 앞치마를 입혀 주었다. 덕분에 미국인들의 전형적인 크리스마스 파티 음식을 같이 장만하는 흔치 않은 경험을 했다. 요리법은 물론, 아는 재료지만 물어 보며 영어까지 덤으로 배웠다. 수지는 활달했고 쉬운 영어로 천천히 설명했다. 샐러드를 만들 때 야채에 넣을 기름이 모자라자 "Oh, my God!"라고 하며 난리가 났다. 한참 궁리하더니 다른 기름병을 들고 와서 "이건 좀 맛이 덜한 기름인데 섞어 써야겠다."라며 '시크릿'이니 이야기하지 말라고 호들갑을 떨었다. 둘은 허리를 꺾으며 웃었다. 이후에 나는 내가 묵는 맨해튼 아파트에서 니코와 수지를 초대해 불고 기를 해 주었더니 요리솜씨가 좋다고 하기에 "내가 만들지 않은 음식은 다 맛이 좋은 법"이라고 답했다.

니코네 파티에 가면 니코 친구로 초대되는 사람은 하얀 친구들이었고 유색인은 두 명이었다. 한 명은 우리 큰아이이고, 다른 한 명은 아프리카 가나 출신의 주니어였다. 본명이 야오 타치에-바푸르이지만 스스로 '주니어'라고 하는 그는 공부를 잘하고 그림도 아주 잘 그렸다. 주니어는 하버드대 생물학 박사과정에 합격했지만 보스턴에 있는 터프츠 메디컬스쿨로 진학해 의사의 길을 택했다. 지금은 노스캐롤라이나대학 신경외과 전문의로 있다. 컬럼비아대학에서 생화학을 전공한 주니어와 경제학과 수학을 전공한 큰아이는 모두 마그나쿰라우데로 졸업했다. 늘 마음씨 좋은 니코였고 인종에 관계없이 친절했지만 친구를 사귀는데 나름 분명한 기준이 있었다. 언젠가 셋은 손을 모아서 함께 까만색, 황색, 흰색의 삼색 손 사진을 찍으면서 우정을 다짐하기도 했다.

'한가한 소방관'에게 길을 묻다

내가 한국으로 떠날 때면 수지는 항상 "다음엔 언제 올지 약속을 하고 가라."고 했다. 드디어 몇 해 전 6월에 니코가 장가를 가게 되어서 나는 한복을 준비하여 결혼식에 갔다. 순전히 결혼식 참석차 방문한 것이다. 정작 큰아이는 의학전문대학원 공부 때문에 친구 결혼식에 못 갔다.

니코 아버지가 그리스 이민자의 후손이어서 가족은 그리스 정교를 믿었다. 따라서 결혼식도 그리스 정교회에서 그들의 방식으로 거행됐다. 니코의 신부는 한국계 미국인인 아그네스여서 수지를 비롯해 일가친척 중 일부가 한복을 입고 나왔다. 수지가 한복을 입은 모습을 본 니코 아버지는 아내에게 "머시룸 같다."라고 했다. 결혼식장에 도착하니 서로 사진을 찍자고 해서 몇 컷 찍었다. 한복 때문에 사실 집에서부터 하객들이 같이 찍자고 해서 법석을 피웠다. 니코 아버지는 아들의 결혼식이 끝나고 아내 수지와 한참 춤을 춘 후 내게도 춤을 청해 와서 나는 한복을 입고 너울너울 춤을 췄다. 나는 결혼식에 참석한 니코네 친척들에게 파우치를 하나씩 선물했다. 수지는 내가 준 빨간 파우치를 동전지갑으로 썼다. 빨간색이 가방 안에서 눈에 잘 띄어서 너무 좋다면서.

코로나바이러스 사태가 나기 전까지는 거의 매년 한번 이상 뉴욕을 방문했고 그곳에서 묵었다. 뉴욕에서 코스트코에 장보러 갈 때에는 늘 수지와 함께 다녔다. 내가 잘 모르는 식품에 대해 물으면 수지는 천천히 또박또박 설명하고 나서는 꼭 "먹고 싶으냐?"라고 물었다. 수지는 시니어를 위한 반값 지하철 이용권이 있다면서 나보고 쓰라고 했다. 나는 사양하고 한 달 정기권을 사서 원 없이 돌아다녔다. 뉴욕을 가로 세로로. 잘못 내리면 덕분에 다른 동네도 구경하며….

길을 잃으면 얻는 게 많다는 것은 큰아이의 컬럼비아대 교수를 통해 얻은 지혜였다. 교양필수과목인 미술사 교수는 학생들에게 메트로폴리탄미술관에 가서 미술품을 보고 감상기를 쓰라는 숙제를 냈다. 작가와 작품은 구체적으로 정해주었다. 그러나 작품이 있는 위치는 알려주지 않았다. 그 교수는 "여러분이 이 작품을 찾느라고 길을 잃고 헤맸으면 좋겠다. 그래야 더 많은 작품을 감상할 수 있기 때문"이라고 덧붙였다. 마침 뉴욕에 머무르고 있던 나도 큰아이와 함께 미술관에 가서 같이 헤매면서 감상한 적이 있었다.

내가 외출에서 돌아오면 니코네 가족은 1층으로 모였다. 3층에서는 니코가, 2층에서는 니코 아버지가 내려오고 1층에는 수지가 기다리고 있다. "오늘 어디 갔었나? 무엇을 보았느냐?" 등이 단골 메뉴였고 이밖에도 오만가지를 물어봤다. 영어가 짧은 나는 대충 단어 몇 개와 손짓발짓으로 표현하면 그들은 배꼽을 잡고 웃었다.

어느 날은 혼자 돌아다니던 중, 길을 잃고 헤매다가 소방서에 들어가 물어서 해결하고 왔다. 수지가 어떻게 그런 생각을 했느냐고 물었다. 나는 이렇게 말했다. "길을 물으려고 두리번거리다보니 소방관들이 앉아서 밖을 우두커니 내다보고 있었다. 적어도 그 시간에는 한가해 보였다. 그래서 다가갔다." 니코 아버지도 크게 웃고는 "거참 잘 생각했다. 그들은 어디든 출동하기 때문에 지리를 잘 안다."라고 했다. 나는 길을 잃을 것에 대비해 니코네 주소와 전화번호를 단단히 챙겨 다녔다. 당시 소방관에게 니코네 주소를 보여주면서 여기 가려고 한다고 했다. 그들은 한참 의논하더니 한 소방관이 난감한 얼굴로 "걸어서는 못 간다."라고 했다. 나는 "알고 있다. 어디서 버스를 타느냐?"라고 물었다. 소방관은 드디어 소방서밖으로 나와서 이리저리 가리키며 복잡하게 설명했다. 내가 알아들을 리가 없지. 뜨악한 표정으로 서 있으니 소방관이 알아들었냐고 물어서 모른다고 했다. 소방관은 직접 나를 데리고 사거리까지 온 뒤 "저쪽 길을 건너 모퉁이를 돌아가면 버스가 있다."라고 친절히 알려주면서 "그 버스는 집 근처까지만 가는데 그 다음엔 어떻게 할 거냐?"라고 물었다. 난 말했다. "걱정마라. 전화하면 된다. 공중 전화나 빌려서라도." 고마운 소방관 청년이었다.

인터넷으로 뭔가 열심히 검색하던 수지가 브롱스 식물원에서 프리다 칼로 전시회가 열린다고 했다. 멕시코 화가인 그녀의 사상은 나와는 달랐지만 독특한 화풍과 선명한 색채는 마음에 들었다. 그래서 식물원으로 갔다. 식물원의 중앙 천정에는 콘도르의 날개처럼 넓은 잎을 펼친 식물이 매달려 있었다. 근사했다. 자세히 보니 그 식물은 내가 아프리카에 있을 때 늘 보던 식물이었다. 내가 "저거 아프리카에서 봤다."라고 했더니 수지는 믿기지 않는다는 표정이었다. 수지는 식물에 대한 설명이 적힌 표지판을 꼼꼼히 읽고 나서 동아프리카에서 흔히 볼 수 있는 식물이라는 설명이 있다고 말했다. 수지는 놀라는 표정으로 "네 말이 맞다."라고 했다. 프리다 칼로의 전시는 그림 몇 점을 전시하고 물감과 화구로 그녀의 화실을 재현해 놓았다. 기념 티셔츠도 팔고 있었다. 형광연두색에 앞면은 화가의 초상화가 프린트돼 있었다. 내가 티셔츠를 만지작거리자 수지가 냉큼 사주었다.

이들 부부는 의견 대립이 있을 때면 서로 한 치도 양보하지 않았다. 때로는 삿대질을 하며 집이 떠나가도록 소리를 질러댔다. 어쩌면 한국 부부들 사는 모습과 그렇게도 똑같을까. 싸운 다음 날에는 수지가 울적한 목소리로 머쓱한 표정을 지으며 "우리는 가끔

싸운다."라고 했다. "나도 마찬가지야." 위로의 말이 아닌 진정이었다. "지금 나는 남편과 너무 멀리 떨어져 있어 싸우지 않을 뿐"이라고 했다. 당시 나는 미국에, 남편은 스리랑카에 있었다. 남편이 스리랑카 사람들에게 마누라가 미국에 있다고 하면 그들은 "거기에 취직해 돈 벌러 갔느냐?"라고 물었단다. 남편은 "아니, 친구 만나고 놀러 갔어."라고 대답했다고 한다. 수지는 "주위에서 '휴가를 따로 보내는 부부가 행복한 사이'라고들 말했지만 나는 믿지 않았는데, 너를 보니 그 말이 이해가 간다."라고 했다.

"이거 비싼 음식이에요?"

니코와 앨릭스 형제는 졸업 후 어느 날 한국에서 일하고 있던 어린 시절 동네친구 결혼식 참석차 한국에 왔다. 아시아 여행은 처음이었다. 우리 집에서 묵으며 침대 없이 바닥에서 자는 한국식 문화를 신기해했다. 이들은 "처음에는 허리가 아픈 듯했지만 점차 등이 편해지고 좋다."라고 했다. 우리 큰아이는 당시 의대 기숙사에 있었고 남편은 출근해서 내가 서툰 영어로 형제를 안내하고 다녔다. 이들은 서울의 많은 곳을 가보고 또 한국 문화를 체험하고 싶어 했다.

니코는 종이에 적어온 것을 조심스럽게 펼치더니 "이거 먹고 싶은데 비싼 음식이에요?"라고 물었다. 종이에는 한글로 '명동뉴요커'라고 적혀 있었다. 내가 "그거 아주 비싼 음식"이라고 했더니 니코의 얼굴에 그늘이 생겼다. "내가 사줄 테니 가자."라고 했더니 니코는 그 큰 코가 땅에 닿도록 고맙다는 인사를 했다. 우리는 명동에 있는 명동 본점으로 갔다. 많은 사람들이 칼국수를 먹고 있었고 점원들은 매우 바쁘게, 그렇지만 일사분란하게 움직였다. 드디어 우리에게 음식이 나왔다. 둘은 감동한 듯 맛있게 먹기 시작했다. 동생 앨릭스는 자꾸 주위를 두리번거리더니 조심스럽게 다시 내게 물었다. "이거 진짜 비싼 음식이에요?" 내가 웃으며 "실은 별로 비싸지 않고 국민 모두가 좋아하는 대중음식"이라고 말했다. 니코 형제는 비싸지 않다는 말에 안도하는 눈치였고 서로 쳐다보면서 크게 웃었다.

서울시내 관광을 하다가 커피숍에 들렀다. 둘은 커피에다 준비되어 있는 설탕을 잔뜩 넣었다. 내가 "우리나라에서는 설탕과 소금을 같이 준비해 둔다. 혹시 소금을 넣은 것 아니냐?"라고 하니까 니코가 크게 당황해서 동생에게 먼저 먹어보라고 했다. 동생이 주저주저하며 혓바닥 끝을 겨우 커피에 대어보고는 고개를 갸우뚱했다. 조금 더 맛을 보더니 "형, 우리가 설탕을 제대로 넣은 것 같아."라고 말했다. 내가 "이놈들아, 세상에 커피숍에 소금을 준비해 놓는 나라가 어디 있느냐?"라고 놀렸다. 이 후로 형제는 내가 무슨 말을 하면 진짜냐, 농담이냐를 정색하고 물어보곤 했다.

20가지쯤 되는 반찬이 나오고 무한리필이 되는 한정식 집에 함께 갔다. 종업원이 상차림을 통째로 밀고 와서 손님 테이블에 그대로 올려놓는 방식이었다. 형제는 이 '조립식 상차림'을 아주 신기해하면서 "이렇게 무한리필 해주면 주인은 돈을 어떻게 버느냐?"라면서 고개를 갸우뚱했다. 니코 동생이 화장실에 다녀오더니 "화장실에서 물이 막 솟아요. 와우!"라면서 놀랍다는 표정을 지었다. 세계 최고의 도시 뉴욕 토박이가 비데를 처음 경험한 것이다. 남편이 옆에서 농담하면서 거들었다. "그러니까 미국은 아직 개발도상국이야!"

명문여대 출신의 에세이 첨삭지도

대학 시절 영문학을 전공한 수지는 우리 큰아이의 숙제도 도와주었다. 교양필수인 셰익스피어 과목의 숙제였는데 수지가 큰아이의 글을 첨삭해줬다. 덕분에 큰아이는 A학점을 받았다. 영작문 과목에서는 큰아이의 성적이 니코보다 더 좋게 나오기도 했다.

나는 니코가 공부 때문에 스트레스를 받을 때면 늘 "공부 너무 열심히 하지 마라!"라고 말했다. 니코는 어이없다는 듯 웃곤 했다. 내가 "우리 아이들에게 단 한 번도 공부하라고 해본 적이 없다."라고 이야기했더니 니코는 즉시 큰아이에게 확인했다. 사실임이 바로 확인됐다.

니코 아버지는 아들의 성적에 몹시 신경을 썼다. 하루는 시험을 보고 돌아온 니코에게 문간에서 시험이 어땠느냐고 묻고는 오랫동안 선 채로 이야기했다. 니코는 가방을 메고 책들을 안은 채 미처 내려놓지도 못하고 꼬박 서서 대답하고 있었다. 그런 니코에게 나는 다시 한 번 "우리 아이들에게 한 번도 공부하라고 한 적이 없다."라고 했더니 니코는 "우리 아버지는 항상 공부하라고만 하셨다."라고 말했다.

니코는 내게 도대체 큰아이를 어떻게 키웠느냐고 물었다. 나는 간단히 대답했다. "걔는 축구광이야. 고등학교 3학년 때 수능을 앞두고 월드컵 축구를 보러 대전까지 갔다 왔어. 고등학교 내내 아침 일찍 2km 정도 되는 길을 걸어가서 우선 아이들하고 축구부터 한 판 하고 수업에 들어갔어. 점심시간에도 축구하고, 수업이 끝나면 집에 오기 전에 또 한 바탕 뛰고…. 오죽했으면 친구들이 붙여준 별명이 '싸보'였겠어?" 싸보는 '축구+보이(soccer boy)'의 약자다. 미국 초등학교에 전학 갔을 때 처음에는 잘 안 끼워주던 학생들이 '싸보'가 단독 드리블해 롱슛을 날려 성공시키자 그 뒤로는 서로 자기 팀에 끌어들이려고 난리였다는 에피소드도 곁들였다.

언젠가 수지가 니코의 에세이를 교정해 주고 있었다. 미국 의학 전문대학원 입시에 제출할 에세이였다. 교정 작업은 일주일 넘게 계속되었다. 당시 니코는 신혼 때인지라 이 일에 전념할 여유가 없어보였다. 수지는 교정한 글을 식탁에 올려놓고 노상 창밖을 보면서 아들을 기다렸다. 니코는 한 번도 엄마가 기다리는 시간에 나타나지 않았다. 어떤 때에는 "이거 내일까지 마쳐야 하는데…" 하며 수지가 혼자서 안달복달했다. 내가 "당신은 지금 돈을 엄청 벌고 있다."라고 하니 수지는 무슨 말이냐고 어리둥절해 했다. 한국에서는 "영문 에세이 첨삭지도를 받으려면 돈이 많이 든다."라고 했다. 더구나 미국인, 게다가 명문대 출신이 직접 봐준다면 더욱 비싸다고 하니까 비로소 웃었다.

니코의 동생 앨릭스는 내가 영어로 얘기하면 유독 알아듣지 못했다. 나는 장난기를 섞어 버럭 소리를 질렀다. "앨릭스, 너 영어

공부 좀 해야겠다. 이거 영어야! 세상에 얼마나 많은 종류의 영어가 있는 줄 알아? 콩글리시, 쟁글리시, 싱글리시…. 너 아이비리그 나왔지? 난 아이비리그 안 나왔는데, 나보다 똑똑한 네가 영어 공부를 해야 하지 않겠냐." 그러면 가족들이 모두 배꼽을 잡고 웃었다. 앨릭스는 "네, 엄마. 제가 영어가 좀 달려요. 영어공부 할게요." 그래서 다시 한바탕 웃었다. 두 형제 모두 나를 엄마(mom)이라고 불렀다. 니코는 항상 주위에 나를 소개할 때면 '나의 코리안 맘'이라고 했다.

한번은 그 집 아들 셋과 며느리 등 온 가족이 같이 모인 적이 있다. 수지가 저녁을 성대히 준비했다. 가족이 모여서 그런가보다 했더니 맏며느리의 생일이었다. 수지의 큰아들은 변호사로 미국 특허청을 거쳐 지금은 국세청에서 일한다. 식사가 끝나고 시어머니 수지가 며느리의 생일 케이크를 준비해 불을 붙이자 다들 생일축하 노래를 불렀다. 노래가 끝나고 나는 "내 생일도 오늘이다. 환갑이다."라고 말했다. 가족이 일제히 '와우' 소리를 지르면서 생일축하 노래를 불러줬다. 나는 일어서서 가족들에게 감사의 표시로 두 손을 모으고 한국식으로 공손히 인사했다. 이렇게 많은 미국인으로부터 환갑축하를 받아본 사람이 나 말고 또 있을까.

1950년대 미국 소녀들의 사방치기

수지가 저혈당 쇼크로 계단에서 쓰러졌다. 급히 단 것을 먹어야 하는데 하필 집에는 단 것이 떨어지고 없었다. 니코와 우리 큰아이가 부축하고 단 것이 필요하다고 난리였는데 마침 내가 늘 휴대하던 사탕이 있었다. 큰아이는 나에게 "엄마 빨리 사탕 가져오세요." 하고 도움을 청했고 나의 사탕으로 위기를 모면했다.

니코네 집에서 전철역까지는 걸어서 10분 거리인데 수지는 늘 차로 데려다 주었다. 한번은 역 근처 삼거리에서 다른 차가 수지의 차를 거의 들이받을 뻔 했다. 수지는 노련한 솜씨로 그 차를 간발의 차이로 피한 뒤에 지나가는 차를 향해 주먹을 휘두르고 나서 가슴을 쓸어내렸다. 나도 놀랐다. 사고가 나는 줄 알았다. 목적지에 다다라 차에서 내릴 때 수지를 향해 엄지 척 하면서 '굿잡'(Good job)이라고 말했다. 그날 저녁 수지는 그 상황을 자세히 설명하고, 내가 그 상황에서 태연하게 '굿잡' 했다면서 영어를 정말 잘한다고 치켜세웠다.

언젠가 수지에게 로어 맨해튼에 있는 아메리칸인디언박물관에 다녀왔다고 했다. 뉴요커인 수지는 모르는 곳이라고 했다. 가끔씩 신기한 음식 사진을 찍어 와서 수지에게 뭐냐고 물어 보았다. 수지는 자세히 설명하면서 "이거 아주 귀한 음식인데, 어디서 팔더냐?" 라고 내게 되레 가게의 위치를 물었다.

수지는 내가 맨해튼 아파트에서 큰아이 친구들을 불러 파티를 할 때 식재료를 사러 같이 다녔다. 살림꾼인 수지는 장을 볼 때 식품마다 자세히 설명하며 내가 잘못 사면 "건강에 썩 좋은 것이 아니다."라고 조언했다. 요리법도 설명해줬다. 미국 아줌마와 산더미같이 장을 보아놓은 카트를 앞에 두고 기념사진도 찍었다. 수지는 장보기 촬영은 처음이라며 '정말 재미있는 경험'이라고 연방 깔깔

요리 중인 니코와 어머니 수지

거렸다. 장 본 것들은 수지가 차로 실어다 주었다. 맨해튼에서 어느 길을 좋아하느냐고 묻기에 5번가를 좋아한다고 했더니 그 복잡한 5번가를 뚫고 가며 가게마다, 건물마다, 사이사이 박물관마다 설명하며 '저 가게 꼭 가보라'고 추천하기도 했다.

수지는 이른 바 '세븐 시스터즈'(7공주 여자대학) 중 하나로 꼽힌 바서 대학에서 영문학을 전공했다. 1970년대까지만 해도 미국의 아이비리그 명문 사립대학(8개)은 모두 남자대학이었고 짝을 이루는 여자대학을 '세븐 시스터즈'라고 불렀다. 예컨대 컬럼비아대학 옆에 바나드여대가 있고, 하버드대학 옆에 래드클리프여대가 있었던 식이다. 수지는 70세가 넘은 나이에도 출판사가 출판하기 전에 하는 최종 교열을 계속하고 있었다.

수지는 1958년 여고생 시절에 벌써 일본에 연수를 다녀왔단다. 내게 공부를 잘하지 못했다고 말했다. 엄마가 대학에 보내줬는데 그때 난생처음 빨간 매니큐어를 칠해봤다고 했다. 당시 딸을 명문 사립대에 보낼 정도였으니 친정집 살림살이를 짐작할만했다. 그는 친정어머니께 물려받은 큰 보석함을 꺼내서 자랑하기도 했고 은으로 만든 각종 주방기구를 보여주기도 했다. 친정어머니는 은으로 만든 촛대 등 일체를 아들에게 물려주고 싶어 했으나 며느리가 달가워하지 않아서 딸인 자기가 얼른 챙겨왔다고 했다. 니코 아버지는 은잔에 양주를 따라 주며 술에 대한 설명도 간간이 해 줬다. 수지는 친정어머니의 옛 흑백사진도 보여줬는데 그녀는 멋을 잔뜩 낸 부인이었다. 미국 영화에서 봄직한 챙이 넓고 깃털로 장식된 멋진 모자와 발끝까지 치렁치렁한 레이스가 달린 드레스에 힐을 신고 작은 양산을 든 모습이었다. 집은 끝이 보이지 않는 넓은 저택이었고 긴 식탁에서 만찬을 하는 사진도 있었다.

도대체 20세기 중반에 미국 여학생들은 무엇을 하고 놀았을까. 수지는 우리나라의 사방치기 비슷한 놀이를 했다고 했다. 숫자를 써넣고 X, 네모도 있고 깨금발로 돌을 몰고 넘어가는 여자들 놀이다. 자세히는 알아듣지 못했지만 감으로 미뤄보건대 우리의 '핀 따먹기' 같은 것도 했나 보다.

일본 연수를 다녀온 때문인지 수지는 이웃에 사는 일본계 여성과 친했고 그를 내게 소개하기도 했다. 나는 별로 내키지 않았다. 그 기색을 알아차렸는지 "일본을 별로 안 좋아하느냐?"라고 물어서 나는 "우리 어머니가 일제 강점기에 고생한 이야기를 듣고 자라서인지, 호감만 있는 것은 아니다."라고 대답했다. 나는 "만약 내가 외제차를 탄다면 일본차는 안 살 것 같다."라고 덧붙였더니 수지는 눈이 똥그래지면서 "나는 렉서스 하나 있었으면 좋겠다."라고 했다. 나는 니코에게 "네 엄마가 렉서스 좋아하신다."라고 말해 주었다.

코로나바이러스 사태로 뉴욕에 내가 한동안 못 갔다. 그래서 멋진 크리스마스카드를 천으로 만들어 보냈다. 득달 같이 수지의 땡큐 메일이 왔다.

니코 아버지의 차터스쿨

니코네 집에서는 니코 아버지 주관으로 자선파티가 종종 열렸다. 상원의원이 참석한 적도 있었다. 언젠가는 미술품 슬라이드를 비치면서 작품 설명회도 열었고 가든파티는 심심찮게 있었다. 그럴 때면 수지는 늘 음식을 준비하느라 신경을 많이 썼다. 내가 음식준비를 도우면 수지는 아주 신나 했다.

명절에는 가족과 친구들을 초대해 양 두 마리 정도를 통째로 굽는 바비큐 파티를 열곤 했다. 양고기 바비큐는 보통 이틀 정도 걸리기 때문에 하루 전부터 굽기 시작했다. 한 번은 막내아들 앨릭스가 친구들과 양고기 바비큐 '해체 쇼'를 펼쳤다. 손님들이 주위에 서 있다가 각자 좋아하는 부위를 접시에 담아가서 와인을 마시면서 이야기를 나누는 식이었다. 수지의 큰아들은 칵테일 제조를 맡았다. 매너가 좋은 둘째아들 니코는 이리저리 돌아다니면서 손님접대 '의전'을 주로 맡았다.

니코 아버지 앨릭 아저씨는 명문 시카고대학에서 경제학을 공부했고 뉴욕 월가에 있는 세계 최대의 M증권에서 오랫동안 일했다. 9 · 11테러가 그 양반이 월가에서 일하고 있을 때 일어났는데 자신이 일하던 건물에서만 테러 현장에서 930여 명이 사망했다고 했다. 그 후 은퇴했고 정치적 활동이나 자선사업 등에 관심을 기울이고 있었다.

니코 아버지는 가족의 다양한 모습과 꽃피고 단풍들고 눈 덮인 집과 정원의 사계절을 담아 사진집을 냈다. 아이폰으로 사진을 찍어서 보내면 애플본사에서 심사해 책을 만들어주는 이벤트에서 선정된 덕분이었다. 사진집 제목은 안주인의 이름을 따서 '수지의 정원 2013'으로 붙였고 사인이 된 사진집 한 권이 우리 집에 있다.

니코네에는 이웃사람들도 자주 찾아오는데 니코 어머니가 더 인기가 있었다. 나는 이 집에 2009년 겨울 크리스마스 때부터 다녔다. 당시 니코네는 우리 부부와 프랑스 여자 유학생 대여섯 명을 초대해서 크리스마스 파티를 열어줬다. 니코 아버지는 리버럴과 시장 경제론자의 양면을 다 지니고 있었다. 국제정치에서의 힘의 논리를 아주 잘 알고 있기도 했다. 리먼 브러더스 사태 이후인 2010년 경, 미국 경제가 휘청거린 적이 있다. 21세기 들어 중국이 성장하자 많은 이들이 이대로 간다면 중국이 미국을 추월할 것이란 전망이 대세를 이루던 때였다. 사실 미국은 중국에 빚이 많다. 니코 집에서 어떤 파티가 열리던 날, 니코 아버지는 홀로 서 있었다. 큰아이가 다가가서 이런저런 이야기를 나눴다. 이때 니코 아버지는 나랏빚에 대해 한 마디로 잘라 말했다. "그걸 꼭 갚아야 하느냐?" 나는, 아니 우리는 '빚은 반드시 갚아야 하는 것'이라고 생각했었다. 나는 이 말을 전해 듣고 머리가 띵했다. 한편으로 곰곰이 생각해 보면 파산신청하고 안 갚을 수도 있는 거였다. 학부에서 경제학을 전공한 큰아이는 이렇게 해석했다. "금융회사에서 실무를 한 사람은 그렇게 말할 수 있지요. 그렇지만 컬럼비아 경제학 교수는 절대로 그렇게 말할 수 없어요." 큰아이는 그 후에도 늘 니코 아버지와 나눈 대화 중 이 대목이 가장 기억에 남는다고 했다.

니코 아버지는 '예스 더 브롱스'라는 자선단체를 운영하면서 기금도 모아서 좋은 일을 많이 한다. 또 뉴욕에서 가난한 집 아이들을 위한 일종의 대안학교인 차터 스쿨 운영도 시작했다. 개교 준비 때 대형 트럭을 빌려서 각종 집기를 직접 실어 날랐다. 나도 니코와 함께 조수석에 앉아서 따라다니면서 도왔다. 테이블도 나르고 의자도 날랐다.

개교 기념식에 나도 '내빈'으로 참석했다. 동네 학부모들과 관계자들이 왔다. 점심시간에는 이 학교에서 급식 도우미 활동도 했다. 학생들의 영화 관람 행사에 같이 갔다. 마침 그 영화가 우간다를 배경으로 체스게임을 다룬 영화 '퀸 오브 카트웨'(Queen of Katwe)였다. 우간다 수도에 있는 할렘 같은 지역에서 어떤 아이가 체스를 열심히 두어 큰 대회에서 그랑프리를 차지하는 과정을 다룬 것인데 우간다의 모습을 리얼하게 그렸다. 퀸은 여왕이면서 체스 판에서 가장 강력한 말이기도 하다. 이 영화를 보면서 우간다에 대한 기억이 생생하게 살아났다. 나는 "우간다에서 본 환경이나 분위기와 똑같다. 우간다에서 겪은 삶의 모습 그대로다."라고 소감을 말했다.

니코의 할아버지는 그리스에서 미국으로 건너와서 아들 셋을 키우면서 의사, 변호사, 금융가가 하나씩 나오기를 바랐다고 한다. 니코 아버지가 금융권으로 갔고, 한 명은 변호사가 됐다고 한다. 의사가 된 사람은 없었다. 그런데 니코가 컬럼비아에서 물리학을 전공하더니 뒤늦게 의사가 되겠다면서 메디컬스쿨에 들어가서 의사 수업 중이다. 게다가 니코 동생 앨릭스의 아내가 의사다. 결국 니코 할아버지의 꿈은 대를 이어가면서 이루어지고 있는 셈이다.

7. 작은아이 담임 해킷 선생님

"네 옆 동네에 살고 있단다"

미국에 살 때 작은아들 또래 사이에서는 발야구가 유행이었다. 타석에서 공을 차보려는 아이들이 줄을 섰는데 제한된 점심시간에 타석에서 기다리는 아이가 많아서 늘 차례가 오기도 전에 점심시간이 끝나곤 했다. 작은아이가 줄을 서 있으면 다른 아이들이 다가와서 "Can I cut?" 하고 물었는데 가만히 있으면 새치기를 했다. "끼어들어도 되냐?"라는 말을 못 알아들으니까 새치기를 당한 거다. 작은아이는 한동안 점심시간 내내 한 번도 공을 발에 대어보지 못했다. 어느 날 우연히 작은아이에게 차례가 와서 공을 찼는데 아주 멀리 날아갔다. 그때부터 작은아이는 반 아이들에게 영어는 못하는데 발야구는 잘하는 아이로 인식됐다.

학교운동회에서 다른 반과의 계주경기 때 작은아이가 달리기 선수로 나갔다. 작은아이는 다른 아이들과 큰 차를 벌리고 앞서서 달렸다. 달리던 도중 신발이 벗겨지자 작은아이는 신발을 챙기러 거꾸로 달리기 시작했다. 아이들은 "신발은 두고 그냥 달리라!"라고 소리 지르며 발을 동동 굴렀다. 유유히 신발을 챙긴 둘째아이는 다시 달리기 시작해 곧 다른 아이들을 추월했고 1등이라는 순위에 변동은 없었다. 운동회가 끝난 뒤 친구들이 작은아이에게 "다음부터 달릴 때는 신발 끈을 잘 체크하라."라고 단단히 당부했다.

W S 마운트스쿨 운동회 때 작은아이 성빈이 절친 루카스를 껴안고 있다.

학교는 앞에서 보면 작은 듯 했지만 뒷마당은 끝없는 잔디밭이었다. 작은아이가 미국 초등학교 2학년 때 담임이 다이앤 해킷 선생님이었다. 학기 시작 전에 개학 안내문과 함께 반 배정 소식, 준비물 목록이 적힌 편지가 왔다. 아직 만난 적이 없던 해킷 선생님은 편지 끝에 '나도 네 옆 동네에 살고 있다.'고 덧붙여 놓았다.

개학 후 한국 음식을 준비하고 두 아이의 담임 선생님과 영어 선생님을 초대했다. 당시 해킷 선생님은 한국 음식을 아주 많이 드셨던 것으로 기억한다. 나는 미국 선생님도 한국 초등학교 선생님과 똑같이 대했다. 두 손을 모으고 허리를 숙여 공손하게 인사하는 것이다. 해킷 선생님은 한국식 인사법을 아주 좋아해 나만 보면 똑같이 한국식으로 인사했다. 미국 가정에서는 집안에 신발을 신고 들어가지만 우리 가족은 신발을 벗고 지냈다. 처음에는 눈치를 보던 미국 사람도 우리 집에만 오면 다들 신발을 벗었다.

왜 올해는 중국 설 아닌 한국 설?

음력설이 다가왔다. 해킷 선생님은 "동양의 음력설에 대해 1시간 동안 수업을 해 달라."라고 나에게 연락해 왔다. 부랴부랴 한복을 구했다. 나는 남자 한복을 입었고 교포인 마이클 엄마에게 출연을 부탁해 여자 한복을 입게 했다. 1시간 동안 세배를 가르치고 차례 등 한국의 설에 관해 설명했다. 학생들에게 한복을 만져보게도 했다. 전체 학부모 중 유일한 교포인 마이클 엄마가 고개를 갸우뚱했다. "전엔 중국 설 이야기만 있더니 올해는 갑자기 웬 한국 설 이야기?" 나는 웃기만 했다.

학생들이 각각 모자를 만들어 와서 설명하는 프로그램이 있었다. 작은아이와 함께 조선 임금님 모자를 만들었다. 면류관이다. 두꺼운 종이로 직사각형 모자를 만들고 앞뒤에 팝콘을 실에 꿰어 주렁주렁 달았다. 나는 "팝콘이 달렸지만 실제로는 이건 모두 보석이어야 한다."라고 말했고 모인 엄마들이 아주 재미있어 했다.

어린이날에는 사탕을 실로 엮어 목걸이를 만들어 반 아이들에게 하나씩 나눠주었다. 내가 "한국에는 어린이날이 있다."라고 하자 아이들은 부러워했다. 큰아이는 자기반 아이들에게 "어린이날에는 무엇이든지 사 준다."라고 하자 친구 게리는 정말 무엇이든 사 주냐고 확인한 후 "자동차를 사달라고 해."라고 미국적인 의견을 내놓았다고 했다.

해킷 선생님은 아주 인자해서 동네의 마음씨 좋은 아주머니 같은 느낌을 주었다. 작은아이에게 말할 때에도 천천히 말한 뒤 아이가 한 번에 알아들으면 "내가 말하는 속도가 느리냐?"라고 확인했다. 그렇다고 하면 말의 속도가 높아졌다. 영어 단어 설명도 친절하게 잘해주셨다. 작은아이는 겨울에 '메니 스노'라고 하자 선생님은 "눈은 셀 수 없다."면서 '머치 스노'(much snow)로 고쳐주신 것을 지금도 기억하고 있다. 내게도 "뉴욕은 겨울에 눈이 많이 오는데 한국은 어떠냐?"라고 물으셨다. 한국에 놀러 오시라고 했더니 선생님은 "아이고, 두 아들 대학 학비 때문에 꿈도 못 꾼다."라면서 손사래를 쳤다. 남편이 초등학교 교장이었는데 역시 미국 중산층도 애들 학비는 만만찮은 모양이었다.

어느 날 우리 집에 아들과 같이 놀러온 작은아이 친구의 엄마는 우리 아이의 숙제를 보더니 "너의 수학이 왜 이렇게 갑자기 어려워졌느냐?"며 놀라워했다. 그 아이의 대답은 "쟤의 수학과 내 수학은 달라요."였다. 선생님은 학생 개개인의 수준에 맞춰 수학 수업을 하셨던 거다.

언제나 솜사탕 같은 선생님이 불같이 화를 낸 적이 한번 있었다. 붉은 머리에 주근깨가 많은 아이 스티븐이 교실에 비치된 연필깎이로 뾰족하게 깎은 연필을 갖고 놀다가 실수로 작은아이의 배를 찌르는 사고를 냈다. 선생님은 크게 화를 내시며 스티븐에게 사과하라고 해서 늘 까불까불하고 명랑하던 스티븐이 사색이 되어 작은아이에게 사과한 일이 있었다.

아이들은 매일 구내식당 점심 값으로 1달러 15센트를 동전지갑에 넣어서 가져갔다. 밥을 사먹어야 했다. 작은아이는 책가방과 동전지갑을 통째로 던지면 식당 아주머니가 "큐트(cute)" 하면서 돈을 빼냈다고 회상했다. 하루는 배가 안 고파서 쿠키만 사먹었는데 내게 학교에 좀 오라고 연락이 왔다. 불려갔다. 작은아이는 "밥 대신 쿠키를 사먹은 게 그렇게 중대한 사안인 줄 몰랐다."라고 했다. 먹고 싶은 것을 사 먹으면 되지 않느냐고 했다. 작은아이는 가끔씩 김밥을 싸갔다. 친구 마크가 신기해하며 팝콘과 바꿔먹었다. 둘은 서로 집에서 팝콘을 만들어갔는데 그 팝콘마저 바꿔먹었다.

작은아이는 특히 루카스와 친했다. 아버지가 생물학 교수인 루카스와 작은아이는 베개를 하나씩 안고 열심히 슬립오버 하러 다녔다. 영리한 루카스는 작은아이가 어떤 단어를 못 알아들으면 방바닥에 뒹굴면서까지 몸으로 영어를 설명했다. 이 모든 것들은 작은아이가 현지에서 잘 적응했다는 뜻이고 해킷 선생님의 배려가 큰 몫을 차지했다. 루카스는 서부 최고명문 스탠퍼드대에 들어갔고 월가에서도 잠시 일했으며 모교에서 물리학 박사 학위를 받아 지금은 하버드대 교수로 있다.

작은아이가 뉴욕을 다시 방문했을 때 당시 월가에서 일하던 루카스를 만났다. 첼시의 아파트에 초대돼 식사를 하던 루카스는 "실은 초등학교 시절에 우리 엄마는 너와 같이 놀지 말라고 했어. 영어를 못한다고."라고 웃으면서 말했다. 늘 다정하게 미소를 띠던 루카스 엄마의 얼굴이 새삼 떠올랐다.

모든 깜짝 스토리는 작은아이로부터

우리가 귀국할 때 선생님은 필기체로 써서 알아 볼 수 없는 메시지를 작은아이에게 주시면서 도서관에 갔다 오라고 심부름을 시켰다. 작은아이는 도서관에서 꽤 장시간 머물렀다. 선생님은 우리 아이가 없는 동안 반 전체 아이들에게 작은아이에게 줄 편지를 쓰라고 했던 모양이다.

2학년이 끝나고 종업식에서 이때 반 친구들이 저마다 쓴 편지가 한국으로 떠나는 작은아이에게 전달됐다. 이들 편지를 해킷 선생님이 모아서 거대한 족자를 만들어 우리 가족에게 선물했다. 학부모 대부분이 이날 참석했다. 이 족자는 아직도 우리 집에 보관되어 있다. 선생님께서 직접 쓰신 글도 들어있다. 당시 선생님이 써주신 편지의 일부다.

I remember in September when you came into my class. You were very quite. October came and you began to read, play soccer and you celebrated Halloween. November, December all of sudden stories were coming from you. In arithmetic you were our champion! Your mother came to school in February to share customs about Korean New Year…. May, you read and speak American English very well….

내용은 작은아이가 1996년 9월에 선생님 반에 와서 한 마디도 못하다가 조금씩 나아졌고 겨울이 되자 모든 놀라운 이야기는 전부 작은아이에게서 나왔다는 이야기다. 또 수학은 최고였고 축구를 비롯해 스포츠에 뛰어났으며 이제 미국 영어를 잘 읽고 쓴다는 내용이다. 월별 성취도를 정확히 기록해 놓았다. 나에게는 '미국영어를 아주 잘한다.'는 대목이 인상적이었다.

　　처음 미국에 올 때 우리 아이들은 영어를 전혀 못했다. 알파벳을 읽고 쓰는 법만 겨우 가르쳐서 왔다. 우리 동네가 속한 쓰리빌리지 학군 교육청에 입학수속을 밟으려고 갔다. 학교 배정을 위해 영어 테스트를 할 때 담당선생님은 장난감 모형을 이것저것 준비하여 영어로 알고 있는지를 물어보았다. 테스트를 마친 선생님은 작은아이를 가리키며 "He knows everything!"이라고 웃으며 말했다. 여자 인형을 들고 무엇이냐고 물어보았더니 둘째가 "포카혼타스"라고 대답했다는 것이다. 한국에서 '포카혼타스'라는 만화영화를 본 기억이 그런 대답을 하게 했던 모양이다. 선생님이 남자 인형과 여자 인형을 들고 있는 것으로 보아 아마 '보이'와 '걸'이란 단어를 물어본 것 같다. 작은아이는 당시 이런 단어조차 몰랐다. 엄밀히 말해 틀린 답에 대해 이렇게 표현해준 선생님! 긴장이 풀렸다. 몇 달 뒤 우리는 포카혼타스 동상이 있는 남부 제임스타운으로 여행을 갔다.

　　미국에서 아이들이 학교에 다니기 전에 나는 이렇게 생각했다. '미국에는 숙제 없고 아이들에게 스트레스 주지 않고 영어는 저절로 될 거고, 더군다나 1년도 안 되는 짧은 시간을 지내다 오는 거니까 외국인인 우리 아이는 선생님들께서 좀 봐 주실 것이다.' 웬

걸! 어느 날 작은아이 ESL 담당 린다 아이디 선생님이 부모를 호출했다. '왜 아이에게 영어공부를 시키지 않느냐'는 거였다. 영어시험에서 형편없는 점수가 나왔다는 거다. 우리는 아이에게 스트레스를 주지 않겠다며 단어를 설렁설렁 반쯤 외우게 하며 놀았던 것이다. 한국에서 아이들이 학원에 시달리는 것을 보며 미국에만 가면 적어도 영어만큼은 그냥 될 줄 알았다. 아이디 선생님 왈, "외국어는 다른 방법이 없다. 외워야 한다!" 한번 불려갔다 온 우리는 다음 숙제나 시험이 있으면 온 가족이 함께 외웠다. 단어 외우기로 시작한 ESL 수업은 어느새 동시 외우기로 수준이 높아졌다.

'Girl'이란 단어도 몰라 '포카혼타스'라고 대답하던 작은아이는 불과 9개월 만에 미국 영어 수준이 'very well'이 된 것이다. 해킷 선생님의 평가에 따르면 그렇다. 보통 어린이들이 ESL 과정을 마치는데 3년이 걸린다고 했다. 그런데 '포카혼타스 수준'에 점심시간 발야구 때 영어를 몰라 맨날 새치기를 당하던 작은아이는 ESL 테스트 결과 1년 안에 ESL을 완전히 마친 것으로 판명됐다. 미국 초등 2학년생과 영어 수준이 같아져서 더 이상 ESL을 배울 필요가 없어졌다. 해킷 선생님의 보살핌과 린다 아이디 선생님의 열정이 없었으면 불가능한 일이었다.

뉴욕에서 다시 만나다

작은아이는 미국생활을 못 마땅해 했다. 큰아이는 한국에 돌아가지 않겠다고 우겨서 고민했지만 작은아이는 라스코스키 교수가 맡

작은아이의 초등학교 담임 다이언 해킷 선생님을 15년 만에 다시 만났다.

아서 공부를 다 시켜주겠다고 해도 돌아가겠다고 우겼다. 그렇지만 작은아이는 한국에 와서도 해킷 선생님을 그리워했다. 귀국한 뒤 선생님과 간간히 연락하다가 선생님 환갑에 퀼트로 이불을 만들어 우편으로 보냈다. '축 환갑'이라고 한글과 영문으로 수를 놓았다. 작은아이는 십자수로 만든 열쇠고리를 보냈다. 선생님은 그 선물을 받고 눈물을 흘렸다고 했다.

큰아이가 미국 대학에 들어간 뒤 나는 뉴욕에서 해킷 선생님을 다시 만났다. 선생님은 맨해튼으로 2시간 넘게 달려와 정통 '웨스턴 스타일 바비큐'를 사주셨다. 식사 장면을 사진으로 찍어 자신의 페이스북 페이지에 올려놓았다.

대학생이 된 작은아이가 여름방학에 시간을 내어 뉴욕에 왔고 우리는 해킷 선생님 댁으로 찾아갔다. 선생님은 대학생이 돼 군에 도 갔다 온 뒤 오랜 만에 나타난 옛 제자를 보고 미국인 특유의 감탄사를 연발했다. 선생님의 집은 정갈했고 각종 기념품으로 집안이 꽉 차있었다. 돼지갈비 요리 등 음식을 많이 준비해서 함께 먹으면서 이야기를 나눴다. 우리는 맨해튼 다운타운의 펜트하우스에 선생님을 초대했다. 선생님은 이때에도 맨해튼에서 근사한 식당을 찾아내어 아메리칸 스타일의 바비큐를 사주셨다.

선생님은 내가 묵는 아파트를 보고 너무 놀라셨다. 사실 해킷 선생님과 이 아파트의 주인인 A 선생님은 같은 학교 교사로 과거부터 잘 아는 사이였지만 그동안 연락하지 않고 있었고 A 선생님이 엄청난 아파트에 살고 계신 것도 몰랐던 거다. 다음날 선생님의 SNS에는 우리를 만나서 나눈 이야기와 함께 찍은 사진이 올라왔다.

영국에서 유명한 건 베컴의 프리킥

미국 선생님들이 열정으로 가르친 영어는 몇 년 뒤 빛을 발했다. 작은아이가 중학교 2학년 때였다. 당시 집에 오던 신문더미 속에서 영국 유학생을 선발한다는 기사를 신문 한 귀퉁이에서 보게 되었다. 엘리자베스 2세 영국여왕 즉위 50주년을 기념하여 전 세계에서 장학생을 선발한다는 내용의 짤막한 기사였다. 영국문화원과 영국사립학교연합회 공동 주최로 5주간 영국 기숙학교에 유학할 기회를 주는 '주빌리(Jubilee) 장학생' 선발이었다. 작은아이의 영어실력이 궁금하기도 했고 어떤 형태인지 경험하게 하고도 싶었다. 하지만 떨어졌을 때 아이가 입을 상처가 걱정되기도 했다. 아이에게는 "떨어지는 연습 좀 해보자."라며 지원해 보자고 했다. 작은아이가 "진짜 떨어져도 괜찮은 거죠?" 하고 되물었다.

영국문화원에서 '1차 서류전형에 통과했으니 2차 필기시험을 보러 오라.'는 연락이 왔다. 필기시험은 토플 형태로 된 간단한 주니어용 테스트와 'The door opened.'라는 첫 문장을 주고 이어질 내용을 영작하라는 것이었다. 둘째아이는 영국유학의 꿈과 연결해 작문했다. 미국에서 몸으로 배운 영어가 밑바탕이 됐음은 물론이다. 작은아이가 썼다는 내용을 전해들은 큰아이의 반응. "흠, 합격하겠군!" 큰아이의 예상대로 작은아이는 2차 합격자 13명에 들었다. 2차 합격 통보를 받은 나의 첫마디. "떨어지는 연습을 하라고 했더니, 뭘 한 거야!"

며칠 뒤 영국인 면접관의 3차 면접시험이 있었다.

-영국에 대해 아는 것을 말해 보세요.

"데이비드 베컴의 프리킥, 윈스턴 처칠과 엠마 왓슨을 압니다." (작은아이)

베컴은 오른발로 예술적인 프리킥을 구사하는 당시 최고의 축구스타였고, 윈스턴 처칠은 2차 세계대전을 승리로 이끈 영국 총리이며 엠마 왓슨은 영화 '해리 포터'의 주연여배우였다.

-혼자서 지내본 적이 있나요?

"초등학생 때 혼자서 북한(금강산)에 며칠 간 다녀온 적이 있습니다."

결국 남학생 1명(작은아이)과 여학생 2명이 최종합격했다. 영국인 면접관은 나중에 합격생 파티 자리에서 "다른 학생 모두의 첫 번째 대답은 천편일률로 '해리 포터'였는데 너만 베컴의 프리킥이라고 말해 인상적이었다."라고 '합격이유'를 말해주었다. 작은아이는 이에 "엠마 왓슨은 제가 첫 손에 꼽는 그 영화의 주연이에요."라고 대답했다. '해리 포터' 시리즈에는 여러 주연이 있을 수 있겠지만 대니얼 래드클리프까지 제치고 엠마 왓슨을 콕 찍은 것이다.

작은아이는 잉글랜드 노팅엄셔의 사립학교 로드니 스쿨로 배정받았다. 아이는 혼자서 네덜란드 스히폴공항에서 비행기를 갈아타고 가야 했다. 현지 공항에는 학교 측에서 보낸 택시만 기다리고 있었다. 과거에 남편이 큰아이를 데리고 금강산에 다녀오자 작은아들이 "나도 가겠다."라며 나선 끝에 결국 이듬해 배를 타고 혼자 금강산에 다녀온 경험도 이 상황에 대처하는 밑바탕이 됐다. 홀로 살아남기는 면접관의 질문 가운데 하나이기도 했다.

한편, 영국 학교 적응에는 아프리카 가나 공주의 역할도 컸다. 미국에서 만난 아베나는 가나 출신으로 영국에서 고등학교를 졸업하고 미국에서 대학을 나왔다. 당시 하버드대 법학전문대학원 입학허가를 받아놓은 상태였다. 가나는 대통령이 있지만 전통적으로 왕족과 여왕 족이 따로 있어서 각각 세습한다고 했다. 킹(왕)의 아내가 퀸이 아니라는 이야기였다. 자기 가문은 여왕 족이어서 돌 때 무당에게 기어간 아이들만 뽑아서 유학을 보내고 반드시 학위를 받아와야 여왕에 오를 자격이 주어진다는 것이었다. 큰아이는 아예

ESL 선생님이 영국 출신이라 자연스럽게 영국식영어에 익숙해졌지만, 작은아이는 그때 아베나 공주로부터 영국식 발음도 익혔다.

영어는 원래 잉글랜드언어라는 뜻이지만 미국에서 영국영어와 미국영어는 어떤 차이가 있을까. 아베나 공주는 "저도 처음에 미국에 왔을 때 미국식 영어의 발음을 도무지 알아들을 수가 없어서 골탕을 먹었어요."라고 말했다. 그런가 하면 영국 출신으로 옥스퍼드대 박사인 새턴 교수는 "내가 말하면 어떤 경우에는 미국 사람들이 '그 발음을 한 번 더 해주실 수 있느냐?'라고 부탁합니다."라고 말했다. 새턴 교수는 "미국에서 쓰는 영어는 '사투리'잖아요."라고 농담하기도 했다.

이런저런 것들이 밑거름이 되어서 '포카혼타스' 운운하던 아이는 축구스타 박지성보다 먼저 영국 맨체스터축구장의 잔디를 밟아보았다. 로빈 후드의 무대인 노팅엄셔에서 작은아이가 공부했고 여기서 가까운 맨체스터 축구장에서 모임이 있었는데 이때 작은아이는 관중석에서 운동장으로 뛰어내렸기 때문이다.

"멍청한 캐주얼도 있어요?"

작은아이는 기숙학교에서 공부했다. 5주 뒤 한국에 돌아온 작은아이는 짧은 기간에 영국생활에 완전히 적응했는지 인천공항에서 집으로 오는 길에 우리말이 바로 튀어나오지 않았다. 며칠 뒤 말문이 열리자 교장인 하우 선생님 이야기부터 했다. 하우 교장선생님은 키가 아주 크고 독수리의 눈을 지닌 여성이라고 했다. 귀국을 하루 앞두고 기숙사가 문을 닫아서 작은아이는 하룻밤을 교장선생님 집에서 묵었다. 정원에 들어서자 앵무새가 영국식 영어로 "하우 아 유?"라고 맞아주어서 놀랐다고 했다. 집은 디귿자(ㄷ) 형 4층짜리 대저택이었다. 방을 정해 주기에 짐을 풀고 저녁을 먹기 위해 식당으로 가다가 길을 잃었다. 워낙 집이 크고 방이 많았기 때문이었다. 한참을 헤매다가 겨우 부엌에 도착했더니 다들 놀라면서 이렇게 말했다고 한다. "아이고, 그 문은 열어본지 10년이 됐는데 네가 어떻게 거기서 나오니?" 작은아이는 "어쩐지 식당으로 가는 길에 먼지가 수북하더라니…."라고 말했다.

교장선생님은 식사를 하면서 주로 한국과 영국의 문화적 차이 등에 관심을 보였다고 한다. 선생님은 성인 남성 한 분과 소녀 한 명과 함께 살고 있었다. 구성원들은 우리가 익숙한 형태의 한 가족은 아닌 듯 했다고 한다. 작은아이가 소녀를 가리키면서 "딸이에요?"라고 물었고 교장선생님은 아니라고 대답했다고 한다. 작은아이가 우리가족에겐 익숙하지 않은 모습에 다소 의아해 하자 선생님은 "한국에서는 패밀리끼리만 한 집에 사느냐?"라고 되물었다. 다른 집안 사정을 잘 몰랐던 작은아이는 "예스!"라고 자신 있게 대답했단다. 선생님은 당시 9학년(중학교 2학년)짜리 둘째아이에게 문화적 차이에 대해 여러 설명을 했다고 한다.

교장선생님은 또 식사를 하면서 "뭐 필요한 거 있니?"라고 물으셨다. 작은아이는 "뭐든지 다 필요해요(I need everything)."라고 대답했단다. 워낙 배가 고팠기 때문이었다. 작은아이는 영국 기숙학교 생활에 대해 "굶어죽지 않을 만큼만 주더라."라고 말했다. 아침은 매일 토스트, 감자, 시리얼로 고정돼 있었고 점심과 저녁은 구운 콩, 감자, 고구마, 찐쌀, 스튜, 참치샌드위치 등이 번갈아 나왔다고 한다. 그런데 워낙 양이 작아서 배가 고파 고생했다는 불평이었다. 일요일에 다른 선생님 집에 초대돼 갔었는데 그 집에서도 아침에 베이컨 한 조각에 토스트 한 두 조각만 나왔다고 했다. 작은아이는 그래서 교장선생님 댁에서 저녁을 먹을 때 뭐든지 다 필요하다고 말한 것이다. 작은아이는 지금도 "그때 17kg이나 빠져서 왔다."라고 푸념한다. 학교에서는 당연히 영양을 계산해서 '정량'을 제공했을 것이고 푸짐한 한국식에 익숙한 작은아이에겐 먹은 것 같지 않았을 거라고 생각한다.

교장선생님은 근처 대도시인 맨체스터에서 장학생 모임이 있다고 알려주시면서 "스마트 캐주얼 차림으로 가라."라고 말씀하셨다. 스마트 캐주얼? 작은아이가 정색하고 물었다. "캐주얼에도 스마트 캐주얼과 덤(dumb) 캐주얼이 있어요?" 작은아이다운 질문에 선생님이 크게 웃으시면서 설명하셨단다. "아니, '멍청한' 캐주얼이 있는 게 아니고…. 단정하게 입고 가라는 뜻이야!" 이렇게 방문한 맨체스터 유나이티드 구장에서 작은아이는 '스마트 캐주얼' 차림으로 잔디밭으로 뛰어내렸던 것이다.

"내게는 전역의 꿈이 있다!"

작은아이의 다양하고 흥미로운 경험들은 입대한 후에 카투사 (KATUSA)에서도 계속됐다. 나는 작은아이가 복무하던 미군부대도

제대 7년 후 재회한 작은아이 성빈(오른쪽)의 KATUSA 동료들과 젠더섹 일등상사.

방문했고 미군 셰퍼드 하사는 우리 부부에게 저녁을 사주기도 했다. 아버지가 삼성장군이었던 셰퍼드 하사는 군에 재입대한 경우였다. 그는 "제대 후 경찰생활을 5년 했는데 너무 위험해서 훨씬 안전한 군에 다시 입대했다."라고 이유를 말해 우리를 어리둥절하게했다. 그는 "적어도 군에서는 총알이 앞에서만 날아온다."라고 '안전한 이유'를 설명했다.

  작은아이는 늘 두 사람의 미군 아저씨 이야기를 했다. 훈련을 마치고 배치되어 만난 미군이 흑인 토머스 상사였다. 포병인 그는 전역을 일주일 남겨두고 있었다. 조지아 주 출신으로 190cm가 넘는 키에 100kg이 넘는 거구였다. 20세에 입대해 만 20년간 복무했다. 그는 미군 부하들에게 말했다. "너희들 잘 들어. 월급 받아서밤에 바깥에 나가서 탕진하는 사람이 많은데 그러면 절대 안 돼. 나 역시 그런 인간이었는데 미 육군에 들어와서 훈련을 받으면서꿈이 생겼어. 난 전역을 꿈으로 삼았다. 너희도 닥치고 근무를 열심히 해. 그러면 사랑스러운 일들이 기다리고 있을 거야!" 토머스

상사는 전역 후의 꿈은 낚시질하면서 사는 것이라고 했다. 그는 군 복무 만 20년이 되는 이튿날 전역했고 지금은 자신의 꿈대로 고향에서 낚시를 즐기고 있다.

작은아이와 친했던 또 한 명의 부사관이 스티븐 젠더섹 일등상사다. 작은아이는 늘 '일등이'라는 애칭으로 불렀다. 미군 전투부대원들은 매일 아침 6km를 달려야 했다. 젠더섹 일등상사는 항상 부하들과 함께 뛰었다. 특히 신병이 들어오면 그는 항상 이등병들만 따로 떼어내어 데리고 함께 뛰었다. 그러면서 부대생활에 어려움이 없느냐, 문제가 없느냐, 모르는 용어가 있느냐에 대해 묻곤 했다. 혹시 구보하다가 낙오자가 생기면 일단 전진을 멈추고 모두들 큰 나무 주위를 뱅뱅 돌면서 기다리게 했다. 뒤쳐진 병사가 오면 그를 맨 앞에 세우고 모두 따라서 뛰게 했다. 내겐 아주 인상적인 이야기였다.

특히 작은아이를 좋아했던 '일등이' 아저씨는 어느 날 따로 불러서 이렇게 물었단다. "내가 잘하고 있는 것 같으냐?" 작은아이가 "예, 일등상사님(Yes, First Sergeant)!" 했더니 그 양반은 "내가 무엇을 잘하고 있다는 말이냐?"라고 되물었다. 작은아이가 "카투사 병사들에게 잘해주고 계신다."라고 대답했더니 그 양반은 정색하면서 "정말 그렇게 생각하느냐?"라고 물었다고 한다. 작은아이는 급히 "미군과 카투사를 동등하게 대우하고 있습니다."라고 대답했다. '일등이' 아저씨는 비로소 만족한 표정을 지었다고 한다. 그 양반은 전역했지만 지금도 작은아이와 연락하고 지낸다.

8. 컬럼비아대 학생들

야코프의 고추장 사랑

 큰아이가 미국 유학을 떠날 때 나는 소소한 선물용품을 잔뜩 장만해서 보냈다. 동대문시장, 남대문시장, 인사동을 돌아다니며 상대방이 받아서 부담스럽지 않을 한국적인 문양이 있는 작은 물건들을 샀다. 아이들이 혼자 외국에 다닐 때 이런 선물이 위력을 발휘하기 때문이다. 당연히 동대문 시장에서는 천을 사서 재봉틀로 파우치를 색깔별로 백 개 넘게 만들어 보냈다. 가난한 유학생이 교수를 면담하거나 친구들을 만날 때 돈이 아까워서 지질한 선물을 사느니 어머니가 직접 만들었고 기부 스토리가 풍부하게 담긴 파우치를 선물하는 게 좋겠다고 판단했기 때문이다. 파우치를 꾸려주면서 큰아이에게 "기숙사 드나들 때 인사를 꼬박꼬박 잘하고 건물 청소하는 분들께도 하나씩 나눠드리라."라고 당부했다.

 나는 방학 동안 뉴욕에 머무르며 큰아이의 친구들을 초대했다. 큰아이가 초등학교 시절 ESL을 가르친 A 선생님이 맨해튼에 있는 아파트를 언제든 쓰라고 허락하셨다. 미국은 물론이고 이탈리아, 말레이시아, 이스라엘, 중국, 러시아, 한국 등 각국 아이들이 왔다. 항상 음식은 한국식 불고기와 미국 스테이크를 절충해 만들었다. 큰아이의 미국인 친구인 니코의 엄마 수지 여사에게서 좋은 고기를 싸게 파는 곳을 추천받아서 푸짐하게 샀다. 수지의 도움을 얻어서 고기는 스테이크보다 조금 작은 사이즈로 불고기 양념하고 상추와 고추장도 준비했다. 밥은 압력 밥솥에 차지게 해서 준비했다. 고기를 구운 후 버터를 조금 발랐더니 초대된 아이들이 코를 박고 먹었다. 한 학기 동안 부실했던 식사를 보충하는 듯 했다. 미국인 친구 코린은 불고기 양념하는 법을 묻고는 그 양념이 고기에 어떠한 역할을 하느냐고 물었다. 언젠가는 저녁에 다른 손님이 오기로 돼 있는데 낮에 온 큰아이 대학 친구들이 노는 재미에 빠져서 일어나지 않아서 말도 못하고 애를 태운 적도 있다.

큰아이의 친구 가운데 야코프는 이스라엘 태생이지만 미국과 이스라엘 국적을 모두 갖고 있다. 그의 집안은 대대로 이스라엘 공군에서 복무했으며 야코프와 여동생도 역시 공군이었다. 야코프를 비롯한 큰아이의 친구들을 맨해튼 아파트에 초대하여 한국식 불고기를 쌈 싸먹는 시범을 보였다. 야코프는 고추장 맛을 보더니 고추장통을 아예 통째로 자기 앞에 옮겨놓고 먹었다. 대체로 미국 식탁에서는 쉐어하는 요리는 가운데 두고 돌려가면서 먹는다. 야코프는 자기 앞 고추장 통을 철통같이 사수했다. 친구가 달라고 하니 마지못한 듯 건네며 "너 필요한 만큼만 덜고 얼른 돌려 달라."라고 했다. 그러면서 온갖 요리에 고추장을 발라서 먹었다. 마치 서양 요리에 소스를 뿌리듯 했다.

야코프는 불고기 쌈을 너무 먹어서 그만 소파에 드러누워 버렸다. 이때 나는 시아버지께서 생전에 들려주신 시골 체험담 '수영이 아버지' 이야기가 생각났다. 옛날에 수영이란 분의 집은 극빈가정이었는데 그분의 아버지는 언젠가 동네 모심기에 나갔다가 점심시간에 오랜 만에 보는 밥이 오자 그만 허겁지겁 너무 많이 드셨단다. 결국 배가 부르고 나른해서 일을 못하고 오후 내내 누워 계셨다는 눈물겨운 이야기였다. 물론 야코프는 배가 고픈 아이는 전혀 아니었지만.

야코프는 요리에도 관심이 많아서 요리사 자격증도 있다. 실제 음식점을 할 구체적인 사업계획도 세운 적도 있다. 내가 식사에 초대한 데 대한 답례로 야코프는 우리 가족을 자기가 사는 아파트에 초대했다. 근처 수산시장에서 엄청나게 큰 랍스터를 사서 쪄 가지고 왔다. 두 명이 들어서기에도 좁은 부엌에서 직접 반죽을 해 빵을 만들고 갖가지 소스와 드레싱을 만들었다. 건강을 고려한 유기농 작물로만 만들었다고 설명했다. 야코프가 시장에서 사온 세 마리의 랍스터 중 한 마리는 다리가 떨어져 있었다. 야코프는 그건 자기가 먹겠다고 했다. 나는 "무슨 소리냐, 내가 먹겠다."라고 나섰다. 옥신각신하다가 내가 "세 마리 중에서 다리가 떨어진 것이 제일 크니까 내가 이걸 먹겠다."라고 주장했다. 야코프는 웃으면서 그러시라고 했다. 사실은 세 마리는 크기가 같았다. 내가 그렇게 말한 것은 두 아이들에게 반듯한 랍스터를 먹이고 싶었기 때문이었다. 외국에서 공부하는 아이가 반듯하고 좋은 음식을 먹었으면 좋겠다는 것이 엄마의 심정이었다. 설령 랍스터 다리가 하나 떨어지고 없다한들 무슨 맛의 차이가 있겠나. 더구나 아들의 친구가 준비한 식사인데….

빵이 남아서 이거 얻어가도 되냐고 했더니 야코프는 아주 기뻐했다. 소스까지 챙겨주면서 자기가 만든 음식을 좋아해 줘서 정말 고맙다고 했다. 나는 이렇게 말했다. "야코프는 요리사 자격증이 있으니 언젠가 식당을 차린다면 내가 뉴욕에 올 때마다 그 식당에 들르겠다. 뉴욕에 가는 친구가 있으면 그 식당에 들러서 사진을 찍어 보내라고 할 것이다. 물론 주방장 야코프에게 내 소개로 왔다고 이야기하면 서비스라도 더 받을 거라고 이야기하겠다. 너, 만약에 내 소개로 왔다고 하는 한국인이 오면 서비스 좀 더해 줄 수 있겠지?" "물론이죠. 맘." 야코프는 입이 귀에 걸리도록 웃으면서 좋아했다. 야코프는 큰아들의 '절친'으로 언제나 나를 엄마라고 부른다.

큰아들이 맨해튼에서 한인 노래방으로 데려갔을 때 야코프는 밀폐된 방으로 들어가는 것에 두려움을 느끼면서 주저주저했다고 한다. 테러 위험이 있다는 것이었다. 전쟁이 다반사인 나라 군인 출신다운 발상이었고 우리로서는 정말 생소한 문화라고 느꼈다. 야코프는 노래방에 맛을 들이자 스트레스가 쌓이면 큰아이에게 노래방에 가자고 보채곤 했다. 사실 야코프는 노래를 아주 좋아해서 자기 숙소에 노래방 기기와 악기를 갖추고 있었다. 한번은 남편이 뉴욕에 도착하자마자 자기 집에 초대해 노래방기기를 틀고 자신은 기타를 잡았다. 초대 손님은 남편과 큰아이를 제외하곤 모두 유태인들이었다고 한다. 모두들 어울려 어깨동무를 하면서까지 밤늦도록 노래를 불렀다고 한다. 그때 야코프의 여자 친구도 있었는데 야코프는 브룩 실즈를 닮았다면서 아주 좋아했다. 두 사람은 결혼했다.

야코프는 늘 전쟁과 테러에 신경을 썼다. 특히 이스라엘 공군의 폭격에 불만이 많았고 이스라엘-팔레스타인 충돌에서 민간인 사상자, 특히 어린이 사망자 보도가 나오면 이렇게 흥분했다. "공군은 며칠 전부터 여기를 폭격할 테니 다들 피신하라고 스피커로, 전단으로 요란하게 알린다. 이게 무슨 놈의 폭격이냐. 무슨 민간인 희생자냐?" 내가 야코프를 한국으로 초청했다. 야코프는 대뜸 인터넷을 검색하더니 아주 좋아했다. "한국을 찾아보니 적성국가로 분류돼 있지 않아요. 한국으로 여행할 수 있어요!"

야코프의 외할아버지인 미국인 지클린 씨는 맨해튼의 부자동네인 어퍼 이스트사이드에 살았다. 거액을 기부하고 뉴욕시립대학(CUNY)에 자신의 이름을 따서 지클린 경영대학원을 설립한 인물이다. 지클린 씨는 큰아이가 대학에 다닐 때에는 펜실베이니아대학 와튼스쿨 교수로 기업윤리 과목을 강의하고 있었다. 지클린 교수는 과거 리먼브러더스의 파트너였다. 큰아이가 야코프에게 큰소리로 말했다. "뭐, 할아버지께서 기업윤리를 가르치신다고? 그분은 2008년 세계적 금융위기를 몰고 온 진앙인 리먼브러더스 사태 관련 일 좀 하지 않으셨어?" 야코프는 말없이 씩~ 웃었다.

큰아이는 야코프의 맏아들 돌잔치에 가서 금반지를 선물했다. 돌반지 선물은 미국 문화가 아니다. 어리둥절해 하는 야코프에게 큰아이는 "야, 너희 유태인 이름 가운데 골드만, 그러니까 금이 많잖아! 금반지가 뭐 이상하냐?"라고 농담했다고 한다. 이때 만난 지클린 교수는 유태인의 유전병인 테이삭스 병에 관해 물었다고 한다. 큰아이가 "의학전문대학원에서 배운 적이 있는데 한국인에게는 없는 질환"이라고 대답하자 지클린 교수는 "그럼 유태인의 관련 유전자를 제거하고 한국인의 DNA를 이식하면 그 병은 극복 가능하겠네."라고 말했다고 한다.

큰아이와 처음 만났을 때 야코프는 갑자기 이순신 장군 이야기를 꺼냈다. 우리는 "유태인이 어떻게 이순신 장군을 아느냐!"라며 놀랐다. 큰아이가 '탈무드'에 관해 이야기를 꺼내자 이번에는 야코프가 놀랐다. "한국인인 네가 어떻게 유태인의 '탈무드'를 아느냐?" 큰아이가 "그거 유태인 랍비들의 이야기인데 한국에는 어린이용 '탈무드'도 많이 나와 있다."라고 말했다.

이순신 장군과 '탈무드'는 한민족과 유태인의 이야기로 이어졌다. 야코프는 "유태 설화에 따르면 유태인에겐 12개 부족이 있었지만 지금은 잊힌 부족들이 있다."라면서 "에티오피아 유태인도 유태 부족 가운데 하나"라고 말했다. 우리는 유태인 하면 백인을 떠올리지만 야코프는 "에티오피아의 검은 유태인도 정식 유태인으로 인정받는다."라면서 "한국인도 그 가운데 하나인 것 같다."라고 말하기도 했다. 큰아이가 "너희는 하느님의 선택을 받은 민족이라고 내세우지만 우린 그렇지 않다."라고 말하자 야코프는 "선택을 받은 건 맞다. 그 선택을 받아서 고통을 받는다. 지킬 게 많기 때문"이라고 말했다.

야코프는 유태인의 교육, 특히 경제교육에 관해서도 이야기했다. 유태인들은 어린 아이에게 가족이나 친척이 주식을 사서 선물한다고 했다. 어린이가 관심을 가질만한 회사의 주식을 고른다고 했다. 어린이가 자기 주식을 가지고 기업과 돈의 흐름을 스스로 깨치도록 한다는 것이었다. 야코프는 "외할아버지께서는 내가 어릴 때 디즈니 주식을 사주셨어. 애들이 디즈니를 좋아하니까 관심종목으로 찍으신 거지. 나는 성인이 되어서 얼마나 가치가 변했는지를 확인

하고 나서 팔았어."라고 말했다.

야코프를 통해 나는 이스라엘 사람들, 즉 유태인들의 결혼과 핏줄에 관해 알게 됐다. 우선, 유태인 여부를 가리는 것은 어머니에 달려 있다는 점이었다. 아버지에 관계없이 엄마가 유태인이면 아이는 유태인이라는 것이다. 둘째, 결혼식에 엄청난 액수의 부조를 한다는 사실이었다. 한 사람이 결혼하면 온 집안과 지인들이 나서서 거금을 모아서 아예 '한밑천' 장만해 준다는 점이었다. 셋째, 남녀 모두 의무적으로 군복무를 해야 하는데 거의 예외 없이 집안의 전통에 따라 육해공군을 선택한다는 점이었다. 야코프는 이스라엘에서는 요르단에는 마음 놓고 놀러갈 수 있으니 언제든 놀러오라고 나를 초청했다. 아직 못 가고 있다.

샌디, 월가 투자에 열심인 깍듯한 청년

샌디는 인도계 아버지와 이탈리아 출신 어머니 사이에 말레이시아에서 태어났다. 샌디의 아버지는 해군제독이었고 어머니는 경제학 교수였으며 형은 의사로 심장외과 교수였다. 이러한 집안 배경을 지닌 샌디는 사업수완이 뛰어나서 수업은 대충대충 하고 대신 월가에 들락거리면서 적은 돈을 투자해 학생 시절에 이미 수백 만 달러를 번 학생이다.

샌디는 자유로운 영혼의 소유자였다. 부모님들이 인도 여행을 결정하자 가고 싶지 않지만 따라가야 한다고 했다. 샌디는 내게 "인도에 가면 어머니(나) 선물을 사오고 싶은데 뭘 원하시느냐?"라고 물었다. 나는 냉큼 발찌를 사달라고 했다. 그는 골드냐, 실버냐를 물었다. 내가 실버를 좋아한다고 말했더니 샌디는 웃으면서 말했다. "저는 이렇게 분명하게 이야기해 주는 분을 아주 좋아해요. 대체로 동양인은 '그럴 필요 없다' 아니면 '대충 아무거나…' 하는 식으로 말하는데 어머니는 정말 달라요." 내가 덧붙였다. "혹시 돌아오는 길에 선물 사는 걸 잊었으면 내 선물을 사러 인도로 다시 갈 필요는 없다. 네가 또 다른 곳을 여행하게 되면 내가 다시 선물을 부탁하면 되니까." 그랬더니 이 녀석은 허리를 꺾고 웃으며 '오늘 최고의 조크'라고 했다. 발찌를 사달라고 한 것은 과거 인도 여행의 추억 때문이었다. 1990년대 초 인도 길거리 좌판에서 어떤 할머니가 장신구를 팔고 있었는데 발찌를 인도말로 할 줄 몰랐던 나는 발을 내밀고 한국말로 '발찌'라고 크게 말했더니 그는 발찌를 내어주었다.

샌디가 인도 여행에서 돌아왔으나 선물 얘기는 전혀 없었다. 잊어버렸거니 하고 그냥 넘어갔다. 얼마 뒤 샌디가 우리 가족을 식사에 초대했다. 샌디는 기숙사 대신 할렘에 집을 얻어서 살고 있었는데 방을 아주 '간지'나게 꾸며 놨다. 벽과 가구의 색 조화가 지금도 또렷하게 기억날 정도로 톤이 약간 다운된 원색으로 꾸며놓았다. 고급인 듯, 분위기 있는 듯, 약간은 쓸쓸한 기운이 느껴지는 듯, 아무튼 묘한 분위기였다. 테라스에서 닭고기 바비큐를 했고 약간의 음료수를 내놓았다. 저녁을 먹고 난 뒤 환담 자리에서 샌디가 잠시 사라지더니 백합이 한 송이 꽂힌 바구니를 들고 나타났다. 바구니 안은 휴지를 잔뜩 구겨 넣어놓아서 꽃이 쓰러지지 않도록 지

지해 놓았다. 머리가 띵할 정도로 독한 향이 너무 좋아서 향에 취해 꽃을 어루만지니 샌디는 "꽃 말고 다른 선물이 있을지도 모르니까 바구니 안을 잘 살펴보시라."라고 했다. 비로소 바구니 속 화장지를 하나씩 벗겨내며 찾아보니 은색 발찌가 들어있었다. 아! 내가 부탁했던 은색 발찌!

샌디의 의전(儀典)은 기가 막힐 정도로 뛰어나다. 한번은 뉴욕의 유명 레스토랑 명단과 각 레스토랑의 메뉴를 내게 보내면서 어딜 가고 싶으시냐고 물어왔다. 나는 유학생이 무슨 돈이 있으랴 싶어서 "괜찮다. 난 전 세계를 돌아다니면서 온갖 것들을 먹어봤다."라고 했다. 그럼에도 샌디는 "'아들'이 한번 대접하겠다는 뜻"이라고 했다. 결국 그 리스트 가운데 한 군데에 가서 샌디가 밥을 샀다. 엄청 비쌌다.

매트, 교육에 억척인 엄마의 아들

매트는 큰아이가 입학식 때부터 친하게 지낸 학생이었다. 엄마는 뉴욕대 교직원이었다. 큰아이를 통해 맨해튼 아파트에 초대했을 때 매트는 "엄마와 같이 가도 되겠느냐?"라고 물었다고 했다. 부모와 함께 오겠다는 미국 학생은 처음이었다. 큰아이에게 이렇게 말했다. "돈트 케어. 오시라고 해. 그런데 그 집안 참 독특하네." 매트 엄마는 아파트에 들어서자 집안을 샅샅이 살폈다. 놀라는 눈치였다. 나는 "이건 우리 집이 아니고 부자 친구 아파트"라고 말하면서 여러 가지를 생각했다. 왜 엄마가 함께 오려고 했을까? 혹시라도 이상한 친구라고 생각해서? 더욱이 아시아인 친구라는데? 올바른 친구를 만나기는 하나? 이런 것들이 걱정돼서 오지 않았을까. 말을 하지는 않았지만 아들 가진 엄마로서 아들의 친구가 궁금하긴 할 거다. 서로 이야기를 나누면서 이런 의문들이 조금씩 풀렸다. 아들과 교육에 대한 부모의 열정 때문이었다.

　나는 이들 모자에게 "우리가 사는 집에 와 봤으니 우리도 초대해 주면 좋겠다. 당신들도 어찌 사는지 궁금하다."라고 단도직입적으로 말했다. 매트 엄마는 우리 집은 누추하고 어쩌고저쩌고 하면서 꼬리를 내렸다. 거듭 초대하라고 다그치다시피 했다. 예의가 아닌 줄 알지만, 나도 궁금하긴 마찬가지였다. 그는 마지못한 듯 우리를 초대하겠다고 했다.

　며칠 뒤 매트의 어머니는 맨해튼으로 우리를 데리러 왔고 우리는 그 차를 타고 허드슨 강 건너 뉴저지에 있는 매트네 집으로 갔다. 작고 아담했다. 집에는 매트 아버지와 여동생, 남동생이 있었다. 집을 며칠 동안 청소한 흔적이 역력했다. 유리알처럼 반짝였다. 미국 직장여성의 집이 어떤지 내가 잘 아는데….

　매트네는 열 가지가 넘는 음식을 상다리가 휘어지도록 준비했다. 대체로 외국인의 초대를 받아서 가보면 상차림이란 게 썰렁하기 그지없다. 우리는 손님이 온다고 하면 일단 음식부터 바리바리 차리는 문화가 아닌가. 나도 처음엔 미국인을 초대할 때 바리바리 준비하다가 그들이 단출하게 준비하는 걸 보고는 슬금슬금 메뉴에서 하나씩 빼기 시작했다. 매트네가 차린 음식을 보고 내가 놀라서 "당신네 평소에 이렇게 먹고 사느냐?"라고 했더니 매트 아버지는 애매모호한 웃음을 웃으며 "아, 그렇다고 할 수 있다."라고 말했다. 절대 그럴 수 없다. 왜냐고? 매트 엄마가 "먹지 않고 입지 않고 아이들 공부시켰다."라고 내게 말했으니까. 이분들은 유럽에서 온 이민 1세대인데 나름 미국에서 자리를 잡았다고 할 수 있다. 얼마나 허리띠를 졸라매었겠는가. 어쨌든 서로 재미있는 얘기를 하면서 집 근처 작은 놀이공원에서 산책하기도 했다.

매트는 머리가 비상한 학생이었다. 매트와 큰아이가 대화를 나누는 것을 좀 엿들었는데 내 실력으로는 알아듣기 어려웠다. 나중에 큰아이에게 '순차통역'으로 자세히 들었다. 매트는 고등학교와 대학 1,2학년 때 효율적으로 공부하는 방법을 연구했다는 거다. '어떻게 하면 힘과 시간을 가장 적게 들이면서 공부 효율은 극대화할 수 있을까?' 매트는 논문을 찾아가면서 연구했다. 검토 결과 잠은 최소 30분만 자면 가뿐해지고, 카페인은 섭취한 지 30분 만에 각성 효과가 나타난다는 것을 알아냈다. '그렇다면 커피 한 잔 마시고 바로 자면 각성 효과로 30분 후에 깨어날 것이고, 30분간 잤으니 가뿐해져서 계속 공부할 수 있다.'는 결론을 내렸다. 커피 한 잔 마시고 30분간만 자면 밤새 공부할 수 있다! 매트는 이러한 이 '연구결과'를 증명하려고 스스로 '생체실험'에 나섰다. 결과, 처음 몇 번은 효과가 있는 것 같더니 결국에는 안 되더라고 했다. 뭔가 끊임없이 의심하고 가설을 세우고 실천해보고 실패하고…. 나는 서양의 과학이 어떻게 발전해왔을 지를 짐작해 보았다.

매트는 컬럼비아에서 컴퓨터과학을 전공한 뒤 한동안 글로벌 기업 G사의 뉴욕지사에 다녔다. 갑자기 매트가 한국을 방문하겠다고 연락이 왔다. 당연히 우리 집에 열흘 정도 묵었다. 당시 큰아이는 의학 공부 중이라 신촌 기숙사에 있었고 남편은 스리랑카에서 봉사중이어서 내가 매트를 케어했다. 매트는 이렇게 말했다. "G사에 입사한 뒤 그 숨 막히는 경쟁에 넌덜머리가 났어요. 그래서 휴가를 내어서 머리를 식히러 온 거예요." 내 아들과 내 남편만 스트레스에 시달리는 게 아니로구나.

매트는 우리 집에 머물면서 서울 곳곳을 돌아 다녔다. 내가 가이드가 필요하냐고 물으니까 혼자 다녀보겠다고 했다. 큰아이의 미국 친구가 한국에 와서 혼자 다닌다는 말을 들은 나의 지인은 자신의 조카딸이 영어를 잘하는데 가이드 할 수 있다면서 말을 넣어 보라고 했다. 목적은 '뻔'했다. '똘똘한 미국 총각 하나 뭐 어떻게 엮어볼까'였을 거다. 매트는 한 마디로 거절했다.

매트는 팬시한 커피 그라인더와 원두커피를 선물로 들고 왔다. 커피 그라인더는 한 손에 싹 들어오는 앙증맞은 모양의 장난감 같은 거였다. 나는 매트가 거실에 있을 때면 그라인더에 그가 선물로 가져온 커피를 갈아서 한잔씩 마시곤 했다. 매트가 아주 좋아했음은 물론이다. 약간 오버이긴 하지만 사람 사는데 때론 약간의 오버도 필요한 게 아닌가. 나중에 손자는 우리 집에만 오면 "할머니, 커피 드시지 않으실래요? 제가 커피 갈아 드릴까요?"라고 말하곤 했다. 속마음은 그 그라인더를 갖고 놀고 싶은 거였다. 마치 미국의 B 아저씨가 부인 A 선생님의 눈치를 슬슬 보면서 내게 "초콜릿 먹지 싶지 않느냐?"라고 물었던 것처럼. 매트가 우리 집에 머물 때 하필이면 둘째아이가 맹장수술을 해서 며칠 입원했다. 며느리는 출

매트(오른쪽) 네 가족

근해야 했기 때문에 내가 그때 아들 보호자가 되었다. 매트는 며칠 간 우리 집에 혼자 살았다. 매트는 둘째아이의 병문안도 다녀갔다.

오고나, 의사가 된 배구 국가대표

큰아이는 학부 때 경제학과 수학을 전공하면서 수학과의 학습조교(TA, teaching assistant)로 몇 차례 일했다. 제프리 삭스 교수가 소장을 맡고 있는 지구연구소에서는 인턴으로 일했다. TA는 교수의 보조역할을 하면서 숙제 검사와 시험지 채점을 비롯해 할당된 질의응답 시간에 이런저런 질문을 하는 학생들을 지도하는 일을 한다. 연구조교(RA, research assistant)가 연구보조 역할을 하는 것과는 다르다.

큰아이는 수학 TA를 컬럼비아대학과 길 건너 바나드여대 두 군데에서 각각 했는데 학생들이 많이 찾아왔다. 큰아이는 어떻게 해서 '인기 TA'가 될 수 있었을까? 아이들을 학원에 보내지 않는다는 나름의 철학을 갖고 있던 나는 수학에 자질이 있던 초등생 큰아이에게 동생의 수학 '선행학습'을 맡겼다. 큰아이는 동생에게 숫자를 가르치려고 무던히 노력했다. 네모 칸으로 된 국어공책의 제일 윗줄에 숫자를 차례로 써놓고 밑 칸에 숫자를 따라 쓰게 했다. 작은아이는 '1'을 칸 하나하나에 채워서 쓰는 게 아니라 세로로 첫 칸부터 끝 칸까지 한 번에 1자로 주~욱 그어 놓았다. 귀찮게 따로따로 '1'이라고 쓸 필요 있냐? 그냥 한 번에 내리 그으면 되지! 둘째는 이런 아이였다.

작은아이는 덧셈은 제법 이해하고 잘하는 것 같았는데 뺄셈은 갈팡질팡하며 도대체 기본 개념정립이 잘 안 되는 것처럼 보였다. 아무리 설명해도 이해가 안 되는 눈치였고 내 설명은 꼬여만 갔다. "얘, 네가 좀 설명해 줘라." 큰아이에게 도움을 청했다. 옆에서 지켜보던 큰아이가 한마디로 정리했다. "빼기란 말이야, 음~~ 없어지는 거야!" 그래! '없어지는 것'. 이 간단명료한 설명을 놔두고 나는 온갖 어휘를 동원하며 갈팡질팡했으니…. 큰아이는 미국 두 대학의 학생 모두에게 이런 식으로 쉽게 가르쳤고, 수학 '과외'를 받으러 오는 학생들로 넘쳐났다. 그래서 큰아이에게는 미국 '제자들'이 많다.

'제자 그룹' 가운데 성공한 대표적인 학생이 오고나 은나마니다.

오고나는 미국 국가대표 배구선수 출신으로 미국 팀이 2008년 베이징올림픽에서 은메달을 따는데 큰 역할을 한 유명선수다. 오고나의 선수 시절 주 포지션은 아웃사이드 히터, 즉 측면 공격수였다. 옛날식으로 표현하면 레프트인데 우리나라의 김연경 선수의 역할에 해당하는 것이다.

당시 오고나는 컬럼비아대에서 '학사 이후 메디컬스쿨 선수과목 과정'(Postbac Premed)에 다니고 있었다. 프리메드란 의학전문대학원에 가기 위해 필요한 과목을 배우는 코스로 학위를 받는 것은 아니지만 열심히 공부해야 한다. 서부 최고의 명문 스탠퍼드대 출신인 오고나는 TA였던 큰아이에게 수학을 배우고 있었다.

큰아이의 프리메드 '제자' 몇 명이 학기가 끝날 때가 되어 'TA 선생님'에게 저녁 대접을 하겠다고 나섰다. 마침 당일 미국에 도착한 남편은 '사은회' 자리에 게스트로 따라가서 저녁을 거하게 얻어먹었다고 한다.

나는 얼마 뒤에 오고나와 친구들을 내가 묵는 아파트로 초대했다. 그때 찍은 사진 가운데 키가 장대만한 오고나가 나를 위에서 내리 안고 있는 장면이 있는데 지금도 그 사진만 보면 코믹해서 웃음이 나온다. 오고나는 스탠퍼드대에서 미식축구를 했던 동문으로 당시 교제 중이었던 남자친구와 함께 왔고 두 사람은 나중에 결혼했다.

컬럼비아대학 캠퍼스는 너무나 아름다워서 나는 수시로 그곳에 가서 책을 읽거나 커피를 마시면서 경험한 일들을 노트에 빼곡히 적었다. 또 어린이신문에 '유캔레이디'라는 필명으로 연재하던 아이

미국 배구 국가대표로 베이징올림픽에서 미국에 은
메달을 안긴 주역 오고나 은나마니. 큰아이의 '제
자'로 지금은 하버드대 협력병원 의사다.

들 키우기 칼럼도 썼다. 큰아이가 잠시 중남미 온두라스에 마이크
로 파이낸스 봉사활동을 떠나고 뉴욕에 없을 때였다. 교정에서 우
연히 마주친 오고나는 아주 반가워하면서 그 큰 덩치가 나를 꼭
안았다. 고목나무에 매미라는 표현은 이때 어울릴 것 같다. 오고나
는 나에게 "아들이 외국에 봉사하러 가고 없는데 어떻게 지내시느
냐?"라면서 "도움이 필요하면 언제든 연락하시라."라고 몇 번이나

말했다.

오고나는 미국 국가대표 배구선수 시절 한국에도 온 적이 있고 한국 프로팀의 스카우트 제의도 받았다고 했다. "한국에서 열린 대회에 참가한 인연 때문인지 한국 프로배구팀에서 한국 리그에서 뛰는 게 어떠냐고 제안하기도 했어요."

큰아이가 졸업한 뒤 오고나도 샌프란시스코 의학전문대학원에 들어갔고 의사가 되었다. 현재는 하버드대 매사추세츠 종합병원에서 성형외과 레지턴트 과정을 밟고 있다. 오고나의 부모는 아이들 교육을 위해 아프리카 나이지리아에서 이민을 왔으며 아버지는 일리노이주립대 교수였다.

내가 만난 큰아이의 제자그룹에는 이밖에도 레베카, 레이철, 질리언, 코린 등이 있다.

9. 컬럼비아대 교수들

"나도 20달러 기부할게요"

파우치는 미국 교수들에게도 여러 개 전달됐고 나름 위력을 발휘했다. 큰아이가 신세를 지거나 인상이 깊은 교수에게 내 파우치를 선물하면서 반드시 엄마가 직접 만들어 팔아서 백혈병 어린이들 수술비를 도와주기도 한 사연을 곁들여 소개했기 때문이었다.

대니엘라 데 실바 선생님은 MIT 수학박사로 바나드여대 수학과 교수다. 길 하나를 사이에 두고 있는 컬럼비아대와 바나드여대는 여러 수업의 교차 수강이 가능했으며, 특이하게도 바나드 수학교수들의 연구실은 모두 컬럼비아대에 있었다. 큰아이는 학부에 다니면서 컬럼비아대 TA는 물론 바나드여대 데 실바 선생님의 TA(학습조교)도 했다. TA는 학생들의 학습도우미로 정해진 시간에 학생들의 질문에 답해주며 공부를 돕고, 학생들의 과제를 채점한다.

한 학기가 끝날 즈음에 큰아이는 선생님께 파우치 하나를 선물하며 이에 얽힌 사연도 이야기했다. 이튿날 선생님의 일을 돕기 위해 TA가 확인해야 하는 박스를 열어보니 데 실바 교수께서는 '딸 마리아의 이름으로 한국 백혈병 어린이들 위해 기부하고 싶다'는 메시지와 함께 20달러가 든 봉투를 함께 넣어 두셨다. 큰아이는 이러한 사연을 주말 가족 화상통화 시간에 나에게 전해 주었다. 나는 곧바로 집 근처 내가 봉사하는 삼성서울병원에 그 뜻을 전했고 나중에 미국에 갔을 때 봉투를 가져와서 병원에 전달했다. 병원에서는 원장선생님의 영문 감사 편지와 기념품을 전해달라고 해서 나는 큰아이를 만나러 미국에 가는 길에 선생님께 전달했다.

나는 아이들에게 아무리 사소한 경우라도 도움을 받으면 반드시 고마움을 표시하라고 강조한다. 아이들이 중고등학교에 다니면서 시험 때가 되면 서로 자료를 복사해서 주고받기도 하는데, 그럴 때면 나는 아이에게 하다못해 자판기 음료 하나라도 친구가 좋아하는 것으로 뽑아주라고 했다. 근사한 외식을 한다거나 아이들이 가고 싶어 하는 곳에 여행이라도 가게 되면 반드시 아버지의 고마움에 대해 강조했다. 아버지께서 열심히 일해서 돈을 벌었기 때문에 우리가 이렇게 누릴 수 있는 것이라고 늘 말했다.

제프리 삭스 교수 "사인해 드릴까요?"

경제학을 전공하는 큰아이가 듣는 제프리 삭스 교수의 수업을 나는 두 차례나 청강했다. 삭스 교수는 우리나라에도 널리 알려진 경제학자였고 일종의 대중스타였다. 마침 뉴욕에 머물던 나는 기회다 싶어서 청강해 보기로 했다. 그는 컬럼비아대 교수 겸 지구연구소 소장이면서 당시 반기문 유엔사무총장의 특별자문위원으로 있었다. 하버드대 학부를 최우등 졸업했으며 아주 드물게 석사 박사를 모두 하버드에서 마치고 약관 스물여덟의 나이에 하버드 테뉴어(종신교수)가 되었던 인물이다.

수업 첫날 아이와 나는 조금 일찍 학교로 갔다. 지하철로 가는

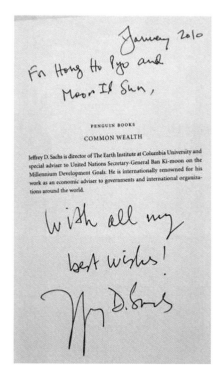

제프리 삭스 교수의 강의를 청강한 뒤 그의
저서 '커먼웰스'에 사인을 받았다.

도중 수업 내용이 올라 있는 사이트에 접속하여 큰아이가 설명해
주는 대충의 수업 내용을 듣고 표와 그래프, 사진, 영상을 살펴보
았다. 학교 학생 휴게실에서 자료를 출력하여 수업에 들어갔다. 나
름 배울 자세를 갖춘 것이다. 학생들은 일찍 수업에 들어왔고, 대
부분 각자 노트북으로 필기했으며 지각생은 없었다. 내가 대학에
다니던 1970년대에는 제시간에 맞춰 강의에 들어오시는 교수는 드
물었고 이상한 사람 취급을 받을 정도였다. 일반적으로 늦게 들어

왔고 일찍 끝냈다. 유명 교수는 늦게 시작하고 일찍 끝난다는 요설이 난무하던 시절이었다.

삭스 교수는 미리 다 준비해서 극장처럼 생긴 교실에서 학습자료 화면을 띄워놓고 기다리고 있었다. 시간이 되자 바로 본론부터 강의를 시작했다. 수업 소개 같은 일반적 내용은 아예 없었다. 잠시의 휴식도 없이 한 시간 반 동안의 강의가 끝나자 이번 학기의 수업 운영 및 숙제 제출에 관련된 자세한 내용은 조교가 설명해 줄 것이라는 말을 남기고 선생님은 바람같이 강의실을 나갔다. 학기가 시작되기 전에 학생들이 읽어야 하는 참고도서와 논문, 신문 기사 등에 대하여 어마어마한 양이 미리 공지돼 있었다. 수업 당일 새벽에는 이번 시간의 수업 내용이 해당 사이트에 올라있다는 이메일이 또 아들에게 날아왔다. 이 사람들은 잠도 안 자나?

두 번째 청강 시간에는 삭스 교수의 책 '커먼 웰스'를 한 권 사서 사인을 받을 준비를 하고 수업에 참석했다. 사인을 받으려고 앞줄에 앉았고 단단히 준비했다. 삭스 교수는 역시 잠시도 쉬지 않고 마라톤 강의를 끝냈다. 앞줄이라 교수와의 '스탠딩 면담' 첫 번째 순서일 거라 생각했는데 학생들이 순식간에 줄을 늘어섰고 우리는 서너 번째로 밀려 있었다. 나는 삭스 교수를 '록 스타 같은 인물'이라고 부르는 의미를 이해할 듯했다.

드디어 내 차례가 되었다. 큰아이가 나를 선생님께 소개했다. 삭스 교수는 "학생이 내 강의를 들을 수 있도록 키워주셔서 고맙습니다."라는 말과 함께 내가 들고 있는 본인의 저서를 보더니 "사인 해 드릴까요?" 하고 먼저 물어왔다. 사인을 받은 뒤 그 사인이 보이도록 책을 펼쳐들고 함께 사진을 찍었다.

수업 시간에 삭스 교수는 늘 '어제는 인도 상공부 장관을 만났는데 어쩌고저쩌고', '지난주에는 동티모르 정부 각료들과 회의를 했는데 어쩌고저쩌고' 하면서 강의를 시작했다고 한다. 세계를 누비는 선생님. 어떨 때에는 공항에서 바로 오는지 여행 가방을 끌고 학교로 달려오기도 했다. 아이비리그에서는 이렇게 세계의 현 상황을 생중계 하다시피 예로 들면서 수업이 진행되고 있었다.

삭스 교수는 또박또박 빠르지 않게 강의를 했다. 개발경제학은커녕, 영어도 한 마디 못 알아들으면서 세계적 석학의 수업에 두 번씩이나 듣는 학부모가 그 양반의 눈에 어떻게 비쳤을까. 나는 사실 내용을 전혀 알아듣지 못했고, '그 양반 참 영어를 잘하구나!' 하고 생각했다. 얼마 뒤 귀국하는 길에 뉴욕 JFK공항의 텔레비전 모니터에서는 CNN의 삭스 교수 인터뷰가 방송되고 있었다.

큰아이는 삭스 교수의 영향을 받아서 아프리카 탄자니아로 밀레니엄 빌리지를 직접 살펴보러 떠났다. 밀레니엄 빌리지는 유엔 프로젝트의 하나로 삭스 교수가 농촌에서 전개하고 있는 환경개선 및 생활 향상을 위한 '새마을 운동' 비슷한 것이었다. 그 계획은 착실히 진행됐고 나름대로 성공을 거두고 있었다.

니로니 선생님 "0점이란 없다"

니로니 선생님은 컬럼비아대 수학과 교수인데 큰아이는 선생님에게 '대학미분적분학 3'을 배웠다. 수업도, 시험문제도 아주 어렵

검은 두건을 쓴 니로니 교수는 '정식'으로 인터뷰에 응하셨다.

지만 워낙 친절해서 좋아하는 학생들이 있었다. 학기가 끝나고 큰 아이의 친구들을 초대할 때, 니로니 선생님도 함께 초대했다. 훤칠한 키에 잘 생긴 선생님께서는 검정 두건까지 머리에 두르고 오셨다. 우리 개념의 수학 선생님과는 거리가 먼 모습이었다.

학기 중 큰아이는 한국에 있는 나와 화상대화를 할 때에는 늘 니로니 선생님의 시험 출제에 대해 재미있게 이야기했다. 0점짜리 답안지를 작성한 학생에게 니로니 선생님은 1점을 주신다고 했다. 이탈리아의 전통에 따라 0점은 없다는 거였다. 0점과 1점의 차이. 나는 처음 이 이야기를 듣고 좀 놀랐다. 얼마나 상대방을 배려하는 일인가! 시험문제에 따라 배점이 달랐다. 그런데 늘 '가산점'(extra credit) 문제가 있었다. 그 문제는 당일의 문제 중 최고난도였다. 이를 풀면 105점 식으로 '만점 이상'이 주어졌다.

나는 출제의도가 궁금했다. 우리 아파트에 오신 김에 출제의도를 여쭙자, 선생님께선 미국에는 학생 수준이 너무 다양해 이에 따라 평가하고 싶었다고 했다. 잘하는 학생은 '자신의 최대치를 보여 달라.'는 거였다. 각자 자신의 목표 점수가 있을 테니 그에 맞춰 문제를 풀라는 의미였다. 그렇다고 "너무 쉬운 문제만 푸는 것도 바람직하지 않고, 고득점을 위해 터무니없이 어려운 문제에 매달릴 필요도 없다."라는 거였다. "자신의 수준을 정확히 알아야 하고, 욕심이 없어야 한다."라고도 했다.

평소 늘 순하고 사람 좋은 웃음을 띠고 있는 분이지만, "자신의 수준을 정확히 알아야 한다."라고 말할 때는 단호한 표정과 심각한 어조로 여러 번 강조했다. 선생님의 단호한 표정은 이날 처음 봤다. 어찌 보면 그 순간 선생님은 수학 이야기가 아닌, 사람 사는 철학을 설파하는 듯했다.

이야기를 나누다 보니 어느덧 인터뷰 형식이 되어 나는 금싸라기 같은 선생님의 철학을 노트에 빼곡히 적고 있었다. 선생님은 웃으며 "이런 인터뷰는 처음"이라고 했다. 이야기의 말미에 내가 "인터뷰 비용을 지불해야 하느냐?"라고 웃으며 물었더니, 선생님께선 손을 휘휘 저으며 "노노" 하시더니, "나중에 내가 취직을 위해 추천서를 부탁하면 좀 써 달라."라고 농담했다. Absolutely! (해드리고 말고요!) 얼마 후에 실제로 선생님은 추천서가 필요하다고 한국으로 연락해 왔다. 그래서 추천서를 보내드렸더니 면접에서 그 추천서 내용에 대해 자세히 물었다고 들었다.

선생님은 이탈리아 출신으로 유서 깊은 볼로냐 대학에서 박사학위를 받았다. 나는 기호학의 대가 움베르토 에코 교수만 그 학교에서 유명한 줄 알았는데, 큰아이의 이야기를 듣고 보니 또 한명의 스타 교수 후보가 있었다. 니로니 선생님은 학위를 받은 직후 한국에서도 교수 임용 제안을 받았는데 컬럼비아대학으로 왔다고 했다.

이후 선생님께서는 나와 큰아이를 교수 아파트의 숙소로 초대해 손수 파스타를 만들어 주셨다. 덕분에 나는 '정통 이탈리아인'이 만든 파스타 요리를 즐겼다. 선생님은 "이탈리아에서 아버지가 정육점을 하셔서 집에 돈은 없었지만 덕분에 내가 요리를 잘한다."라고 말했다. 선생님의 집엔 직접 조립한 건담 로봇들이 장식장에 가득 전시돼 있었다.

.

'금 벽돌'을 실컷 보다

무사티 선생님은 경제학 교수로 큰아이와 친하게 지냈다. 언젠가 선생님은 큰아이에게만 별도로 자신의 강의를 솔직하게 평가해 달라고 부탁했다. 학생들이 자신의 강의 내용을 어떻게 이해하고 있는지가 궁금했던 것이다. 큰아이에게 "너를 나의 기니피그(실험용 쥐)로 이용하겠다."라고 말했다. 나중에 내가 컬럼비아대 캠퍼스에서 무사티 교수를 만났을 때 "선생님이 쓰신 기니피그 표현이 참 재미있었다."라고 말했다. 무사티 교수는 "죄송하다."라면서 매우 난처한 표정을 지었다. 그래서 "나도 옛날에 생물학을 전공할 때

뉴욕 연방준비은행 금수장고에 쌓여 있는 금 벽돌. 뉴욕연방준비은행 홈페이지

친구들을 기니피그로 썼고 지금도 가끔씩 남편을 기니피그로 활용한다."라고 말해 분위기를 바꿨다.

무사티 교수의 가까운 지인이 미국 뉴욕 연방준비은행(FRB, Federal Reserve Bank of New York)에서 근무하고 있었다. 나는 FRB란 '미국 경제, 아니 세계경제를 쥐락펴락하면서 웃고 울게 만드는 기구의 금고'라고 쉽게 이해해 버리고 말았다. 하루는 큰아이가 월가 근처인 리버티 가에 있는 뉴욕 FRB 금괴 저장소에 다녀온 이야기를 했다. 내가 머물던 아파트에서 그리 멀지 않은 금괴 저장소는 세계에서 금을 가장 많이 쌓아둔 곳이다. 무사티 교수는 지인에게 부탁해서 학생들에게 금을 통한 세계 각국의 거래 현장을 생생하게 볼 수 있게 해주었다.

큰아이는 "철통같은 경비를 지나서 지하실에 들어가니 120여 개의 방에 금 덩어리가 쌓여 있었다."라면서 "금 거래라는 것이 금괴를 이 방에서 저 방으로 옮겨놓는 거였다."라고 간단히 설명했다. 또 각 방에는 해당 국가명이 적혀 있었다고 했다. 아, 그렇구나. 나는 뉴스에서 한국은행이 금을 산다, 판다고 했을 때 어떻게 하는

컬럼비아대 경제학과 무사티 선생님 연구실에서.

지 궁금했는데 연락하면 창고에서 '금덩어리를 우리나라 방으로 옮겨놓는 거였네' 하고 깨달았다.

　나도 갑자기 금 덩어리 거래가 궁금해졌다. 도대체 금괴는 어떻게 생긴 거야? 그래서 예약해서 '일반'으로 관람했다. 큰아이야 특별히 전체 저장고를 돌아다니면서 봤지만 나는 관광객용 전시실을 본 셈이었다. 엘리베이터를 타고 지하 5층, 지하 24m에 있는 금괴 보관소로 향했다. 금괴 보관소로 통하는 입구는 단 하나였고 강철과 콘크리트로 제작한 좁은 입구를 통과했다. 금괴라는 게 금으로 된 벽돌이었다. 이 금괴를 방에서 방으로 옮기는 인부들은 쇠로 만든 신발을 신고 있었다. "옮기다가 무거운 금괴를 떨어뜨리면 발을 다치니까 쇠로 만든 신을 신는다."라는 거였다.

이들 금괴의 주인은 각국 중앙은행이나 국제 금융기관으로 약 95%를 소유하고 있고, 나머지는 미국 정부가 갖고 있다고 한다. 나는 가끔씩 월가 쪽으로 가서 '불 마켓', 즉 증시 활황의 상징으로 남녀노소 관광객이 하도 만져서 '특정부위'가 반질반질해진 황소 동상을 본 뒤 금괴 저장소 쪽으로 거닐곤 했다. 저장소는 작은 입구 하나밖에 없는 곳이다. 이 지하에 천문학적인 액수의 '노란 벽돌'이 있다. 아무튼 무사티 선생님의 영향으로 나는 황금벽돌을 실컷 볼 수 있었다.

모두들 '금, 금, 금' 하는데 도대체 세상에 금은 얼마나 될까? 갑자기 궁금해졌다. 지금까지 채굴된 모든 금은 20만 톤 안팎으로 추정된다고 한다. 투자의 귀재 워런 버핏 할아버지는 '채굴된 모든 금을 다 두드려서 큐브로 만들면 가로 세로 높이가 각각 21m인 작은 덩어리에 불과하다.'고 추정했다고 한다. 어떤 사람은 요즘 시가로 이들 금 전체는 1경4300조 원으로 추산하기도 했다. 도대체 금덩어리가 많은 거야, 별 거 아닌 거야?

10. 하버드의 놀이벌레들

메디컬스쿨 기숙사에서 일주일

큰아이는 의사가 된 뒤 하버드대 보건대학원에서 국제보건을 공부했다. 나는 뉴욕에 머물 때면 직행버스를 타고 보스턴으로 가서 큰아이와 친구들을 만나 여러 이야기를 나누고 내가 자랑하는 파우치도 선물하곤 했다. 큰아이의 졸업식이 다가와서 남편과 함께 보스턴으로 갔다. 마침 남편은 스리랑카에서 봉사활동을 마치고 막 귀국한 참이었다.

하버드대 캠퍼스는 찰스 강을 사이에 두고 크게 둘로 나뉘어 있다. 대학본부와 하버드대 학부, 일반대학원 등은 케임브리지에 있다. 우리가 영화 '러브스토리' 등을 통해 익숙한 캠퍼스다. 의학전문대학원, 치의학전문대학원, 보건대학원은 강 건너 보스턴에 있는데 세계적인 병원들이 빼곡하게 둘러싸고 있다. 따라서 큰아이의 경우 대학원 졸업식은 보스턴 캠퍼스에서 열렸고, 며칠 뒤 전체 졸업식은 케임브리지 캠퍼스에서 열렸다. 전체 졸업식 때 초청연사가 앙겔라 메르켈 당시 독일 총리였다. 나는 두 졸업식을 전후해 큰아이의 친구들을 여러 명 만났고 일부는 나중에 뉴욕에 왔을 때 내가 고기를 구워주기도 했다.

큰아이는 하버드 의학전문대학원생을 대상으로 하는 밴더빌트 기숙사에서 지냈다. 그곳은 치의학전문대학생과 보건대학원생도 제

하버드 메디컬스쿨 밴더빌트 기숙사 로비.

하버드대 메디컬스쿨 기숙사의 방문자용 출입증.

한적으로 받았다. 우리는 밴더빌트 기숙사가 궁금했다. '러브 스토리'의 작가 에릭 시걸이 쓴 또 하나의 유명 소설 '닥터스'에 등장하는 하버드 메디컬스쿨 기숙사는 도대체 어떻게 생겼을까? 밴더빌트는 과거 미국의 철도 재벌인 하버드 동문이 지어준 건물로 밴더빌트 가문은 남부 최고의 명문으로 꼽히는 밴드빌트대학을 테네시 주에 설립하기도 했다.

보통 때 기숙사에는 외부인이 묵을 수 없다. 졸업식 때에만 특별히 부모에 한해서 일주일 정도 묵는 것이 허용됐다. 노란 종이에 큰아이 이름과 내 이름을 적고 보안담당자의 사인이 담긴 출입증을 받았다. 철저한 검문을 거쳐 안으로 들어가면 1층 휴게실에는 '뉴잉글랜드 저널 오브 메디신'(NEJM)을 비롯해 랜싯(Lancet) 등 세계적 의학학술지가 쌓여 있었다. 복도 양쪽으로 학생 개인용 방이 있고 중간쯤에 공용주방이 있는 구조였다. 경비아저씨가 아주 친절했고 큰아이와도 친했기에 나는 그 양반에게도 파우치를 하나 건넸다. 우리는 금세 친해져서 그 양반은 우리가 들어오면 늘 웃으면서 인사했다.

주방에는 거대한 냉장고가 두 개 있었고 각자 넣어둔 음식물로 가득 차있었다. 학생들은 주로 각자 방에 가지고 가서 먹는 것 같았지만, 가끔씩 주방에서 음식을 먹다가 친구들을 만나면 테이블에 둘러앉아서 함께 먹으면서 떠들기도 했다. 어느 날 중년 아주머니가 엄청난 양의 식재료를 사와서 요리를 하고 있었다. 아들이 치의학전문대학원생인데 수시로 와서 밑반찬을 만들어 놓고 간다고 했다. 아주머니는 집이 북쪽에 있는 위스콘신 주 밀워키라고 했다.

그 먼 곳에서 자동차로 달려오는 거였다. 동서양이 똑같다. 어머니들이란…, 특히 애들에 관한한….

대학병원 신경외과 과장이 된 살사댄스 강사

하버드 학생들도 대체로 '끼리끼리' 문화였는데 유독 국제보건 전공 학생들은 '몰려다니는' 문화였고 그 중심에는 늘 큰아이가 있었다. 또 국제보건이라는 전공의 성격상 활발한 활동을 펼치기 좋아하는 사람들이 모여 있기 때문이기도 했다. 나는 몇 차례 큰아이 동료학생들을 보면서 '공부벌레'는 기본이고 이들은 '하버드의 놀이 벌레들'이라고 생각했다.

친하게 지낸 학생 중에서 신경외과 전문의인 어네스트는 정말 독특한 경력의 소유자다. 어머니는 아이티 출신으로 미국에서 간호사 일을 하면서 아이들을 키웠다. 어머니는 항상 두 군데 이상에서 일했다고 한다. 병원에서 남는 음식을 늘 챙겨 와서 아이들에게 먹였다. 그 때문인지 어네스트는 늘 과체중으로 자랐다고 했다.

뉴욕 브룩클린에서 자란 어네스트는 뉴욕대의 경영대학인 스턴 스쿨에서 경영학 공부를 시작했다. 이 학교에도 동양계가 많았는데 그들은 먹지도 않고 자지고 않고 공부하는 것 같았다고 했다. 어네스트는 도저히 그들을 따라잡을 수 없었다. 게다가 동양 학생들은 공부만 하는 게 아니라 '쉬는 시간'을 이용해 취미생활로 주식거래를 해서 돈을 버는 것이었다. 경영학으로는 동아시아 출신들 틈바구니에서 살아남을 수 없겠다고 판단하고 카리브해 지역학과로 전과했다. 뉴욕대 경영학과는 그 대학 최강인데 일반인의 상식으로는 이해가 잘 안 가는 일이었다.

어네스트는 카리브해 지역학을 공부하면서 라틴댄스를 배웠고, 아주 잘 추게 됐다. 급기야 대학 졸업 후 살사댄스 강사로 나섰다. 근력이 좋아서 운동도 열심히 했고 살사 강사 겸 체육관 헬스 트레이너로 일해서 생활했다.

여기서 중요한 인생 전기를 맞았다. 그는 운동하면서 "근육을 관찰하다가 '근육이 성장한다는 것은 근육을 움직이도록 하는 신경이 작용하는 것'이라는 것을 알았다."라고 했다. 신경전달에 대해 깊이 파고들고 싶어서 컬럼비아대 티처스 칼리지(대학원)의 석사과정에 입학해 신경에 대해 공부했다. 신경을 제대로 알려면 의사가 되어야 한다는 점을 깨달았고 열심히 공부해서 뉴욕의 마운트사이나이 의학전문대학원에 들어갔다.

2010년 그가 1학년 때에 어머니의 조국 아이티에 지진이 났다. 이를 계기로 하버드 출신 의사 폴 파머가 아이티 구호활동 등으로 명성을 날리고 있다는 것을 알게 됐다. 그는 파머에게 메일을 보냈다. 세계 각지에서 수많은 메일이 올 텐데 어떻게 눈의 띌 수 있었을까? 어네스트는 '아이티 크레올어(語)'로 메일을 보냈다고 했다. 독특한 메일은 파머의 눈길을 끌었고, 어네스트는 24시간 내에 답장을 받았다.

어네스트는 어머니 덕분에 아이티 사람들이 쓰는 아이티 크레올어를 할 수 있었다. 크레올어란 의사소통을 위해 특정 언어가 현지어와 결합해 생겨난 언어를 가리킨다. 중남미에서 스페인어나 프랑스어와 토속어가 결합한 형태 등이 있다.

통상 이런 메일에는 답장이 안 오기 십상인데 파머는 '너 같은 학생이 꼭 필요하다.'면서 함께 가자고 제안했다. 어네스트는 즉시 휴학하고 아이티로 가서 미국 의료진을 위해 통역하는 일을 했다. 그 후 좋은 성적으로 메디컬스쿨을 졸업하고 이비인후과 레지던트 자리를 알아봤다. 원래 신경외과 전문의가 되고 싶었으나 그쪽은 워낙 지원 경쟁이 심하니까 이비인후과로 '우회'해서 뇌와 신경 관련 연구를 할 수 있을 것이라고 판단했다. 어느 날 '신경의 핵심은 뇌인데, 내가 왜 경쟁률에 지레 겁을 먹고 이비인후과로 가려고 하나?' 하는 회의가 들었다. 정면으로 부딪히자! 그는 결국 '아이티 동지'인 파머의 추천서를 받았고 마운트사이나이 병원에서는 신경외과 레지던트로 받아주었다.

"레지던트 시절 병원 직원들이 저를 별로 안 좋아하는 눈치였어요. 윗사람에게서 주의를 받기도 했어요. 윗분이 '내가 너에 관해 아주 끔찍한 이야기를 들었다.'고 직설적으로 말할 정도였지요. 그럴 만하다고 인정해요. 당시 엄청 스트레스를 받고 있었거든요."

레지던트 3, 4년차가 되어서야 내적으로 성숙해 일도 잘하게 됐다. "5년 정도 레지던트를 한 상태에서 하버드에 있는 폴 파머 펠로십에 지원했고 파머의 추천으로 세계보건기구(WHO)와 함께 글로벌 외과와 관련된 일을 했습니다. 1년 정도 지났을 때 마침 은퇴하고 하버드에서 연구 활동을 하던 한국계 의사 박기범 박사에게 큰 자극을 받았어요. 그를 멘토로 모시면서 나머지 1년은 국제보건 석사과정도 함께 하게 된 겁니다."

그는 박기범 박사를 잊지 못했다. "박 선생님이 제게 보건대학원 석사를 권하기에 제가 '저보고 또 학비를 빚지라고요?'라고 여쭸어요. 그분은 '자네 빚이 한 50만 달러 되지? 신경외과전문의가 되면 계약 순간 바로 100만 달러야.'라고 저를 격려했어요. '하버드 학위과정에서 배워봐야 하는 거야.'라고 격려하셨지요."

박기범 선생의 영어명은 '키 박'인데 미국에서 나고 자란 신경외과 의사다. 캄보디아에서 봉사활동을 많이 했으며 북한도 오가는 북한 전문가이기도 했다. 박 선생님은 어네스트를 폴 파머의 양아들 정도로 여겼다. 폴 파머는 당시 세계은행 총재였던 김용 박사와 하버드 의학전문대학원 시절 단짝이었다.

나는 맨해튼의 펜트하우스에서 이런 이야기를 어네스트에게서 들었다. 물론 아들이 상당부분 통역을 했고. 당시 어네스트는 하버드에서 공부하면서 여전히 뉴욕의 마운트사이나이병원에도 소속돼 있어서 1년에 몇 번은 당직을 서야 했다. 당직 다음 날 내가 머무르던 아파트로 왔던 것이다. 어네스트는 배가 고팠던지 허겁지겁 불고기를 엄청 많이 먹었다. 내가 "너, 댄스 선생이었다면서?"라고 농담 삼아 물었다. "댄스 강사 시절에 댄스경연이 열려서 한국에 간 적이 있어요. 서울에 가봤는데 정말 좋았어요." 내가 좀 짓궂게 물었다. "그래, 서울에서 여자들은 좀 만나봤나?" 어네스트는 잠시 멋쩍어 하더니 "자, 디저트 드실까요?"라면서 꽁지를 내렸다.

나중에 유투브로 어네스트의 춤을 봤더니 확실히 춤사위가 남달랐다. 큰아이에게 "너 어네스트한테 춤 좀 배워라."라고 권했다. 나는 중남미를 두루 여행하면서 많은 춤을 보았고 아르헨티나에서는 현지인과 직접 탱고까지 춘 적이 있는데 어네스트의 춤은 한 수 위로 보였다. 어네스트는 하버드에서 국제보건 석사 학위를 받고 폴 파머 펠로를 마친 뒤 샌프란시스코에서 외상 관련 펠로도 했다.

어네스트는 이런 에피소드도 곁들였다. "대학 시절 유태인 여학생의 작문 숙제를 도와줬는데 주제가 '유태인 여성으로서 나는 이렇게 바라본다.'는 거였어요. 아이티 이민자의 아들이 유태인 여성의 시각을 알 리가 없지요. 아무튼 결과는 그 여학생의 숙제가 나보다 점수가 더 잘나왔어요. 거 참."

어네스트는 출장을 다녀오는 길에 공항에서 지금의 아내를 만났다. 아내는 오리건 주 출신 백인 변호사로 공항 바에서 만나 대화하다가 첫눈에 반했다고 한다. 어머니는 아이티 여성과 결혼하기를 원했지만 지금은 어머니도 며느리를 좋아한다고 했다.

어네스트는 아이 둘이 있는데 아이들의 언어능력을 중시해서 아이들을 프랑스 학교에 보낸다. 집에서는 가족 모두 프랑스어를 쓴다. 큰아이가 스타벅스에서 어네스트의 아이들에게 빵을 사줄 때에도 그는 아이들이 무슨 말을 하면 "그걸 프랑스어로 어떻게 말하지?"라고 프랑스어로 물었다. 어머니의 나라 아이티에서 프랑스어를 사용하기 때문일 수도 있다. 미국 사회의 어떤 사람들은 외국어(모국어 포함)를 아주 중시하고 있다는 점을 새삼 깨달았다. 나는 어네스트를 통해 그의 어머니와 변호사 아내에게도 파우치를 전달했음은 물론이다.

둘 다 의사인 큰아들과 어네스트는 왕년에 단짝 김용 박사와 폴파머가 함께 찍은 사진과 똑 같은 포즈로 사진을 찍으면서 말했다.

큰아이 성휘의 하버드 친구들을 만나 어머니들의 교육 열정에 대해 들었다. 댄스강
사 출신으로 의대교수가 된 어네스트(오른쪽)와 하버드 학부 출신 앤서니.

"나중에 사람들이 이 사진을 보면 우리 둘이 세계 보건의료에 대
해 진지하게 이야기했을 거라고 이야기할지 몰라요. 사실은 인도
의사 겸 공무원인 스리람에 대해 뒷담화를 하고 있었거든요."

하버드의 국제보건 전공학생 가운데 큰아이와 생일이 같은 학생
이 3명이었다. 한 명이 어네스트였고 다른 한 명은 사라였다. 이런
경우를 '생일쌍둥이'(Birthday twins)라고 불렀다.

어네스트의 어머니는 가톨릭 신자지만 아이티 등 중남미 아프리
카계가 믿던 부두교도 중시했다. 늘 아들에게 "조상의 혼이 지켜주
실 거야."라고 말하곤 했다. 부두교에서 일컫는 절대자를 영어로
'그랜드 마스터'라고 불렀다. 이 살사댄스 강사 선생님은 얼마 전
뉴욕 브룩클린에 있는 뉴욕주립 다운스테이트대학병원 교수 겸 신

경외과 과장이 됐다.

하버드 합격이 소수자 배려 때문이라고?

앤서니는 하버드 학부 출신이다. 앤서니의 엄마는 환경미화원이다. 어머니는 남미 칠레 출신인데 가족은 조지아 주 애틀랜타에 살았다. 어머니는 파티를 아주 좋아했고 아이들은 반드시 '1 악기, 1 스포츠'를 잘해야 한다고 믿었다고 한다. 어머니는 아무리 바빠도 아이들의 음악과 스포츠는 꼭 챙겼단다. 앤서니는 첼로와 농구를 했는데 동생보다 악기를 더 잘 다뤘고 동생은 스포츠에서 더 뛰어났다고 한다. 앤서니는 애틀랜타의 에머리 오케스트라와 협연도 했다. 어머니는 미식축구 선수인 동생을 데리고 밤새 운전해 경기가 열리는 곳으로 데리고 다니는 열정을 보였다고 했다.

앤서니는 우리가 머물던 뉴욕 아파트에 와서 내게 가족과 진학에 얽힌 이야기를 솔직하게 들려주었다. "제가 하버드대학에 합격하자 고등학교 친구들이 '소수자 우대정책(Affirmative Action)으로 붙었다.'면서 무지 씹어댔어요. 내가 칠레 출신 어머니에 무슨, 무슨 피가 섞였고, 가난한 집 아이라서 특혜로 합격했다는 거예요. 그런데요, 그놈들 중 나보다 공부 잘하는 놈은 한 명도 없었어요."

사실 앤서니는 '빌 게이츠 밀레니엄 스칼라'였다. 마이크로 소프트의 빌 게이츠 재단에서 매년 일정 숫자의 미국 고등학생을 선발해 원하는 만큼 공부하도록 학비를 전액 지원하는 제도다. 원하면 박사과정까지도 지원해준다. "저는 남동생이 있는데 어머니가 홀로 키우셨어요. 집에 세탁기가 없어서 친구 집에 가서 세탁하고 살았어요. 외할머니가 시각장애인이었지요. 예일대에도 전액 장학금으로 합격했는데 일주일 뒤에 하버드에서도 합격 발표가 나서 그 쪽은 포기하고 하버드로 진학했어요."

하버드대의 홍보 비디오에는 앤서니가 농구하는 모습이 등장한다. 과학 관련 수업을 듣다가 도저히 못 알아들어서 포기했다고 한다. "학부 시절 진로를 고민하던 중에 폴 파머 선생님의 수업을 듣고 생각이 바뀌었어요. 졸업 후 미국 풀브라이트 재단의 지원을 받아서 말레이시아에서 영어를 가르치고 돌아온 뒤 국제적으로 도움이 되는 공부를 하려고 보건대학원에 왔어요."

나는 앤서니를 통해 말로만 듣던 미국 명문대의 끈끈한 선후배 유대를 조금 파악할 수 있었다. 앤서니의 어머니는 돈이 없어서 아들의 졸업식에 참석할 수 없었다. 학교 측에서는 "하버드 졸업식에 부모가 돈이 없어서 못 온다는 게 말이 되느냐?"라면서 동문을 대상으로 수소문해 비행기 표와 체재비를 해결해 주었다. 학비 때문에 학업을 못 하는 것은 있을 수 없다는 하버드의 '니드 블라인드(need-blind) 정책'은 부모의 졸업식 참석에도 통하는가 보다. 사실 하버드 학부는 기숙사끼리의 유대가 강력하다고 한다. 앤서니가 예를 들었다. "같은 학부 기숙사 선배 중에 새뮤얼 애덤스 맥주회사 오너가 있는데, 그분은 후배들을 불러서 맥주공장을 견학시킨 뒤 맥주를 원하는 만큼 마시고 가라고 했지요." 앤서니는 지금 세계 최고의 컨설팅회사에서 일하고 있다.

뉴욕 맨해튼에 있는 '하버드클럽 뉴욕' 안에 있는 도서관.

"돈 좋아하는 게 무슨 문제냐?"

프랭크 치엔은 중국인 이민 2세다. 아버지는 텐안먼 사태 때 미국으로 건너왔고 현재 예일대 보건학 교수다. 아버지는 베이징대 의대를 나왔다. 프랭크와는 하버드 졸업식이 끝난 뒤 학생회관에서 만나서 잠시 이야기할 기회가 있었다. 거의 멜로드라마의 주연배우처럼 잘생겼다.

큰아이는 프랭크의 성(姓)인 치엔이 전(錢), 즉 돈이므로 "너는 집안이 대대로 돈을 좋아하나 보다."라고 농담하곤 했다. 프랭크는 "야, 돈을 좋아하는 게 무슨 문제냐?"라고 되받곤 했다. 프랭크는 시카고대학을 거쳐 모교인 시카고대 메디컬스쿨을 나온 의사로 하버드 메디컬스쿨과 제휴하고 있는 매사추세츠종합병원의 내과 전공의다. 큰아이의 제자인 미국 국가대표 배구선수 출신 의사 오고나가 일하고 있는 그 병원이다.

프랭크가 국제보건을 공부하게 된 배경이 재미있었다. 아버지는 아들이 자신의 후배인 하버드 보건대학원 영양학 교수 밑에서 연구 경험을 쌓기를 원했다. 프랭크는 시카고대 메디컬스쿨 3학년 때 휴학하고 하버드에 와서 당뇨 및 영양에 대한 연구했다. 동시에 보건대학원 석사과정에도 입학하였다. 미국의 어떤 메디컬스쿨 학생들은 장래 전공의 과정에 가고 싶은 병원과의 유대를 강화하고, 연구력 향상을 위해 졸업 전에 보건학 석사과정을 밟기도 한다는 것을 알게 되었다.

프랭크는 대학을 졸업하고 의학전문대학원 두 곳에 합격했다. 스탠퍼드대와 모교 시카코대였다. 시카고대에서는 성적이 좋은 그에게 장학금을 주겠다고 제안했고 그는 그곳을 선택했다. 당시에도 스탠퍼드가 더 나은 학교로 평가됐지만 그는 차이가 크다고 생각하지 않았다. "당시에는 메디컬스쿨에서 또 학비융자를 받으면 빚만 늘어날 텐데 하는 생각이 들어서 그냥 모교를 선택했어요."

아버지는 시카고에서 답답해하는 아들을 위해 대학 후배에게 연락했고 이것이 하버드 보건대학원으로 연결된 것이었다. 심장내과를 전공하고 싶었던 프랭크는 하버드 제휴병원에서 전공의 과정을 밟아야겠다고 생각했다. 매사추세츠종합병원의 레지던트로 하버드 울타리 안에서 여러 병원을 돌면서 내과 공부를 하고 있지만, 일부 병원에는 불합격했다고 한다. "그때 이런 생각도 해 봤어요. 만약 스탠퍼드에서 의학을 공부했더라도 떨어졌을까요? 사실 학자금 융자 같은 것은 별거 아닌데요." 참 세상은 넓고 사연은 많다.

"마크롱 영부인, 함께 찍자고요!"

졸업식장에서 프랑스 유학생인 비올렛을 만나 인사를 나누었다. 큰아이는 비올렛과 친했지만 그녀의 어머니와도 인사를 한 사이였고 우리 부부도 졸업식장에서 만났다. 비올렛의 어머니는 유명한 패션전문지 보그(Vogue) 편집장을 지냈는데 마크롱 프랑스 대통령 부인인 브리짓 여사와 친한 사이라고 했다. 비올렛이 들려준 일화 한 토막을 소개한다.

마크롱 대통령이 엘리제궁에 들어간 뒤에 비올렛 모녀는 브리짓 여사를 만났는데 영부인이 엘리제궁을 구경시켜준다고 해서 함께 차를 탔다. 비올렛의 어머니가 영부인에게 사진을 찍자고 했더니 영부인이 모녀에게 "엘리제궁을 배경으로 서라. 내가 찍어 주겠다."라고 사진사를 자청했다. 비올렛의 어머니는 기겁해서 "그게 아니고 우리가 영부인하고 함께 찍어야 한다고요! 영부인께서 우리를 찍어주는 게 중요한 게 아니라니까요."라고 말했다. 영부인은 비로소 알아들었고 결국 다른 사람에게 부탁해서 엘리제궁을 배경으로 세 사람의 모습이 담긴 사진이 남았다고 했다.

언젠가 비올렛의 어머니가 하버드를 방문했을 때 큰아이가 만나서 한국식으로 두 손을 모으고 허리를 굽혀서 공손하게 인사했다고 한다. 그 후로 비올렛 어머니는 딸과 통화할 때면 항상 "예의 바른 동양 청년은 잘 지내냐?"라고 물어보셨다는 것이다. 딸 가진 부모들의 관심이란….

'하바도' 일본 여학생들의 '혼내'

아야

나의 파우치가 전달된 일본인 또는 일본계 여학생은 3명이다. 이들 모두 내가 보스턴에서 만나봤다. 모두들 우수하고 나름대로 특색이 있는 학생들이었다. 이들과의 만남은 일본에 대한 우리의 편견을 깨는데도 한몫했다. 일본 여학생들은 아주 친해지면 솔직해져서 '혼내'를 드러냈다.

아야는 일본 도쿄대에서 사회학을 공부했다. 아야는 일본 동북부 출신으로 집안에 신사(神社)가 있다. 잘은 모르지만 일본에서 신사를 갖고 있는 집안이면 어지간한 집안인 것 같다. 할아버지는 과거에 군 조종사였다고 했다.

아야는 여자지만 신사를 운영할 수 있는 자격증을 갖고 있다. "어머니 아버지는 늘 제가 아들이었으면 좋겠다고 하셨어요. 신사를 운영할 자식이 필요하다는 것이지요. 그래서 저는 딸이지만 신사를 운영할 수 있는 자격증을 땄어요." 아야의 이야기다.

사실 내가 아야와 친해진 데에는 이유가 있었다. 큰아이는 졸업식이 다가오자 학교에서 하버드 졸업가운을 빌려왔다. 가운이 완전히 구겨져 있어서 그대로 입기가 어려운 지경이었다. 큰아이에게 어디 다리미 좀 빌려올 데가 없느냐고 물었다. 큰아이는 친구들을 대상으로 이곳저곳 수소문하더니 아야에게서 다리미를 빌려왔다. 다리미를 돌려주는 길에 파우치도 들려 보냈다. 졸업식에 갔더니 다른 애들 가운은 대부분 구겨져 있는데 우리 아이 것은 잘 다려져 있었다. 다리미를 빌린 뒤부터 우리 가족은 아야를 '다리미 상'이라는 애칭으로 부르기 시작했다.

다리미 상은 집안에서 빨리 결혼하라고 성화가 대단했다고 말했다. 나이가 삼십대가 되자 '결혼조건'이 사라지더라고 했다. "어머니는 이제 사윗감 조건 이런 거, 전혀 안 붙이세요. 뭐가 됐던 좋으니 손자가 필요하다는 거예요." 마침 졸업식에 '다리미 상'의 어머니도 일본에서 오셔서 식장에서 인사를 나눴다.

다리미 상은 큰아이나 우리에게는 솔직하게 말한다고 느꼈다. 우리는 일본인의 속마음이라는 '혼내'(本音)와 겉으로 드러낸다는 '다

Harvard Graduate Council's
Annual Masquerade Ball April 5, 2019

큰아이의 하버드대학원 국제보건 전공 친구들.

테마에'(建前)에 대한 일본인의 정의가 궁금했다. 여기에서 '일본인은 겉과 속이 다르다'는 식의 일반론이 도출되기 때문이다. 다리미상이 설명했다. "나는 어머니와 대화할 때에는 혼내를 드러내. 하지만 아버지와 대화할 때에는 혼내가 드러나지 않아." 이 말을 어뜷게 해석할까. 아버지는 무서운 분이니까 그 앞에서는 항상 미국의 리버럴식으로 책잡히지 않도록 '정치적으로 올바른 말'만 골라서 해야 하는 것이고, 어머니는 안전하니까 있는 그대로를 '캐주얼하게' 말해도 된다는 뜻일까? 아버지에게는 속마음을 숨기고 그럴싸하게 포장해서 말한다는 뜻일까? 다리미 상의 답변을 단순히 종합하면 혼내와 다테마에는 예의를 갖추어 말하느냐 여부에 따라 구분되는 것으로도 이해할 수 있다. 나는 지금도 두 어휘의 진짜 뉘앙스가 헷갈린다. 아무튼 분명한 것은 어머니에게는 혼내를 드러내고 아버지에겐 그렇지 않다는 것이다.

아야는 현재 국제기구 소속으로 아프리카에서 건강 전문가로 활동하고 있다.

다케미

기혼녀인 다케미 아야코는 도쿄대 법대 출신인데 우리는 그냥 '다케미 상'이라고 불렀다. 다케미 상은 도쿄대 출신들도 '재수 안 하고 들어가면 정상이 아니다'라고 말할 정도로 입학이 어렵다는 도쿄대 법대에 단번에 들어갔다. 그렇지만 친정부모는 그다지 즐거워하지 않았다고 한다. "우리 집안은 대대로 의사 집안이라 내가 의대에 들어가기를 원했어. 도쿄에 병원도 몇 개 갖고 있고. 집안에서는 내가 법대에 가자 '별로'라고 생각하셨지."

다케미 상은 시아버지가 일본의 유명 정치인이었다. 마침 하버드의 국제보건 전공에 '다케미 펠로' 제도가 있어서 큰아이가 그냥 재미삼아 물어봤다. "혹시 너 하버드에 다케미 펠로로 왔냐? 내가 알고 있는 그 다케미냐?" 다케미 씨는 "나의 시댁이야."라고 대답했다고 한다. 일본식으로 결혼하면서 성이 바뀌었을 것이다. 그는 하버드에 있을 때 할머니가 돌아가셔서 일본에 갔다 왔는데 그 동안 수업을 못 들어서 동기들이 공부를 다 도와줬다고 했다.

나는 다케미 상과 식당에서 만나서 이야기를 나눴고 파우치를 건넸다. 별로 사교적인 성격이 아니었고 말이 없었다. 다케미 상은 귀국 후 도쿄에 있는 유명 컨설팅회사에서 일하고 있다.

유키

유키는 아버지는 미국인이고 어머니가 일본인이다. 미국에서 태어나고 자랐지만 어머니 덕분에 일본어를 구사했다. 유키는 버몬트 주에서 고교를 수석 졸업하고 아이비리그의 브라운대학으로 진학했다.

유키가 재미있는 것은 일본에 살고 계시는 외할머니와의 통화 내용 때문이다. "제가 할머니께 전화하면 꼭 '하바도'라고 발음하세요. 일본 사람이니까 하버드 발음이 안 되는 거지요." 그는 이렇게 덧붙였다. "외할머니께서는 너 '하바도' 보건대학원에 다닌다며? 세계 최고 중의 최고인 '하바도' 메디컬스쿨과 가까우니까, 거기서 (신랑감) 하나 잡으라고 저를 종용하세요. 전화할 때마다 그 이야기예요. '아직 못 잡았다'고 하니까 할머니는 '도대체 뭐가 문제냐? 네가 옷을 사게 내가 돈을 좀 보내주랴?'라고 말씀하세요." 유키는 스스로 생각해도 재미있는지 환하게 웃었다.

11. 영국과 아일랜드 사람들

스코틀랜드 펍에서 만난 커플

영국 여행에 나섰다. 잉글랜드, 스코틀랜드, 북아일랜드와 아일랜드를 두루 둘러보는 일정이었다. 30년도 더 전에 가본 영국이라 낯설지만은 않았다. 더구나 영국하면 작은아이가 여왕 즉위 50주년기념 장학생으로 뽑혀 사립학교에서 공부한 적이 있었다. 여행 중 날씨는 대체로 서늘했지만 어느 날 특히 런던에 엄청난 무더위가 예상된다는 예보가 있었다. 사부인이 문자를 보내왔다. "영국이 폭염이라는 소식에 너무 힘드신 건 아닌지 걱정이 됩니다. 물 잘 챙겨 드시고 다니시는지요? 무궁무진한 이야기보따리가 기다려집니다." 이어 다른 분들의 걱정 문자들도 날아왔다. 그러나 현지 느낌으로는 우리나라의 초가을 날씨였다. 특히 런던은 기상관측이 시작된 이래 최고기온이었다지만 막상 도착해보니 내겐 시원하다고 느껴질 정도였다. 영국은 날씨가 그다지 덥지 않기 때문에 에어컨은 물론이고 선풍기도 없는 집들이 대부분이라고 했다. 뉴욕에서 한 여름에 털모자를 쓰고 다니는 사람들을 봤을 때의 느낌과 비슷했다. 목도리까지 두르고 다니는 뉴요커가 너무 덥지 않을까 하고 신기하게 바라보았던 기억이 떠올랐다. 같은 날씨에도 어떤 사람은 거의 나체에 가까운 차림이었다. 날씨도 사람도 각양각색이었다.

날씨 걱정 속에 우리는 '해리포터', 비틀스와 셰익스피어의 동네

스코틀랜드 글래스고의 바에서 내게 칵테일 '섹스 온 더 비치'를 사준 프랭크 커플

를 거쳐 스코틀랜드로 올라갔다. 경제학의 아버지로 불리는 애덤 스미스의 동네인 그래스고에 묵을 때였다. 저녁식사 후 도심으로 산책을 나갔다. 숙소를 나서서 방향을 잡으려고 둘러보던 중 비교적 불빛이 훤한 곳이 있어 그쪽으로 가니 서울의 옛날 무교동 같은 곳이 있었다. 때는 금요일 저녁이었다. 한가락 한다 하는 젊은이들이 모두 모여 있는 듯했다. 어느 펍에서는 건물이 흔들릴 정도로 음악을 시끄럽게 틀어놓고 젊은이들이 흥청거리고 있었다. 어느 곳은 안이 들여다보이지 않는 동굴같이 어두운 곳에서 생음악이 시끄럽게 흘러나왔다. 음악을 연주하는 이들은 자유 그 자체로 보였다. 이리저리 둘러보던 중 너무 시끄럽지 않고 요란하지도 않은 펍을 골라 들어가니 홀은 넓었고 손님들도 비교적 조용했다. 스탠드에는 갖가지 종류의 맥주를 따라주는 핸들이 있어서 바텐더에게 현지 맥주를 추천해달라고 했다. 추천 받은 맥주는 에일 맛이었다.

다른 테이블을 곁눈질로 보니 대부분 안주 없이 거의 달랑 맥주잔 만 놓고 있었고 음식이 있는 곳은 저녁 식사를 대신하는 듯 했다. 우리도 맥주만 두 잔 사서 자리를 잡았다.

사진 촬영이 중요한 남편이 이리저리 구상하면서 각을 잡고 있 으니 점잖게 생긴 신사분이 냉큼 사진을 찍어주겠다고 나섰다. 그 양반이 찍어준 사진을 본 남편은 각도가 마음에 안 드는 눈치였다. 하지만 어쩌랴. 그 신사는 하필 우리 옆에 자리를 잡고 혼자 앉았 다. 잠시 후 여자 손님이 다가왔다. 꽉 끼는 흰 바지에 핫핑크 셔 츠 차림이었다. 몸집이 좋았다. 여자 손님은 술인지 음료인지 핑크 빛으로 피처 가득 주문했다. 핑크를 어지간히 좋아하나보다. 그렇 지, 저 몸집이면 저 정도 양은 필요할 거야!

신사가 여성에게 우리의 사진을 찍어줬다고 말한 모양이었다. 여 성은 우리에게 사진 찍는 시늉을 하면서 넉넉한 웃음을 지어보였 다. 두 사람은 다정하게 이야기를 주고받으면서 여성은 신사분의 머리를 쓰다듬고 볼을 어루만지며 키스까지 쪽쪽 하고 난리였다. 나이도 지긋하신 분들 같은데 이것이 무슨 시추에이션! 모두 젊은 이들만 모여 있는 곳에서. 내외가 아닌가? 그런데 여성이 자꾸 나 를 쳐다보며 뭔가 이야기하고 싶어하는듯했다. 여성은 나의 남편이 화장실에 간 틈을 타서 술이 든 피처를 들고 내게로 와서 "이거 마시겠느냐? 나에겐 투 머치."라고 했다. 그러더니 바텐더에게 큰 잔을 하나 달라고 해서 내게 가득 부어주면서 칵테일 이름이 '섹스 온 더 비치'(Sex on the Beach)라고 했다. 남은 술은 자기 잔에 마저 부었다. 처음에 술을 주겠다고 했을 때에는 '여기 혹시 마약 종류가 든 게 아닐까?' 하고 잠시 의심했다. 가이드가 이 동네 치안이 그다지 좋지 않다고 했으니까. 피처에 남은 것을 본인의 컵에 따르는 것을 보고 믿기로 했다. 뒤늦게 사연을 들은 남편은 같이 사진을 찍자고 제안했다. 잠시 통성명이 있었다. 남자는 프랭크였고 정원사로 일한다고 했다. 여자는 집 없는 아이들을 보살피는 일을 오랫동안 해왔다고 했다. 이들 커플은 물어보지는 않았지만 부부로 보였다. 프랭크는 오늘이 자기 생일이라 생일파티 겸 한잔하러 왔다고 했다. 그 양반의 환갑이었다. 순식간에 우리는 의기가 투합했고 함께 사진을 찍기로 했다. 네 사람이 서서 사진을 찍을 궁리를 하고 있는데 마침 뒷자리의 젊고 잘 생긴 청년이 찍어주겠다고 나섰다. 그 커플도 휴대폰을 꺼내어서 사진을 찍었다.

그들이 내게 다음 일정을 물었다. 내가 스코틀랜드와 북아일랜드를 거쳐 아일랜드로 간다고 했더니 이들은 반색했다. 프랭크는 "우리 스코틀랜드 사람들은 아일랜드 사람들과 뿌리가 같습니다. 나의 할머니가 아일랜드 출신이고 할머니 가족이 아일랜드에 살고 있다."라면서 스코틀랜드와 아일랜드의 피로 얽힌 끈끈한 유대를 과시했다. 프랭크는 또 여동생 남편이 영국의 오래된 신문 더 타임스에서 일한다고 소개했다.

잠시 수다를 떨다가 이들은 "집에 애완동물이 있어서 돌보러 가야 한다."라면서 자리를 떴다. 나는 파우치를 하나 주고 싶었으나 호텔에 넣어두고 나와서 줄 수가 없었다. 이젠 잠깐 동안 펍에 가더라도 파우치를 꼭 챙겨야 하나?

이 사진과 사연을 서울의 사부인에게 보냈다. "어디에 가서든지 능력자. 정말 엄지척입니다." 이런 반응이 왔다.

북아일랜드의 로라

북아일랜드 벨파스트에 갔다. 호텔에서는 오전 6시30분부터 아침식사가 가능하다기에 시간에 맞춰 가니 우리 팀의 두 분이 식당 문 앞에 엉거주춤 서 계셨다. 우리가 문을 열자 그분들은 "문이 열리네."라면서 따라 들어왔다. 문은 안 열어보고 지레 아직 오픈 전이라 생각했나 보다. 들어서자 여직원이 활발하게 인사하며 자세히 설명했다. 커피와 차 중에서 어느 것을 하시겠냐고 물었다. 두 분은 "뭐라 카는데예?"라고 물었다. 내가 커피와 차 중 어느 것을 드시겠느냐고 물어보고 주문을 도와주었다. 그분들은 내게 "영어 잘하시네예~." 그랬다. 이놈의 영어…. 내가 요만큼까지 하게 된 사연을 모으면 책이 한 권이지, 속으로 생각하며 웃었다.

그 종업원의 이름은 로라였다. 일하는 모습에서 프로페셔널의 자세가 물씬 풍겼다. 단순한 호텔 조식 서비스 담당이지만 일을 즐기는 듯했고 물어보는 말에 대답을 잘해 주었다. 마침 손님이 뜸한지라 못 보던 빵이 있기에 물어보니 "치즈와 햄을 넣어서 만든 빵"이라면서 만드는 과정도 자세히 설명해 주었다. 또 다른 빵은 어릴 적 학교에서 급식으로 나눠주던 빵과 비슷했다. 또 물었더니 스콘(scone)이라면서 자세히 이야기해줬다. 스콘이라면 나도 아는 빵이지만 이것은 모양이 조금 달랐다. 내가 "이 빵을 좋아한다."라고 했더니 한참 뒤 로라는 빵을 리필하면서 내게 눈짓으로 더 먹으라

북아일랜드 벨파스트 호텔 종업원 로라는 내게 스콘 빵을 싸주었고 나는 파우치를 선물했다.

고 했다. 얼른 다가가서 고맙다고 말하고 크로와상 빵을 가리키며 뭐라고 부르느냐고 물었다. 크로와상을 몰라서 물은 게 아니라 조금 전에 빵을 설명할 때 우리와는 정말 다르게 크로와상을 발음했기 때문이었다. 몇 번을 부탁해서 발음을 다시 들었으나 지금은 잘 기억이 나지 않는다. 아무튼 내 귀에는 '콰상'으로 들렸다. 나중에 크로와상의 각국 발음을 확인하고 한참 웃었다.

　로라는 우리 테이블에 와서 아침 식사가 어땠느냐고 물었다. 나는 특히 스콘 빵이 맛있다고 했다. 로라가 내게 언제 떠나느냐기에 "Unfortunately(안타깝게도) 오늘 떠난다."라고 했다. 한참 뒤 로라는 주방에서 커다란 테이크아웃 용기를 들고 나타나 빵을 담기 시작했다. 버터와 갖가지 잼도 넣더니 다가와서 내게 주었다. 내가 먼 길을 떠난다고 스콘을 싸준 것이다. 고맙다고 얼싸안고 한 바탕

수선을 피우고 남편은 사진을 찍었다. 별것 아닌 것에도 고맙다고 과하게 표현하는 서양인의 제스처를 한번 써 보았다. 로라는 주방으로 돌아갔다. 이번에는 스콘 네 개가 든 봉지를 통째로 들고 왔다. 나는 남편에게 한국말로 빨리 방에 가서 파우치를 가져오라고 하고 이런저런 이야기를 하면서 시간을 끌었다. 남편이 파우치를 가져왔다. 로라에게 마음에 맞는 색을 고르라고 해서 두 개를 주었다. 그녀는 왜 두 개냐며 눈이 동그래졌다. 나는 "하나는 당신 것이고 다른 하나는 당신 친구 것"이라고 했다. 로라가 어찌나 좋아하는지 내 기분이 더 좋았다.

식사 중에 종업원이 각 테이블을 돌면서 몇 호실에 있느냐고 물으며 체크했다. 옆 테이블의 중년 분들은 제대로 못 알아들으셨는지 한참을 서로 뭐라고 하더니 "남바(number)라 캤나?"라면서 진중하게 한손을 쫙 펴셨다. 먼저 다섯 손가락을 모두 펼쳐 보여준 다음 다시 네 손가락을 펴서 보여주었다. 그것을 본 직원의 표정이란! 직원이나 손님이나 서로 소통이 되지 않아 쩔쩔매고 있었다. 종업원이 바로 옆자리의 나를 보고 도움을 요청하는 듯 어색한 표정을 짓기에 내가 '54호'라고 말해주었다.

다음날 우리 팀의 한 분이 로라가 내게 준 빵을 보면서 "빵을 싸 달라고 하시는 분이나 그걸 챙겨주시는 분이나 다들 대단하시다."라고 했다. 내가 빵을 싸달라고 했다고? 나는 기겁했다. 하루 세 끼 나오는 것도 다 못 먹는데 무슨 빵을 싸달라고 해? 더구나 나는 빵을 좋아하지 않는다. 로라가 싸준 빵은 같이 여행 다니시는 분들과 나눠먹었다. 가이드는 이 이야기를 듣더니 자기 가이드 생

아일랜드에서 가장 오래된 대학인 더블린의 트리니티 칼리지.

활 중에 이런 경우는 처음이라며 신기해했다.

　로라가 싸준 빵은 '전투식량' 역할을 했다. 아일랜드 더블린에서 유서 깊은 트리니티칼리지와 세인트패트릭 성당, 기네스 맥주회사를 방문했고 밤에는 펍에서 맥주를 즐긴 뒤 이튿날 잉글랜드로 가는 배를 타기 위해 새벽 일찍 나서야 했다. 당초 호텔에서 도시락을 싸주기로 돼 있었지만 일찍 아침을 차려주는 것으로 조정됐다. 그때 막상 아침이 제대로 준비되지 않아서 먹을 게 거의 없을 지경이었다. 이때 로라의 스콘 빵이 비상식량으로 위력을 발휘했다.

12. 파우치의 시작, 삼성서울병원

"이거 아무나 못 만들어. 어려워!"

　나의 봉사활동은 삼성서울병원에서 시작됐다. 파우치의 역사가
시작된 곳이기도 하다. 1990년대 초 병원의 터를 닦고 건물을 짓
는 과정을 모두 지켜보았다. 이곳은 나에게 '동네병원'이다. 가족
모두가 이용한 곳이기도 하고 시아버님을 마지막으로 모신 곳도
이 병원이었다.

　특히 작은아이가 어려서 아팠을 때 이 병원을 이용했다. 그 과정
에서 의료진의 지극정성을 경험했고 이들은 선물 등 어떠한 금품
도 받지 않았다. 시아버님 장례식 때 시골에서 오신 집안의 한 어
르신께서는 살뜰한 서울 말씨에 너무나 싹싹한 직원에게 금일봉을
주셨다. 막걸리 값이나 하라고. 직원은 "어르신 마음만 받겠다."라
고 하면서 봉투는 거절했다. 어르신도 '한 고집' 하시는 지라 한참
을 쫓아다니며 주려했으나 실패했다. 어르신께서는 너무 무안하셨
던 모양이다. "허, 참…. 흠,…. 흠,…. 결국 안 받네." 지금과 달리
당시에는 병원에서 작은 봉투를 받지 않는 문화가 오히려 생소하
던 때였다. 나는 병원으로부터 받은 고마움을 어떻게 표현해야 할
지 몰랐다.

　언젠가 만난 적이 있는 홍보실 직원에게 이러한 사연을 이야기
했더니 그 양반은 지나가는듯한 무심한 말투로 "시간이 되면 봉사

나 해 달라."라고 했다. 아이들을 키우고 집안의 외며느리로 살다 보니 여의치 않았다. 하지만 늘 '마음의 빚' 같은 감정이 있었다. 몇 년 뒤에야 엄두를 내어 봉사활동을 시작했다.

처음에는 수습기간이었다. 병원의 곳곳에 배치되어 선배들이 봉사하는 모습을 보고 듣고 배웠다. 어느 날 봉사자실에 들렀더니 몇 명의 봉사자들이 재봉틀을 꺼내놓고 뭔가를 만들고 있었다. 봉사자실은 지하실의 넓지 않은 공간에 있었다. 봉사자들이 많이 들락거려서 그렇잖아도 좁은데 무슨 재봉틀로 작업을 하나? 소견머리 없이. 담당자에게 뭐하는 사람들이냐고 물었다. 담당자는 "병원에 필요한 물품의 카버를 만들어주기도 하고 또 파우치를 만들어 팔아서 수익금을 외국 어린이 심장병 수술 돕기 성금으로 내어 놓는다."라고 했다. 나도 관심이 생겼다. 마침 집에는 재봉틀이 있었다. 미국에 살다 돌아올 때 사온 싱어 재봉틀이었다. 포장도 뜯지 않은 채 수년 간 그냥 놀고 있던 참이었다.

재봉을 하는 봉사자들에게 재봉을 좀 가르쳐달라고 부탁했지만 거절당했다. "이거 어려워. 아무나 못해." 이게 돌아온 답이었다. 왕초보 봉사자라 선배님의 말씀에 끽소리 못하고 뻘쭘해 있었다. 궁리 끝에 '시다바리'를 시작하기로 했다. 실밥정리, 천을 자를 때 잡아주기, 완제품 포장하기 등등의 허드렛일을 하면서 재봉틀 하는 모습을 유심히 관찰했다. 견습 봉사자라 말 그대로 '견습'(見習)이 아닌가. 집에 와서는 실습하기 시작했다. 동대문시장에서 자투리 천을 사와서 재봉틀을 놓고 본대로 연습했다. 처음에는 주머니부터 만들어보기 시작했다. 단순해서 제일 만들기 쉬워보였기 때문이다.

처음 봉사를 시작하면 봉사자실에서는 개인용 컵을 넣어 다닐 수 있게 주머니를 나눠주었다. 일회용 컵 사용을 줄이자는 취지였다. 쉬운듯해서 주머니에 도전했지만 선배의 말대로 어려웠다. 아무나 덤비는 게 아닌 듯했다. 그렇지만 꾸준히 연습했더니 어느 날 주머니 비슷한 모양이 됐다. 드디어 성공했다고 기뻐하면서 살펴봤더니 옆구리가 터져 있었다. 역시 어려운 거구나! 다음 날은 봉사자실에 가서 실패한 부분을 집중적으로 살폈다. 집에 와서 다시 연습했다. 며칠 씨름 끝에 드디어 제대로 된 것을 완성했다.

이제 파우치에 도전할 차례였다. 파우치는 지퍼까지 붙여야 하는지라 내 손에서 해결될 것 같지 않았다. 일단 또 동대문시장으로 달려가서 필요한 지퍼와 천을 사왔다. 물론 시장에서 가장 싼 걸로. 연습용이니까. 역시 어려웠다. 주머니 만들 때와 같은 시행착오를 되풀이했다. 집에서 실패한 부분은 봉사자실 바느질 팀이 바느질할 때 도우면서 눈에서 레이저가 발사될 정도로 열심히 보고 머리에 입력한 뒤 집에 와서 연습했다. 이상이 나의 파우치 만들기 독학기이다.

드디어 나도 재봉 팀에 합류해 병원에서 임산부들이 쓰는 물품 커버와 어린이 환자들의 각목 커버 등 병원 곳곳에서 주문이 들어오는 것을 만들게 되었다. 물론 파우치 만드는 일에도 본격 합류했다.

파우치를 사갔던 봉사자 중 한 분이 파우치가 너무 낡았으니 바꿔달라고 했다. 나는 말없이 바로 바꿔 주었다. 그분이 돌아간 뒤에 다른 팀원들은 "그렇게 오래 쓰고 낡은 것을 바꿔달라는 게 말이 되느냐."라며 구시렁거렸다. 나는 "그냥 봉사도 하는데 그 정도 하나 못 바꿔주겠느냐. 개의치 말라."라고 말했다. 얼마 뒤 바로 그분이 파우치 400개를 주문했다. 회사직원들에게 선물할 거라며. 봉사자실의 환자 돕기 기금이 확 올라갔다.

원단을 사러 동대문시장을 들락거리며 상인들을 알게 돼 이야기도 나누는 사이가 됐다. 늘 같은 천을 몇 십만 원어치 사가는 나를 보고 어디에 쓰는 거냐고 물었다. 병원의 봉사자실의 어린이 환자 돕기 기금 마련용이라고 했더니 다음부터는 주인이 다른 여러 가지 천들도 서비스로 듬뿍 얹어주었다. 그 상인은 나중에 폐업하게 됐을 때 팔다 남은 엄청난 양의 천을 택배로 보내왔다. 어느 날 외출해 들어와 보니 문 앞에 산만한 천 덩어리가 놓여 있었다. 당시의 정가대로 팔았더라면 100만 원이 훨씬 넘었을 거다.

"내 이름은 다섯 글자예요"

내가 처음 맡은 봉사는 병원 별관 안내였다. 본관과 별관 연결통로가 있는데 많은 사람들이 여기서 길이 헷갈려 헤맨다. 별관 2층에는 국제진료소가 있어서 외국인 안내도 간간이 맡아야 하는 자리다. 나의 일은 외국인을 검사실까지 데려가서 접수하고, 검사 후 다시 국제진료소로 데려가는 것이었다. 외국인 안내라는 게 부담스러웠다. 영어도 잘 못하고…. 어쩔까 생각하다가 이왕에 맡겨진 일이니 어떻게든 해보기로 마음먹었다.

급기야 몇 개국 인사말을 외웠다. 영어 '헬로'에 해당하는 프랑스어 '알루', 독일어 인사 '구텐 탁', 몽골어 '새응배노'도 외웠다. 덧붙여 언어별로 간단한 문장도 몇 개씩 외웠다. 이밖에 몇몇 나라 말을 더 외웠는데 지금은 기억이 안 난다. 상당수의 외국인은 내 수준의 초보적인 영어로 의사소통이 가능하긴 했다. 그렇지만 환자의 모국어를 몇 마디 하니까 한결 사이가 나아진 듯했다. 안내 시간이 짧기는 하지만 서로 외국인 사이인지라 어색할 때가 많았는데 갭이 좁혀진 것이다.

한번은 외국인 환자의 엑스레이 촬영을 접수하고 대기환자 이름이 화면에 뜨기를 기다렸다. 그날따라 대기시간이 길어져서 한참을 기다려도 그 환자의 이름이 나오지 않았다. 이름은 한글로 뜨도록 돼 있었다. 그 환자는 수시로 자기 이름이 대기환자 명단에 나왔는지를 확인하러 갔다 오곤 했다. 궁금해서 한글을 읽을 줄 아느냐고 물었다. 그는 모른다며 도리도리했다. 한글도 모르면서 대기환자 이름은 왜 확인했느냐고 물었다. "내 이름은 다섯 글자로 돼 있다." 그의 국적이 기억나지 않지만 유럽계였다.

외국인 임신부가 와서 아기를 낳기 전에 병실을 둘러보고 싶다고 했다. 6인실을 보여줬다. 만삭의 여성은 병실을 보고 나서 막 울었다. 나는 원인을 몰라서 어리둥절했다. 다른 병실도 있다고 했으나 돌아가겠다고 해서 국제진료소로 도로 데려다주었다. 나중에 들으니 '프라이버시를 중요하게 생각하는 외국인이 여러 명이 함께 있는 병실을 보고 기겁했다.'는 것이었다.

우리 아들들이 영어 도우미가 된 일이 있다. 당시 동국대 교수였던 캐나다인 존 랭길 씨가 교통사고를 당해 하반신이 완전히 마비

된 채 입원했다. 우리말은 전혀 못했다. 영어로 대화를 나눠줄 도우미가 필요했다. 우리 애들이 번갈아가면서 정기적으로 가서 말동무가 되어 주었다. 랭길 교수는 눈물을 흘렸다. 얼마 후 랭길 교수는 경주의 동국대병원으로 갔다. 어느 날 내게 어눌한 목소리의 전화가 왔다. "저는 캐나다 사람 존입니다." 서울의 세브란스병원으로 다시 올라왔다고 했다. 즉시 세브란스병원으로 문병을 갔다. 그는 "이제 캐나다로 돌아가겠다."라며 "어머니에게 선물할 한복 입은 인형을 사가고 싶다."라고 했다. 던킨도너츠를 먹고 싶다고 해서 내가 사와서 같이 먹었다.

삼성서울병원이 증축에 나섰다. 본관 및 별관 건물 옆에 암센터를 크게 지었다. 자원봉사자가 대거 필요해졌다. 봉사자실의 일도 늘어서 새 직원을 채용할 필요가 생겼다. 평소에도 사무실 직원들이 단체로 교육을 받으러 가게 되거나 해서 사무실을 비우게 되면 나에게 봉사자 관리를 맡기곤 했었다. 자원봉사회 회장의 강력한 추천으로 내가 봉사자를 담당하는 직원으로 취직이 됐다. 전임자보다 월급도 많이 주겠다고 했다. 2년 간 '직원'으로 일하게 됐다. 평생 백수가 취직한 것이다. 대학졸업 후 잠시 교직에 몸담은 적이 있을 뿐 결혼과 동시에 그만둔 뒤 한평생 '화백'으로 살아왔다. 봉사하겠다고 나섰다가 졸지에 직원으로 캐스팅된 것이다.

즐거운 나의 놀이터

병원 봉사는 주로 안내 업무다. 병원으로 들어가는 주출입구를 비롯해 각 진료실마다 배치돼 안내를 맡는다. 혈압, 키, 몸무게를 재고 기록지를 뽑아 진료실에 넘기고 간호보조 일을 하기도 한다. 이동도서관을 운영해 책을 실은 카트를 밀고 병실을 돌아다니면서 환자들에게 책을 빌려주기도 한다. 연세가 드신 봉사자들은 수술실로 들어가는 거즈를 접는 일을 맡는다. 지금은 거즈 접기가 자동화됐지만. 외국인과의 의사소통을 맡는 통역봉사도 있다.

주출입구 담당이 '핵심 보직'으로 꼽힌다. 아무래도 정문에 위치해 병원의 얼굴 역할을 하니까. 별관 안내도 마찬가지로 별관의 얼굴 역할을 한다. 그래서 별관 안내도 경력자들을 배치한다. 완전 초자인 내가 왜 난데없이 별관 안내? 이유는 삼성서울병원이 동네 병원이라 늘 다녀서 내부 위치에 훤하다는 것이었다.

봉사자들이 일반적으로 어려워하는 것이 병원 내 진료실 등 위치 찾기다. 병원에서 쓰는 용어가 주부들이 쓰는 용어와 큰 차이가 있고 전문용어도 뒤섞여 있어서 판독 자체가 어려운 경우도 있기 때문이다. 설령 안다 해도 갑자기 질문을 받으면 당황하기 마련이다. 지리를 훤히 아는 나도 가끔 헷갈렸다. 이런 경우에는 봉사가 끝난 뒤 반드시 다시 찾아가서 위치를 재확인했다.

병원 내 곳곳에서 종이 여러 장을 들고 망연자실한 채 서 있는 내원환자 어르신들을 마주칠 때가 가끔 있었다. 분명히 시골에서 혼자 오신 분들이다. 너무나 큰 병원에서 너무나 많은 사람들에 치인 탓에, 사전 안내는 받았지만 어디로 가야 할지 모르는 분들이다. 분명 자식들에게 폐가 된다고 알리지도 않고 혼자 오셨을 터이다. 그런 분들을 보면 나는 내 봉사시간이 끝났지만 손을 잡고 가시려는 곳까지 모셔 드렸다.

점심시간이 되면 식당이 어디 있느냐는 질문을 가장 많이 받았다. 메뉴와 가격을 물어보는 분도 많았다. 심지어 맛은 어떠냐고 물어 오신 분들도 있었다. 식당에 가서 직접 사 먹어보기도 했다. 물론 자원봉사자들은 구내식당에서 점심을 그냥 먹을 수 있다.

병원 초창기에는 외국인 환자가 드물었다. 따라서 영문표기도 많이 없었다. 나는 외국인이 자주 다니는 곳에 영문표기를 많이 해달라고 건의했다. 역시 삼성은 일처리가 빨라서 바로 반영됐다. 병원 곳곳에 영문 안내 표기가 많이 있는 것을 보면 나는 속으로 '이것도 내가 건의한 거야.' 하고 스스로 흐뭇해한다.

처음에 봉사를 시작하니 초보자를 위한 안내서를 주었다. 안내서는 봉사자실에서 자체 제작한 것인데 우리 동네 지도도 그려져 있었다. 봉사자들은 이 지도를 보고 환자나 보호자가 동네의 약국이나 음식점 등을 물어보면 안내해 준다. 이미 몇 년 전에 없어진 가게도 표시돼 있었다. 나는 동네지도를 다시 그렸다. 우리 동네 지리는 내가 훤히 아는 지라 환자들이 자주 묻는 곳에는 형광펜으로 지도에 표시해 사무실에 가져갔다. 지도가 잘못됐으니 바꾸자고 건의했다. 즉시 여러 장을 복사해서 안내 파트로 봉사하러 나가는 분들에게 나눠줬다. 병원 방문객은 전국과 전 세계에서 오고, 처방받은 약은 병원 밖에서 사야 하기 때문에 동네 약국을 많이 물어봤다. 지방에서 오신 분들은 서울역이나 고속버스터미널로 가는 방법을 묻곤 했다. 어떤 분은 "그동안 서울역에서 병원까지 늘 택시로 다녔는데 이젠 지하철로 싸게 다닐 수 있게 됐다."라며 기뻐했다.

그분은 서울역 가는 방법을 꼼꼼히 메모했다.

삼성서울병원의 봉사자 조직에는 회장단과 요일별 시간대별 대표인 조장들이 있다. 병원 측은 봉사자 대표들과 간간히 회의를 하여 봉사자들의 건의사항을 해결해 주었다. 언젠가 병원 측은 봉사자 예우 차원에서 '진료우선권'을 주겠다고 제안했다. 그러자 봉사자 대표자들은 일제히 "그러면 안 된다."라고 반대했다. 이들은 이구동성으로 "만약 그렇게 한다면, 사돈의 팔촌까지 모두 동원해서 이용하려고 할 우려가 있기 때문"이라는 것이었다.

수납창구에 일시적으로 사람들이 몰리는 시간대가 있다. 수납창구야 곳곳에 널려 있지만 진료 후에 병원비를 계산하는 시간이 되면 창구가 북새통을 이룬다. 이 문제를 해결하기 위해 자동수납기가 설치됐다. 초창기라 자동수납 과정이 복잡하고 길었다. 특히 수납기가 수납창구와 멀리 떨어진 구석 외딴 곳에 설치돼 있었다. 어떤 것은 계단 아래 어둑한 곳에 설치돼 있어서 환자들이 수납기가 있는지조차 모르고 지나치는 경우도 흔했다. 나는 병원에 건의했다. 자동수납기를 수납창구 옆에 설치해 달라고. 수납창구에 왔다가 자동수납기가 눈에 띄면 할 수 있는 사람은 자연스럽게 이용하도록 하자는 것이었다. 역시 그 병원의 일처리 속도는 빨랐다. 바로 채택해 수납기가 수납창구 바로 옆에 설치돼 많은 사람이 쉽게 이용할 수 있게 됐다. 요즘 모든 병원의 수납기 위치는 그때 내가 한 건의가 바탕이 되었다고 나는 생각한다. 각 병원에서 수납기 위치를 볼 때면 스스로 흐뭇해 미소를 짓곤 한다. 나는 특별히 누굴 위해 무슨 봉사를 한다고 생각하지 않는다. 봉사하는 곳이 바로 내

내가 만든 파우치들

겐 놀이터다. 그래서 늘 즐겁다.

봉제공장이 된 우리 집

어느 날 봉사하러 갔더니 사무실 직원이 어떤 분이 나를 찾아왔었다고 했다. '최명희'라고 했다. 모르는 사람이었다. 누구신가? 내가 의아하다는 표정을 짓자 직원은 걱정스러운 표정으로 연락처를 받아두었다고 했다. 인상착의와 대충의 이야기를 들어보니 인환이 엄마였다. 작은아이가 중학교에 다닐 때 어머니회에서 함께 활동했던 분이다. 또 당시 중학교 어머니 영어회화 반에서 캐나다인 선생님 켈리 부부에게 영어를 배운 사이이기도 했다.

예나 지금이나 아줌마들은 '누구 엄마'로 부르지 본인의 이름은 별로 중요하게 생각하지 않는다. 나는 누군지 감을 잡은 뒤에 직원에게 "아주 좋은 분이니 꼭 봉사자로 만들라."라고 당부했다. 인환이 엄마는 나와 연락이 끊긴 후 7년 만에 수소문해서 내가 봉사한다는 소식을 듣고 봉사자실로 나를 찾아온 것이다. 그는 봉사자가 되어서 나하고 날짜도 맞춰서 봉사했고 지금도 잘 지내고 있다.

인환이 엄마는 내가 아주 존경하는 분이다. 아들이 의대에 다닐 때 밥을 제때에 먹지 못하자 요리선생에게 요리를 배워서 반찬과 도시락을 만들어 학교로 나르신 분이다. 항상 하는 말이 "우리 애들이 원하면 나는 손주들을 얼마든지 키워주겠다. 내가 얼마나 멋진 할머니인지를 보여줄 것이다."였다. 지금도 대부분이 그렇지만 당시에는 손주는 못 키워준다는 분위기가 지배적이었다. 노후에 내 삶을 즐기겠다는 풍조가 만연하던 시기였다. 인환이 엄마는 과연 손주를 키우기 위해 살림을 정리하고 아들네와 같이 지내며 손주 둘을 열심히 키우고 있다.

봉사자들에게는 대기시간이 많다. 인환이 엄마는 그 시간에 늘 한자와 영어를 공부했다. 내가 봉사자실에서 직원으로 근무할 때에는 내게 간간히 김밥도 싸다 주고 된장도 퍼다 주고 갖가지 반찬도 만들어다 주었다. 일하느라 반찬을 만들 시간이 있겠느냐며. 언젠가 KBS '가요무대' 방청권을 큰아이가 구해다 주기에 인환이 엄마를 비롯해 친구와 셋이서 갔다. TV 화면에 우리 세 사람이 나란히 앉아서 손을 흔드는 모습이 제법 몇 초 동안 비쳐서 전국 매스컴을 탔다.

파우치는 봉사자실에 샘플이 전시돼 있었다. 봉사자들이 그걸 보고 사서 친구들에게 선물하고, 그 돈으로 기금도 마련하는 것이다.

사람들은 샘플들을 보고 색깔별로 주문했다. 나는 열심히 만들어서 '납품'도 하고 아는 사람들에게 퍼 돌리기 시작했다. 우리 집에는 공장이 들어섰다. 집 안방을 빼앗아 완전히 점령해 버렸다. 거실에도 천 조각이 사방에 널리기 시작했다. 남편은 집안이 '봉제공장'이 됐다며 투덜거렸다. 집에 있던 싱어재봉틀은 미국 가정용으로 110볼트짜리라 힘이 달려서 비실거렸다. 이 이야기를 들은 최명희 씨가 내게 새 재봉틀을 하나 줬다. 시누이가 선물로 사줬는데 쓰지 않고 두었다가 내게 준 것이다. 마침 아파트 앞에 나와 있던 수동식 재봉틀까지 주워서 3대의 재봉틀이 갖춰졌다. 이 수동식은 당초 손자의 장난감으로 주워놓은 것이다. 집안은 온갖 천으로 뒤덮였다.

앙드레김 패션쇼와 인기 가수들

병원 봉사에서 '앙 선생'과의 작은 인연도 빼놓을 수 없다. '앙 선생'은 우리 식구들이 집에서 패션디자이너 앙드레 김 선생을 가리키는 용어다. 여러 해 동안 연말이면 앙 선생은 특유의 하얀 인조트리를 우리 집에 보내주셨다. 이른바 '옷 로비 사건'으로 앙 선생이 '김봉남'이 되기 전부터 보내주셨다. 작은 크리스마스트리를 형상화한 것으로 그분 특유의 금방울과 은방울로 장식한 작품이다. 온통 흰색으로 트리를 만들고 긴 분홍리본에 특유의 자기 사인을 직접 해서 보내주셨다. 나는 봉사자들이 다 같이 이 트리를 감상하면 좋을 것 같아서 사무실에 가져갔더니 앙드레 김이 우리 사무실에 이런 것도 보냈다고 봉사자들이 좋아했다. 이 작품을 함께 감상하도록 하는 것도 나름의 봉사가 아닐까. 봉사하는 요일이 다르면 서로 모르니까 내가 갖다놓았는지 모르고 하는 이야기였다. 사무실에서 사연을 알려주어 덕분에 내가 유명해졌다. 앙 선생은 시아버님이 돌아가셨을 때 하얀 옷을 입고 문상을 오셔서 상주대신 주목을 끌었던 분이다.

앙 선생 얘기가 나왔으니 말인데 패션쇼 때마다 나에게 초청장을 보내왔다. 나는 하얏트호텔에서 열리는 이 위대한 예술가의 패션쇼에 항상 갔다. 한번은 앙 선생이 친구들 몇 명과 함께 오라고 초청했다. 자원봉사회 이명숙 회장과 바느질 팀 몇 분과 같이 가기로 마음먹었다. 이 회장님은 영어에 능통하며 당시 아줌마봉사자들로서는 쉽지 않던 사무실 컴퓨터 서류작성도 도맡아 해주셨다. 그분의 아이디어로 봉사자들은 소아환자들의 다친 팔다리에 대는 부목(副木) 커버를 만들어주어 어린 환자들을 기쁘게 했다. 또 집에서 만들어온 빵을 봉사자들에게 나눠주기도 하고 봉사자들의 요구를 병원 측에 이야기해 원만히 해결해서 인기가 높았다. 이렇게 패션쇼 참가 멤버를 나름대로 구상해 놓았는데 파우치 바느질 팀의 한 분이 누구도 데려가자, 누구도 데려가자 하면서 여러 명을 다 챙기고 싶어 했다. 여러 명이 가겠다고 해도 앙 선생이 거절하지는 않겠지만 뒷감당은 남편이 해야 하니 서너 명만 가야 한다고 선을 그었다. 다행히 그분들이 이해해 주셔서 세 분만 모시고 갔다. 패션쇼에 가면 앙 선생은 입구에서 항상 "사모님, 감사합니다."라고 하면서 자리까지 데려다주었다. 이 의전에는 단 한 번의 예외도 없었다.

　내 아이디어로 이용하기가 한결 편해진 자동수납기 쪽에서도 에피소드들이 쏟아졌다. 1980년대 '한국의 올리비아 뉴턴존'으로 불렸던 유명 여가수의 매니저가 수납창구에서 하염없이 기다리고 있었다. 창구가 붐비는 바람에 수납이 밀려서 내방객들의 불만이 많은 날이었다. 그 매니저에게 다가가 내가 누구라고 인사를 건네고 물었더니 가수가 편찮아서 같이 왔다고 했다. 가수는 진료를 받고 차 안에서 대기하는 듯했다. 자동수납기로 안내해 순식간에 일을 처리해 주었다. 매니저는 수납 시간이 너무 길어서 가수가 방송을 펑크 낼 뻔했다고 인사하고는 바람처럼 사라졌다.

　'잊혀진 계절'의 인기가수 이용 씨가 수납창구에서 옥신각신 다투고 있었다. 이 광경을 그냥 바라보고 있을 내가 아니다. 다가가서 내가 누구라고 밝히고 무슨 일로 그러느냐고 물었다. 진료 과에서 간호사 및 직원과 일이 꼬여 문제가 생긴 듯했다. 이용 씨는 다음 방송 스케줄 때문에 빨리 해결해야 한다고 했다. 무슨 영문인지 정확히 기억이 안 나지만 아무튼 나의 중재로 해결됐다. 당사자인 고참 간호사가 마냥 당하고 있다가 해결이 나자 고맙다면서 제자리로 돌아갔다. 이튿날 봉사자실에서 연락이 와서 그 간호사가 감사 인사를 드리고 싶어 한다면서 내 연락처를 알려줘도 되느냐고 물었다. 고참 간호사가 내게 전화해 "그때 그렇게 해결해주지 않았으면 제가 사표를 쓸 지경이었다."면서 울먹이기까지 했다. 뭔가 병원 측에 실수가 있었던 게 아닌가 싶다. 한편 해당 가수도 "덕분에 다음 방송을 펑크 안 내고 잘했다."라며 식사를 대접하고 싶다고 연락해 왔다.

무당의 신년 건강 축원

어느 날 봉사자실에 내 앞으로 택배 선물이 왔다. 열어보니 각종 나물이 들어있었다. 보낸 사람 이름이 없어서 누군지 알 수 없었다. 안에 들어있는 작은 메모에는 대강 이런 내용이 적혀 있었다. '제가 병원에 부모님을 모시고 갔는데 너무 친절하게 잘해 줘서 고마웠습니다. 그래서 가족이 먹으려고 기른 채소를 수확해서 보냅니다.' 문제가 복잡해졌다. 의료진이나 봉사자는 환자나 가족으로부터 어떤 것도 받으면 안 되도록 돼 있기 때문이었다. 주소가 없으니 돌려보낼 방법도 없었다. 망연했다.

또 어떤 분은 입원해야 하는데 수발을 들어줄 사람이 없다고 봉사자인 나에게 부탁했다. 돈은 충분히 있는데 마음에 맞는 사람을 구하고 싶다는 거였다. 월 500만 원 정도 줄 수 있다고 했다. 아마도 나에게 해달라는 뜻인 듯했다. 봉사자실에 와서 이야기했더니 사무실에서는 "간병인을 소개하자", "간병인 보수는 사무실과 반반으로 나누자", "무슨 소리냐? 2백 대 3백으로 나눠야지" 등등의 농담이 오간 끝에 구체적 조건을 대고 간병인협회를 소개해 줬다. 그 뒤로는 그분은 나만 보면 "고마워서 밥을 사주고 싶다."라고 했다. 나는 "봉사자는 어떤 것도 받을 수 없다. 마음만 받겠다."라고 했다. 그랬더니 어느 날은 음료수를 사오셨다. 안 마신다고 했더니 그 양반, 즉석에서 음료수 뚜껑을 따면서 "이래도 안 묵을 기가?"

라고 경상도 악센트로 말했다.

　나중에 알고 보니 그분은 무당이셨다. 내게 오시더니 "신년에 내마~ 문 선생의 건강을 특별히 축원했다."라면서 오방색실을 건네주었다. 지갑에 넣고 다니라면서. 열심히 지갑에 넣고 다녔다. 특별히 기가 막힌 일은 안 일어나고 무난하게 한해를 보냈다. 나중에 이 이야기를 전해들은 남편은 "그거 없었으면 큰 일이 났을 것"이라며 웃었다.

　휠체어를 타고 오시는 어르신을 만나면 나는 항상 가시는 곳까지 밀어다 드렸다. 한 번은 어떤 분을 검사실에 모셔다 드리고 돌아가려니 "어디 가느냐? 하루 종일 도와야지. 당신은 친절하니까 종일 나를 따라 다니시오."라고 말하는 경우도 있었다.

　나는 의학에는 일자무식이었다. 의학은커녕 병원에 대해서도 아는 게 없었다. 봉사 전에는 핵의학과가 뭐 하는 곳인지 몰랐다. 핵폭탄과 관련된 것은 아닐 것 같고…, 이 정도로 짐작만 하고 있었다. 알고 보니 핵의학은 방사선 동위원소를 사용하여 병을 진단하거나 치료하는 분야였다. 봉사 덕분에 제법 유식해진 것이다. 조금씩 손에 익어간다는 의미였다.

　일 년에 한 번 자원봉사자의 날 행사가 있었다. 그땐 누적 봉사시간에 따라 포상도 하고 명사들을 초청하여 특강도 하며 봉사자 장끼자랑도 열렸다. 경품추첨 코너도 있었는데 경품들은 기부 받은 물건으로 준비했다. 최신 휴대폰을 비롯한 각종 물품이 경품으로 나왔다. 나는 당대 최고의 가수 조용필 씨의 육필 사인이 든 CD 몇 장을 구해서 경품으로 내놓았다. 단연 최고의 인기품목이었다.

행사 후에는 작은 구내식당 한 곳을 전용으로 빌려서 특별 요리를 준비해 함께 즐기기도 했다.

행사의 코너 중에는 초보 봉사자와 시니어 봉사자가 각각 사례를 발표하는 순서가 있었는데 내가 초보자 사례발표를 맡게 됐다. 제한 시간은 3분이었다. 리허설 때 주저리주저리 이야기하다 보니 3분이 훨씬 넘었다. 내가 "중간 어느 부분을 줄여야할까요?"라고 행사담당자에게 물었다. 그런데 "시간이 얼마가 걸려도 좋으니 겪은 얘기 다해라!"라는 반응이 돌아왔다. 완전 특혜를 받은 거였다.

"목요일 오후에 시간 있어요?"

큰 종합병원에는 병원학교가 있다. 소아암 등으로 장기 입원해 학교에 못 가는 어린이들이 많다. 이들에게 정규과정에 따른 교육을 해서 원래 소속 학교에서 학력을 인정받도록 하자는 취지로 생긴 것이 병원학교다. 법에 의해 설립된 위탁교육기관인 셈이다. 내가 병원에서 봉사하던 중에 병원학교 제도가 처음 생겼다. 병원 측에서는 교사자격증이 있는 자원봉사자를 모집했고 '1기'로 30명 정도가 선발돼 과목별로 소아암 환자들을 대상으로 교육을 시작했다. 교사들이 많을 때는 60여 명에 이르렀다. 교장은 의사선생님이 맡는다. 개교 때부터 유연희 선생님이 관리를 전담해왔는데 나는 세상에 천사가 있다면 딱 그분일 거라고 생각한다. 교사들은 전원 봉사자들로 이뤄진다. 교사자격증이 있는 사람들이 가르쳤고 일부 대학생들이 '강사'로 나왔다. 가끔씩 대치동 학원 강사도 봉사하러

삼성서울병원 어린이학교 행사

왔다. 코로나바이러스 사태로 수업이 중단되기도 했었다.

　병원학교 개교 16년 동안 '원년 멤버' 가운데 나를 포함한 두 명이 계속 봉사 중이다. 병원학교에서 나는 한문을 가르쳤고 미술은 '대타 강사'로 봉사했다. 병원학교 실무 책임자가 출장을 가거나 다른 일이 있으면 내가 대신 맡아서 봉사했다. 학생들은 진료를 받거나 방사선 치료를 받다가 쉬는 시간을 이용해 출석했다. 치료에 지친 학생들이 많았다. 대학생들이 와서 봉사하는 경우도 많은데 개중에는 의사가 되어서 그 병원에 근무하면서 병원학교 아이들을 위해 봉사하는 분도 있다.

　지금은 대학생이 된 한 학생은 중학교 때 발병하여 나은 듯했으나 재발해 병원을 들락거렸다. 사회 담당인 이미숙 선생님은 학생의 집까지 찾아다니면서 6년간 지극정성으로 돌보았다. 학생의 입시 시즌이 다가오자 그분은 아들을 서울대에 보낸 경험을 바탕으로 자기소개서 쓰는 것을 돕고 입시스트레스 극복 방법도 들려주면서 격려했다. 학생은 이화여대에 입학해 아르바이트를 하더니 이 선생님과 유 선생님께 식사대접을 하겠다고 나섰다. 시원시원한 성격에 빼어난 미인인 이 선생님은 큰 키에 패션 감각이 단연 최고다. 그는 나와 같이 병원학교 '원년 멤버'지만 학생을 아끼는 그 마음에 감동해서 파우치를 드렸다.

어떤 엄마가 찾아와서 말했다. "우리 애가 선생님의 한문 수업과 미술 수업을 재미있다면서 정말 열심히 들었어요." 나는 아이가 잘 나았느냐고 물었더니 "하늘나라에 있다."라고 했다. 그 엄마도 다른 아이들을 위해 봉사에 나섰다.

병원학교에서는 일반병실 어린이와 암환자병실 어린이들을 나눠서 수업한다. 일반병동에서 온 어린이들은 수업시간에 엄청 떠들어댄다. 암환자 병동에서 온 어린이들은 아주 조용하다. 수액을 맞는 어린이가 많고 머리가 빠진 어린이도 있다. 가벼운 칸막이밖에 없으니 양쪽 수업이 서로 들린다. 일반병동 어린이가 시끄럽게 떠들어대니까 소아암환자인 6세짜리 어린이가 한숨을 푹 쉬면서 "덜 아프니까 저렇게 떠든다."라고 말했다. 80세 노인의 입에서 나올법한 삶이 농축된 한마디였다. 치료 과정에서 머리가 빠지는 아이들이 많다. 이 아이들은 미술시간에 사람을 그릴 때 꼭 길고 풍성한 머리를 강조했다. 이들에게 머리카락을 기부한다는 이야기를 듣고 늘 긴 생머리인 나는 머리카락을 기부하려다가 남편의 반대에 부딪혔다. 남편은 가발을 얼마든지 사줄 테니 머리카락은 절대 자르면 안 된다고 막무가내였다.

병원학교 봉사자 가운데 몇 명은 자기들끼리 별도의 팀을 이뤄 다른 곳곳에서 봉사하기도 했다. 목도리를 손수 떠서 병원학교에 선물하기도 했다.

개교기념일에는 학생들에게 상장과 선물을 준다. 상장은 일 년에 몇 회 이상 출석해야 준다. 소아암 환자들이 대부분이라 이 정근상을 받는 게 쉽지 않다. 아주 열심히 출석해서 상장을 받게 돼 있는 어린이가 있었다. 그 학생은 상을 받지 못했다. 개교기념일 전에 하늘나라로 떠나 버렸기 때문이다. 쓸쓸히 남아 있는 상장을 보면서 선생님들이 다 울었다.

"선생님, 목요일 오후에 시간이 있어요?" 병원학교에서 몇 번 뵌 적이 있는 환자부모들의 모임인 '참사랑회' 회장께서 어느 날 뜬금없이 내게 물었다. "시간요? 많지요. 백수들에게 남는 것은 시간뿐이랍니다." 웃으며 응수하고 병원학교에서 만나기로 약속했다. 무슨 도움이 필요한 모양이었다. 목요일이 되어 병원학교에 들어서니 피자 냄새, 떡볶이 냄새에…. 입원한 아이들의 생일잔치를 하는 모양이었다. 병원학교에서는 해당 월에 생일이 있는 아이들의 합동 생일잔치를 열었다. 생일상 차리기를 돕고 있는데 사회자가 감사패 증정 순서라라면서 내 이름을 불렀다. 어안이 벙벙했다. 한마디 귀띔도 없었다. 졸지에 참사랑회에서 준비한 감사패를 받았다. 봉사활동을 하고는 있지만 감사패를 받을 정도라고는 생각하지 않았다. 감동했다. 참사랑회에서는 1년에 한 명씩 '베스트 자원봉사자'를 선정해 시상하고 있었다. 내가 병원학교 봉사를 시작한지 10여년이 된 시점이었다.

참사랑회는 이 병원의 소아청소년과에서 소아혈액종양으로 치료를 받았거나 치료중인 어린이들의 부모 모임이다. 아이들에게 희망과 용기를 심어주고 웃음을 되찾아 주며 부모들에게는 조금 먼저 경험한 가족들의 격려와 조언으로 희망을 주자는 취지로 만들어졌다. 내가 봉사활동을 시작하기 전인 1998년 2월에 시작된 모임이다. 매달 한 번 아픈 아이들에게 생일잔치를 열고 어린이날 잔치도 한다. 또 바자회, 연극공연 등 다양한 문화프로그램 개발, 여름 가족 의학캠프, 연말 완치잔치도 마련한다. 회지 발간, 치료비지원, 신환부모와의 면담, 병실 물품지원, 매스컴 등에서 주관하는 각종 후원활동 동참, 전국의 환아 부모 모임과의 연대활동을 펼치며 환아 복지에도 노력을 기울인다. 참사랑회는 크게 세 종류의 부모들로 구성돼 있다. 아이를 먼저 보낸 분, 아이가 완치된 분, 지금 아이가 치료를 받고 있는 분들이다. 이들이 서로의 상처를 보듬고, 미래를 향해 한마음으로 나아가고 있는 것이다. 이들을 응원하고 존경한다.

내가 '과격한 표현'의 주인공?

봉사를 열심히 하는 중에 난데없이 남편 회사 경영전략실에서 연락이 왔다. "삼성서울병원에서 열심히 봉사하신다면서요? 잘한다고 소문이 자자해서 사보에 소개하려고 하니까 원고를 써 주면 좋겠습니다." 원고를 부탁하는 내용이었다. 일단 나는 남편에게 소리부터 질렀다. "왜, 밤낮 돈이 안 되는 것들만 물고 와!" 툴툴거리긴 했지만 회사에서의 부탁이니 남편의 목줄이 걸린 터라 일단 글을 괴발개발 썼다. 남편에게 "혹시 망발이 있을지 모르니 좀 읽어봐 달라."라고 했다. 이 양반은 남의 글에 난도질을 하려고 들었다. 표현이 어떠니, 문장이 저떠니 떠들기에 내가 버럭 소리를 질렀다. "내 글에 손대지 마세요. 여긴 직장이 아니야!"

알고 봤더니 병원의 홍보실에서 홍보 차원에서 남편 회사에 제보한 거였다. 당신네 회사 간부 중에 이런 사람의 아내가 우리 병원에서 이렇게 일하고 있으니 좀 소개하면 좋지 않겠느냐는 취지였다. 나는 병원에서 환자의 휠체어를 미는 사진을 '찍혔고', 내 원고와 함께 사보에 게재됐다. 사보에 간단히 나를 소개하는 문장이 실렸다. 필자는 누구누구의 아내로 '과거 사내 모임에서 과격한 발언으로 화제가 된 적이 있다.' 이 무슨 황당한 얘기? 복기해 보니 과격한 표현을 한 것은 '사실'이었다.

당시 사보에 나는 이런 이야기도 썼다. '남편은 늘 다시 태어나도 나와 결혼하겠다고 한다. 내가 죽으면 관속에 노잣돈 좀 넉넉히 넣어 달라. 저 세상에 가면 그 돈으로 성형을 싹~ 해서 다음 생에 남편이 절대 못 알아보게 해서 다시 태어날 거다. 그리고 완벽한 서울말도 배울 거다. 저 세상에서도 돈이 통하는 이치는 똑같지 않을까.' 사보를 읽어본 남편은 이렇게 응수했다. "내가 강남의 유명한 성형외과의사는 다 알아! 암만 얼굴을 고쳐도 소용없어."

내가 사보에 봉사 이야기를 쓰기 10여 년 전, 외환위기(이른바 IMF 사태) 때 남편은 부장으로 승진했다. 사내 분위기가 워낙 좋지 않았던 시절이다. 회사는 사기진작 차원에서 단합대회를 열었다. 초청연사 강연회에 이어 파티를 여는 형태였다. 그때 강사가 두 명이었다. 한 분은 유명 대학의 유명 교수였고 나는 초보 부장 마누라 자격으로 불려나갔다. 구조조정의 와중에서 모두들 신경이 날카로워져 있으니 누구를 내세우기가 마땅찮았던 것이다. 나는 우스갯소리로 남편에게 말했다. "당사자인 나의 생각은 쏙 빼놓고 벌인 '정치적 타협'이 아닌가?" 같은 아파트에 살던 남편의 직장 선배와 같은 부서에서 일한 후배가 추천한 것으로 짐작됐다.

나는 '특강'에서 원고 없이 떠들기 시작했다. 다 기억이 나지 않지만 대충 이런 내용이다. "나는 남편의 직업이 회사에서 일하는 것인 줄 알았다. 알고 봤더니 술에, 노름에, 오X질에, 이렇게 여러 가지를 하는 줄 몰랐다. 그리고 마누라까지 '술 상무'에 '술통 배달'까지 해야 하는 직업인 줄은 정말 몰랐다." 이 가운데 마누라의 '술 상무'론과 '술통 배달'론은 설명을 필요로 한다. 술 상무는 남편이 바삐 일하던 시절, 약속을 해놓고 일이 생겨 늦을 것 같으면 내게 전화를 해서 "대신 좀 가서 만나서 이야기하고 있어라."라고 하면 내가 그들이 약속한 술집에 먼저 가 있던 일들을 말한다. '술통 배달'은 저녁에 남편이 후배들과 술을 마시고 밤늦게 전화해 차를 몰고 오라고 해서는 후배들을 집에 다 데려다 주자고 한 일들을 말한다. 술통은 이들이 술을 많이 마셔서 그 자체가 술통이나 다름없다고 해서 붙은 이름이다. 남편은 미국 연수를 가기 전까지는 운전을 못 했기 때문에 나는 1980년대 후반부터 남편을 회사로 실어 날랐고 급기야는 무료로 심야 '술통 배달 나라시'까지 뛰게 된 것이었다.

어쨌건 남편 후배가 사보에 나를 소개하면서 '과격한 표현'으로 화제가 됐다고 한 이날의 특강으로 인해 나는 일약 남편 회사에서 스타로 떠올랐다. 남편 후배 중에는 특강 뒤 사인을 요청하는 진풍경까지 벌어졌다.

13. 세브란스병원의 스카프

썰렁한 환자복에 스카프로 온기를

큰아이가 연세대 의학전문대학원에서 공부를 시작했다. 나는 이를 계기로 신촌 세브란스병원에서 자원봉사를 시작했다. 병원 봉사는 주로 곳곳에 배치되어 안내하는 일이다. 세브란스병원을 돌아다녀보니 본관 한 곳에 '세•움'이라는 자선 가게가 운영되고 있었다. 기부 받은 물품을 판매하여 암환자를 돕는 일을 하는 곳이었다. 나도 집에서 쓰지 않는 물품들을 기부했다. 세•움에 더욱 도움이 될 만한 방법이 없을까?

내가 가지고 있는 천이 머릿속에 떠올랐다. 여기서는 나의 장기인 파우치는 큰 도움이 될 것 같지 않았다. 그래서 내린 결론이 스카프를 만들어 기부하면 어떨까 하는 것이었다. 세•움을 자세히 둘러보니 신발, 가방, 가발, 머리핀, 학용품, 컵, 넥타이 등등 거의 만물상 느낌이었다. '병원의 에어컨 기운에 썰렁함을 느끼는 환자는 없을까' 하는 생각이 들었다. 나도 입원생활을 할 때 검사실을 오가거나 잠시 산책하기 위해 나서면 썰렁함을 느낀 적이 많았기 때문이다. '스카프의 화려한 색깔을 보면서 잠시라도 기분이 좋아지지 않을까?' 하는 생각도 했다.

스카프 판매 가능성이 있는지를 알아보기 위해 우선 20장 정도를 샘플로 만들었다. 일단 봉사실에 가져갔더니 봉사자들의 반응이

세브란스병원의 자선가게 '세•움'에 마련된 문일선 자선봉사자 코너. 암환자를 위해
기부 받은 가발에 내가 만든 스카프를 매치해 놓았다.

폭발적이었다. 순식간에 스카프가 '완판'됐고 나는 이에 용기를 얻
어 수시로 몇 십 장씩 만들어갔다. 세•움 매장에서는 아예 '문일선
봉사자 코너'라고 써 붙이고 스카프를 진열했다.

　스카프는 반응이 좋아서 금세 100장 판매를 넘어섰다. 병원 측
에서는 병원소식지에 큰 사진과 함께 나에 대한 인터뷰 기사를 실
어주었다. 인터뷰에서 나는 스카프 기부 동기에 대해 "단순히 봉사
뿐만 아니라, 내가 가지고 있는 천으로 스카프를 만들어서 수익을
낼 수 있다면 병원과 암환자들에게 도움이 되지 않을까 생각했다."
라고 대답했다.

　인터뷰가 실리는 과정에 약간의 에피소드가 있다. 봉사실의 담장
사회복지사가 나에 대한 인터뷰 기사를 제안해 채택됐다고 한다.
당시 나는 미국에 다녀왔더니 휴대전화에 같은 전화번호가 수십

스카프 천을 기부하시는 동대문시장의 김종범 사장님. 세브란스병원에서는 감사장을 드렸다.

개 찍혀 있었다. 인터뷰하기 위해 소식지 제작진이 내게 일주일 넘게 연락했는데 연결이 되지 않은 탓이었다. 그 번호로 전화했더니 제작진은 "마감이 며칠 안 남아 급하니까 당장 인터뷰하자."라고 했다. 바로 사진 찍고 난리법석을 피우더니 한 직원이 내게 "봉사자님 스케줄이 거의 연예인 수준이이예요. 이렇게 연락하기 어려워서야 원⋯."이라고 했다. 하기야 'B급 연예인'이 더 바쁘지.

드디어 스카프 판매고가 300장을 돌파했다. 이번에는 세브란스병원 소식지에서 그 스토리를 글로 써달라고 했다. 구체적으로 천을 기부 받게 된 경위, 스카프를 만들어 기부하기로 결심한 과정을 자세히 썼다. 사실 유니세프에서 아우인형 만들기 봉사활동을 할 때 동대문시장에서 천 도매상을 하고 계시는 김종범 사장께서 지원해주신 천이 집에 많이 남아 있었다. 아우인형에는 천이 많이 들어가기 때문에 천을 구하기가 어려웠는데 마침 남편이 김 사장님을 소개해 주었다. 김 사장님을 찾아가서 취지를 말씀드렸더니 그분은 "그렇지 않아도 기부활동을 좀 하고 싶었는데 잘 됐다."라면서 엄청난 천을 지원해주셨다. 김 사장님은 늘 나를 기부천사라고 부르시지만 사실은 그분이야말로 기부천사다. 아우인형을 만들 당시에 쓰던 각종 자투리 천은 스카프용으로 안성맞춤이었다. 나중에는 자투리가 아닌 천도 많이 지원해주셨다.

나는 스카프 기부와 관련한 소감도 적었다. 병원 환자복이 주는 썰렁함에 목에 두른 화려한 색상의 스카프 한 장 덕분에 작은 온기라도 전해지지 않을까? 내 스카프를 사는 환자분이 '내가 스카프를 사면서 지불한 비용이 바로 나 같은 환자를 위해서 쓰인다니….'라는 생각이 떠오르면 기분도 좋을 것이고…. 병원을 돌아다니면 내가 만든 스카프를 하고 다니는 분들이 많이 눈에 띄었다. '저것도 내가 만든 것이고 저것도 내가 만든 것이고….'

당시 1차 기부 목표를 1,000장으로 잡았었다. 코로나 바이러스 사태로 봉사자들의 봉사활동이 모두 중단됐고 세•움도 휴업하게 됐다. 나중에 봉사활동은 재개됐지만 세•움은 '10년 결산'을 끝으로 일단 문을 닫았다.

시신 기증

큰아이는 고등학교에서는 문과였고 대학에서는 경제학과 수학을 전공했다. 미국에서 경제학으로 박사 공부를 하던 중 갑자기 의학으로 바꿔 공부하게 되었다. 그 어려움은 상상 이상이었다. 그때 상황을 미국인 친구에게 메일로 보내면서 '옆에서 보는 것만으로도 큰 고통'이라고 표현했다. 극심한 스트레스로 학업을 이어갈 수 있을까 하는 걱정이 컸다. 나는 늘 아들에게 "그 길이 네 길이 아니라면 언제든지 그만두라."라고 말했다. 그리고 "나는 의사 아들을 원한 적 없다."라고 덧붙였다.

　큰아이도 더 이상 학업을 지속하기 어렵다고 판단하고 의학교육과에 사정을 말씀드렸다. 그러자 의학교육과 측은 의과대학 학생부학장 교수와의 상담을 권했다. 학생부학장 재활의학과 김덕용 교수님께서는 큰아이를 보자마자 "네가 이번에 리더십전형으로 들어온 학생이지?"라고 물으셨다 한다. 그걸 어떻게 아시냐는 큰아이의 물음에 교수님은 "내가 그걸 어떻게 모르겠냐. 우리가 너한테 바라는 바가 있다."라며 매우 편안한 분위기에서 큰아이를 잘 다독여주셨다. 그분은 공부 멘토를 소개해주시기도 했다. 멘토와 선배들은 "지금 이 부분이 어렵지 이 시기만 지나면 괜찮아진다."라고 격려해주었다. 세계적인 간암 권위자인 한광협 교수는 'C형 간염의 경제성 평가 연구'에 큰아이를 넣어 주셨다. 또 섬세한 성격으로 세계적 학술지에 수많은 논문을 발표하신 소아청소년과의 신재일 교수는 본과 1학년생인 큰아이에게 방학 때 서브인턴십(임상실습)을 하도록 받아주시는 등 많은 선생님들이 도움을 주셨다. 당시 의과대학과 의학전문대학원 학생들은 모두가 서로 아주 친했지만 일부 교수들은 편 가르기가 심했다는 이야기도 있었다.

　한편 명문고교 이과 출신이 대부분인 본과 친구들은 시간을 내

코로나바이러스 사태 초기 신촌 세브란스병원 출입구에서 봉사했다.

어서 아들에게 기초과학과 관련해 모르는 부분을 친절하게 설명해
주었다. 아들은 지금도 감탄한다. "걔네들의 설명은 예술이었어!"
사실 '예술가 선생님들'은 새까만 동생들이었다. 큰아이는 공군 제
대했고 학부도 졸업한 의전원생이었기 때문에 당시 딱 절반을 차
지하던 의대 학부생들은 어린 동생들이었다. 이들 '예술가'의 엄마
들에게 파우치가 전달됐음은 물론이다. 동급생들에게 학교에서 과
외지도를 받다가 늘 기숙사의 통금시간을 넘겨 들어갈 수 없는 날
이 잦았다. 학교에 남아서 공부하는 게 하루 이틀 쌓이다 보니 불
편해서 큰아이는 아예 기숙사 방을 빼어버리고 학교 건물 빈곳에
서 살았을 정도였다.

나는 봉사하다가 아들을 격려해 주신 교수님들이 흰 가운을 입고 지나갈 때면 인사를 하고 내가 누구의 엄마라고 말씀드리곤 했다. 선생님의 그때 그 격려가 아들에게 큰 힘이 되었다고 말씀드렸다. 물론 파우치를 선물하기도 하며 이렇게 덧붙여 말씀드렸다. "교수님, 미국에서도 20달러 이하의 선물은 용인된다는데 선생님도 이 파우치를 뇌물로 생각하지 마시기를 바랍니다. 사모님이나 주위에 주실 분이 있으면 그분들께 드려도 좋겠습니다." 갑자기 파우치를 내밀면 선생님들은 처음에는 놀라서 거절하시다가 나의 이런 이야기를 듣고는 웃으면서 받으셨다. 어느 선생님은 큰아이에게 당신의 교수 연구실을 언제든지 쓰라고 허락하셨다. 또 어떤 선생님은 자신의 개인 전화번호를 아들에게 알려주시면서 언제든 도움이 필요하면 연락하라고 말씀하셨다고 한다. "학생으로서 하늘같은 교수님이자 세계적 명성을 떨치고 있는 의사선생님에게서 개인전화번호를 받는다는 것은 그 자체로 엄청난 큰 힘이 된다."라고 아들은 늘 말했다.

연세대학교 의과대학/의학전문대학원은 본과 2년간 매 학기 '의료와 사회' 과목을 이수하게 했다. 인문사회과학이 가미된 이 과목은 정신건강의학과의 전우택 교수님 담당이었다. 그분은 매년 해부학 실습을 시작하기 전에, 학생 전체에게 '해부 실습용으로 시신을 기증한 망자(亡者)에게 보내는 편지'라는 제목의 과제를 냈다. 큰아이는 유세차(維歲次)로 시작하는 정통 유교식 축문을 지었다. 한자를 가득 집어넣어 축문을 짓고 '상향'(尙饗)으로 끝맺은 리포트를 제출했다. 수업시간에 교수님이 큰아이의 이름이 불렀다. 선생님은

"이 과제를 십여 년 동안 내고 있지만 이런 편지는 처음 본다."라면서 큰아이의 축문을 소개하셨다고 한다.

　네팔에 지진이 일어나자 큰아이는 미국 의료진과 함께 현지로 달려가 구호활동에 나섰다. 이런저런 활동으로 큰아이는 전국 의대생을 대상으로 하는 최고의 상 가운데 하나로 꼽히는 청년슈바이처 상을 받았다. 이 상은 청년의사신문과 의료윤리학회에서 시상했다. 이렇게 큰아이는 점점 의학공부와 학교생활에 적응해갔다.

　새 학기가 시작되면 늘 의과대학/의학전문대학원 통합 학부모 모임이 열렸다. 인사말을 하시는 교수님은 "나는 바로 여러분이 가장 부럽습니다."라면서 "사실 우리 아이는 여기에 못 왔거든요."라고 말씀하시곤 했다. 한편 교실에서는 일부 교수님들이 첫 시간에 "나는 여기 앉아있는 여러분이 부러운 게 아니라, 여러 분의 부모님이 가장 부럽다."라고 말씀하셨다고 한다. 첫 수업시간에 "나는 여러분을 보면 짜증이 납니다. 우리 애는 이번에 여기 떨어졌거든요."라고 말한 교수님도 있었다 한다.

　여러 선생님들의 격려와 동료 학생들의 헌신적인 도움에 나는 큰 감명을 받았다. 더군다나 작은아이와 며느리 모두 연세대 출신으로 내겐 참으로 고마운 대학이다. 뭔가 도움이 될 일이 없을까. 시신을 병원에 기증하기로 결심했다. 기증자 서류는 가족의 동의를 반드시 받도록 돼 있었다. 남편에게 사인하라고 하니 주저주저했다. "사인을 안 해주면 내가 '가라 사인'을 해서 제출할 것"이라고 윽박질렀다. 결국 남편과 큰아이가 사인했고 서류는 '무사히' 제출됐다. 사실 시신기증 결심에는 의과대학에 학생들의 해부용 시신이 절대 부족한 현실도 한몫했다. 서울에 있는 메이저 3차 병원들은 그나마 나은 편이지만 지방의대에서는 몇 명이 어울려 시신을 해부할 정도로 부족하다는 이야기를 들은 적이 있다. 국내 기증자가 부족하기 때문에 해부용 시신의 상당수는 외국에서 들여온다는 이야기를 들은 적도 있다. 나는 죽으면 학생들의 해부용으로 쓰일 것이다.

내 파우치로 업무 촉진?

큰아이는 의사가 된 뒤 인턴을 하는 대신 하버드 보건대학원에서 공부했다. 학비는 미국인 B 아저씨가 지원했다. 공부를 마치고 큰아이는 귀국해 세브란스병원에서 인턴생활을 시작했다.

국제진료소 인요한 선생님도 잊을 수 없는 분이다. 선생님은 한국에서 나고 자란 미국인이지만 귀화해 완전한 한국인이 됐다. 어린 시절 순천에서 자란 선생님은 고향에 대한 뿌리 의식이 강해서 의과대학 수업시간에도 늘 "우주의 중심은 순천"이라고 주장(?)하시곤 했던 분이다. 내가 봉사하러 가서 안내를 맡고 있을 때 가끔씩 그 '거구'가 지나다니시곤 했다.

미국 작가 마크 트웨인의 글 가운데 '의구심이 들면 진실을 이야기하라.'는 표현이 있다. 인 선생님은 이를 패러디해서 "의구심이 들면 환자를 보라."라면서 "거기에 답이 있다."라고 늘 말씀하셨다고 한다. 기독교인들이 말하는 '믿음 사랑 소망'에 더해서 "믿음 사랑 소망 그리고 과학이야!"라는 말씀도 하셨다고 들었다.

큰아이에게서 인요한 교수의 내세론에 대해 들었다. "세상에는 악인이 너무 많아. 게다가 그놈들이 잘 살고 있어. 이건 내세가 있다는 확실한 반증이지!" 인 교수의 조상은 미국 오하이오 주 출신으로 의사, 목사 등으로 몇 대째 한국에서 봉사하고 있다.

인 교수는 거친 표현을 섞어서 걸쭉한 농담도 잘하셨다. 학생들 사이에 오해가 있을까봐 염려해서 이렇게 덧붙이시곤 했다고 한다. "오해를 말어! 전라도에서는 '야 이 새끼야' 하면, 'I love.'라는 뜻이고 '야, 이 X새끼야' 하면 'I love so much.'라는 뜻이여." 이분은 한국식 예의에 대한 관심도 남달라서 혹시라도 학생이 인사를 안 하고 지나가면 "쟈는 왜 인사도 안 하고 가는 겨?"라고 반드시 짚고 넘어가셨단다.

이처럼 성격이 유별나기로 소문난 인 선생님이 큰아이의 인턴이 끝날 때 자신의 책을 사인해 선물로 주시면서 "앞으로 나보고 삼촌이라고 불러라."라고 말씀하셔서 주위에서 다들 놀랐다고 한다. 나는 봉사하러 가는 길에 인 선생님께도 부인께 드리라면서 파우치를 드렸다.

큰아이는 인턴을 하면서 '업무 메신저 도입'으로 세브란스병원장의 표창을 받았다. 실질적인 업무로 인턴이 병원장 표창을 받는다는 것은 아주 이례적이라고 했다. 나는 큰아이에게 '업적'에 대해 물어보았다.

병원에서는 환자에게 어떤 상황이 발생하면 담당 간호사가 파악해 자기 선에서 해결할 수 없으면 의사에게 전화하여 지시를 받도록 돼 있다. 간호사는 인턴, 레지던트에게 전화하고 확인 후 필요하면 다시 인턴에게 전화하는 식으로 이어졌다. 간호사는 하루에 100번 넘게 전화해야 했다. 모두 의사가 직접 하거나 의사의 지시를 받아서 해야 하는 일이기 때문이다. 일을 수행해야 하는 인턴은 여러 병동을 맡고 있는데 동시다발로 계속 전화가 걸려오면 일을 처리하기 어렵다. 큰아이는 "내가 36시간 근무하는 동안에 전화가 267통이나 왔어요."라고 말했다. 때로는 멸균 장갑을 끼고 환자의 소변 줄을 교체하고 있는데 전화가 오면 받을 수조차 없다는 것이다. 간호사는 그 상황을 상상하기 어렵고 '의사가 일하기 싫어하나?'라고 엉뚱하게 생각해 다른 인턴에게 전화한다는 것이다. 이러한 과정이 반복되면 의사는 '그 일을 내가 왜 해?'라고 생각하게 되어 결과적으로 의사 대 간호사, 의사 대 의사의 갈등을 불러일으키는 요인이라고 했다.

이렇게 되자 인턴들이 병원을 떠나는 일이 잦았고 병원의 고민도 커졌다. 문제는 이 수많은 전화 가운데 실제로 급한 건 몇 건 안 된다는 것이었다. 특히 간호사들이 교대하기 1시간 전에 전화가 빗발치곤 했다. 해결할 방법이 없을까. 큰아이는 전산 시스템을 도입하면 어떨까 생각했다. 급하지 않은 것은 담당 인턴에게 자동으로 연락이 되어서 급한 일을 처리한 뒤에 처리하도록 만들기로 했다. 일의 완급을 조절하는 것이다. 이를 매뉴얼로 만들면 시급한 사안만 간호사가 의사에게 전화하면 되는 거였다. 알아보니 과거에 사용승인을 받아놓은 마이크로소프트 프로그램이 있었다. 큰아이는 이 프로그램을 개선해서 활용했다. 큰아이는 이 과정에서 관계자들에게 커피를 사면서 설득하고 함께 머리를 싸맸다. 그랬더니 한나

절에 백 번 넘게 걸려오던 전화가 10통 정도로 줄었다. 간호사와 인턴의 만족도가 모두 높아졌다.

병원장은 어떻게 해서 이런 효과가 나는지 알아보라고 지시했고 업무 담당 간부가 상세히 보고한 결과 큰아이가 표창을 받게 된 것이다. 큰아이는 이듬해 인턴 대상 오리엔테이션에서 이 내용으로 특강을 했으며 사이트에는 인턴모집 광고영상으로도 올라와 있다. 이밖에도 큰아이는 '간호국의 날'을 맞아 간호부원장의 표창도 받았고 우수 직원으로 선정돼 암병원 소식지에도 소개됐다. 덧붙여서 큰아이는 인턴을 최우수성적으로 마쳤다. 큰아이의 이야기를 듣고 수간호사를 비롯한 업무 개선 관계자들에게 파우치를 선물했다.

영국의사 피터의 특강

졸지에 운전기사로 차출된 적이 있다. 당시 나는 세브란스병원에서 봉사 중이었는데 영국에서 연세대 의대에 특강하러 온 의사 부부를 좀 케어해 달라는 연락을 받았다. 이분들을 모실 수단이 마땅치 않다는 것이었다.

영국 요크에 사는 피터 스미스 씨는 매년 휴가를 이용해 아프리카 우간다에서 무료진료를 펼치는 분이었다. 큰아이는 우간다 병원에서 실습할 때 봉사하러 온 그 양반을 알게 됐고 함께 봉사를 다니기도 했다. 우간다 시골은 교통사정이 고약했고 택시로 가다가도 중간에 고장이 나면 발이 묶여야 했다. 그래서 그 양반은 오토바이로 벽지에 마련해 둔 작은 '진료소'로 이동했다고 한다. 연세대 의

연세대 의대에서 초청 특강한 영국의사 피터 스미스 씨. 우간다에서 벽지 진료를
위해 부인과 함께 오토바이로 이동하고 있다.

대에서는 학생들에게 영국의사의 아프리카 봉사 이야기를 들려주고
자 했고 큰아이를 통해 부부를 초청한 것이었다. 큰아이의 모교인
휘문고에서도 학생 대상 특강을 요청해 와서 내가 함께 다녔다. 큰
아이의 꿈은 좋은 의사로서 아프리카나 중남미의 어려운 사람들을
돕는 것이다. 이런 점에서 피터와 큰아이의 꿈은 일치했다.

14. 라파엘 무료진료소

동두천 형님들의 의리

큰아이가 학생 때부터 봉사하던 라파엘 클리닉에서 최고의 영예인 '올해의 의사상'을 받게 됐다는 연락이 왔다. 큰아이는 하버드에서 공부 중이어서 내가 대리수상하기로 했다. 식장에는 많은 분들이 모여 있었다. 라파엘 클리닉은 외국인 근로자와 형편이 넉넉지 못한 외국인을 위한 무료진료소로 서울과 동두천 두 곳에서 일요일에만 운영된다. 의사를 비롯한 의료진과 일반인 봉사자가 무료봉사한다.

나는 남편과 함께 행사장에 가서 '올해의 의사상'을 대리수상한 뒤 아들 이름이 쓰인 자리에 앉았다. 평소 라파엘에서 뵙지 못하던 몇 분이 "홍 선생님을 잘 안다."라면서 내게 다가와 각별하게 인사했다. 그분들은 동두천성당 소속 봉사자들로 그동안 열심히 봉사해서 상을 받으러 오신 거였다. 창문새시 제작업자인 한사용 아저씨를 비롯해 트럭운전, 건설현장노동 등에 종사하고 있었고 한 분은 소아마비 장애인이었다. 이들은 큰아이와의 인연을 설명했다.

한 분이 "봉사하러 다니면서 매주 일요일 봉사하러 동두천에 오신 홍 선생님을 알게 됐고 가끔씩 스스럼없이 어울려 족발집에 가서 술도 마시면서 친해지게 됐어요."라고 말했다. 다른 분은 "저는 태어나서 의사하고 술을 마셔본 게 처음"이라고 했다. 또 한 분은

"선생님(큰아이)과 종씨인데 제가 '순'자 항렬로 할아버지 벌"이라고 말했다. 아닌 게 아니라 그분은 시아버님 항렬이었다. 아무튼 짧은 만남이었지만 그분들이 내게 남긴 인상은 강렬했다.

큰아이는 하버드에서 귀국하는 길에 면세점에서 양주를 한 병 사들고 와서는 자기 방에 잘 모셔두고 있더니 어느 날 들고 나갔다. '동두천 형님들'을 만나기로 했다는 것이었다. 큰아이의 말이다. "그분들, 의리가 대단해요. 제가 학생 시절 우간다에 의료실습을 간다고 하니까 노잣돈에 보태라고 용돈까지 주신 분들이에요." 큰아이는 미국에서 귀국길에 사온 양주를 그분들과 한잔씩 주고받느라 그날 몹시 취했다.

아무튼 이날 '대리수상'을 계기로 나는 가톨릭 신자가 아님에도 라파엘 클리닉과 봉사 인연을 맺었다. 라파엘 클리닉을 운영하는 안규리 선생님은 늘 웃으면서 봉사자들을 맞아주신다. 안 선생님은 서울대 의대 교수 출신으로 요즘은 국립의료원에 근무하신다. 라파엘 클리닉은 고 김수환 추기경께서도 유산을 기부하신 곳이기도 하다. 당초 김 추기경께서 안 교수에게 어려운 사람을 위한 무료진료소에 관한 이야기를 꺼냈고 안 교수는 진료시설이 없어서 동숭동에서 '사과박스 하나' 놓고 진료를 시작했다고 관계들은 말한다. 라파엘은 크게 라파엘 클리닉과 라파엘 나눔 재단으로 나뉜다. 나와 남편은 서울의 사무실 업무가 바쁠 때면 간간이 도왔다. 우편물 발송, 바자회 물건판매, 부활절 달걀 포장, 정월대보름 땅콩선물 포장 같은 일들이었다.

뉴욕에서 날아온 마스크

라파엘 클리닉 시상식장에서 만난 신영미 간호사는 큰아이를 통해 들은 대로 씩씩했다. 수상자석의 큰아이 이름을 보더니 "홍 선생님 어머니신가요?"라고 말을 걸어왔다. 수상자석에 이름이 있는 것을 보고 마음속으로 '홍 선생님은 미국에 계실 텐데…' 하고 의아해했단다. 신 간호사도 이날 수상자였다. 현직으로 일하면서 라파엘 클리닉에서 봉사를 하고 있었다. 쉬운 일이 아닐 텐데…. 게다가 미국 간호사 자격증을 취득해서 미국 이주를 준비하고 있었다. 결국 영어시험까지 통과한 뒤 그는 미국으로 떠났다.

동시에 코로나바이러스 사태가 세계를 덮쳤고 특히 미국의 심장부인 뉴욕을 강타했다. 당시 신 간호사는 뉴욕 브롱스의 한 병원에서 일을 막 시작했을 때였다. 그는 월간 신동아(新東亞)에 '뉴욕이 호러영화 촬영소가 됐어요.'라는 제목의 현지르포를 기고했다. 신 간호사는 르포에서 방호복이 없어 검은 쓰레기봉투를 대신 사용하던 간호사의 사망, 자기에게 미국 병원의 간호사 업무를 가르쳐준 분이 한동안 기침을 하며 피로를 호소하더니 쓰러져 결국 다시 볼 수 없게 된 일, 사망자들을 이송하던 사람도 쓰러져 동료와 직접 시신을 장례식장 시신 보관소로 옮겨야 했던 일, 마스크가 부족해 이웃병원 의사가 구해준 몇 장의 마스크를 아껴 쓰던 일 등을 생생하게 전했다.

드디어 한국에도 공포가 덮쳤고 마스크 부족으로 난리가 났다. 신 간호사는 이 소식을 접하고는 마스크 수백 장을 구해 국제우편으로 우리 집에 보내왔다. 눈물이 났다. 이 사람은 지금 어떤 인연으로 나를 만나 자신의 목숨까지 담보한 상황에서 이런 마음을 내게 베푸는 것일까? 주위에선 나에게 '전생에 나라를 구한 모양'이라고들 하신다. 기억은 나지 않지만 아마도 그런 것 같다.

한국에 계신 신 간호사의 아버지는 힘들어하는 딸에게 "네가 지금 이 시기에 미국에 간 것은 정말 많은 사람에게 도움을 주기 위함이니 겁먹지 말고 모든 일을 담대하게 하라."라고 말씀하셨다고 했다.

'가까운 바닷가에서 커피 한 잔을 마시고 마음 맞는 친구들과 노래방에서 마음껏 노래 부르는 소소한 기쁨을 그리워하며 방호복을 다시 챙겨 입었다.'는 신 간호사. 내가 그를 위해 할 수 있는 건 파우치를 듬뿍 보내서 동료들과 잠시 동안이나마 기쁨을 느낄 수 있도록 하는 것뿐이었다. 파우치를 보내는 김에 이것저것 챙기다보니 짐이 제법 커졌다. 우체국에 가서 나로서는 거금을 들여 짐을 미국으로 보냈다. 언제쯤 도착하겠느냐는 질문에 우체국 직원은 "한 달이 걸릴 수도 있어요. 코로나 시국이라서…."라면서 말끝을 흐렸다. 파우치는 생각보다 일찍 도착했다. 약 3주 뒤, 신 간호사가 동료들과 함께 파우치나 복주머니를 받아들고 환하게 웃고 있는 사진을 볼 수 있었다. 우리는 뉴욕에서 재회하자고 약속했다

"다음 생에도 주부로 태어나시길"

라파엘 나눔재단은 코로나바이러스 사태 와중에 노숙인을 위한

뉴욕의 신영미 간호사와 동료들. 내가 만들어 보낸 복주머니를 머리에 쓰고 있다.

무료진료소 운영을 시작했다. 나는 노숙인 진료소에 봉사자들이 부족하다는 이야기를 듣고 남편과 함께 그곳 일을 돕기로 했다. 노숙인 진료소는 서울 명동성당 옆 옛 계성여고 운동장에 텐트를 설치하고 매주 일요일에 진료했다. 코로나바이러스 사태로 '건물 내 진료'가 곤란했기 때문이었다. 의사 선생님을 비롯한 많은 의료진이 모두 무료봉사했고 일반봉사자도 일을 도왔다. 나중에는 치과까지 생겼다. 바로 옆에는 노숙인을 위한 무료 식당인 '명동밥집'이 운영됐다. 우리는 봉사 때마다 미리 모여서 주의사항 등 사전교육을 충분히 받고 방호복, 마스크, 투명 실드, 장갑 등을 지급받았다. 무엇보다 당시에는 코로나바이러스19 사태의 와중이라 텔레비전에 비치는 것처럼 방호복으로 완전무장하고 봉사에 나섰다.

우리 부부는 방호복 차림으로 서로를 바라보면서 큰아이가 봉사하던 모습을 떠올렸다. 코로나바이러스 사태가 터져 의료 인력이 부족해지자 대한의사협회가 최초로 큰아이를 충남 공주보건소에 파견했다. 큰아이는 단숨에 달려가서 격리된 사람들을 두 달간 돌보았다. 이어 서울 성북구의 생활치료센터에서도 방호복 차림으로 일했다. 큰아이는 당시 TV 보도프로그램에 화제의 인물로 라이브 인터뷰로 소개됐다. 큰아이는 주로 라파엘 클리닉에서 봉사하다 가끔은 명동 홈리스 진료소에 와서 봉사하기도 했다.

우리 부부는 의료인이 아니어서 환자를 안내하거나 체온을 재는 일을 도왔다. 우리는 거의 매주 참가하다시피 했다. 겨울에 노숙인을 대상으로 한 야외 봉사는 춥기는 해도 옷을 껴입고 겉에 방호복까지 입어서 그런대로 버텼다. 여름이 다가오자 방호복 때문에 모두들 크게 걱정했다. 더위 때문에 한두 차례 고생할 무렵 다행히 코로나바이러스 관련 통제가 완화되면서 방호복은 조끼로 대체됐다. 그래도 한여름 땡볕 아래 운동장에서 텐트 하나 쳐놓고 몇 시간씩 서서 해야 하는 봉사는 만만치 않았다.

나는 항상 밝은 웃음으로 라파엘을 이끌고 있는 안규리 선생을 비롯한 라파엘 관계자들에게 파우치를 선물했다. '동두천 형님들'에게도 큰아이를 통해 파우치를 전달했음은 물론이다.

가끔씩은 봉사를 하면서 다른 봉사자와 이야기할 기회가 있다. 곳곳에서 여러 직업을 가진 분들이 시간을 내어서 봉사하러 온다. 서로 통성명도 하고 직업도 소개한다. 내가 주부라고 하니 어느 직장여성이 "주부! 최고의 직업이지요. 선생님께서는 열심히 봉사하고 덕을 많이 쌓았으니 다음 생에도 주부로 태어날 거예요."라고 말했다. 내 팔자가 좋다는 의미였다. 직장여성의 깊은 고뇌와 삶이

명동성당 옆에서 매주 일요일 운영되는 홈리스를 위한 무료 진료소 봉사활동. 코로나바이러스 사태 와중에서는 방호복에 실드까지 완전무장한 채 봉사했다.

담긴 한 마디였다. 미국에 살 때 아이들의 친구 엄마들이 내게 직업을 묻는 경우가 있었다. 내가 주부라고 대답했더니 미국 엄마들은 "나도 한때는 주부였다."라며 부러워했다. 이런 배경이 있기에 직장여성 봉사자의 '철학'은 내게는 통했다. 이 봉사자는 남편에게도 "선생님도 봉사를 열심히 하시니까 다음 생에는 주부로 태어나시라."라고 나름의 덕담을 했다. 남편이 정색했다. "싫어요! 나는 다음 생에도 남자로 태어날 겁니다."

15. 유니세프의 아우인형

"머리에 빨간 물도 들였네!"

파우치 만들기를 통해 단련된 재봉틀 기술은 유니세프 아우인형 만들기 봉사에서 위력을 발휘했다. 큰아이는 군에서 제대하고 복학하기 전까지 유니세프에서 인턴으로 일했다. 군복무 중 유니세프를 통해 몽골로 봉사활동을 갔을 때 큰아이의 활약을 눈여겨 본 유니세프 관계자가 인턴을 제의했다. 당시 유니세프에서는 서울 일부 초등학교에서 동전 모으기 활동을 하고 있었고, '아우 인형' 프로젝트가 새로 도입되었다. 아우인형의 아우는 동생, 아름다운 우리, 아우르다의 세 가지 의미를 모두 갖고 있다.

아우인형은 1988년 이탈리아 밀라노 근교 피고타에서 조 가르세아우라는 이탈리아 유니세프 봉사자가 헝겊인형을 만들면서 시작되었다. 누구나 만들 수 있는 헝겊인형을 통해서 어린이의 소중한 생명을 구해보겠다는 꿈이 담긴 프로젝트이다. 소아마비, 백일해, 결핵, 파상풍, 디프테리아 같은 어린이 주요 질병에 대한 예방접종과 치료 등에 도움을 주려는 목적이다. 인형을 만들어 기부하는 봉사활동은 이탈리아에 이어 프랑스, 핀란드, 슬로베니아 등지에서 진행되고 있었다. 인형을 만들어 유니세프에 기부하면 그 판매 수익금으로 제3세계 어린이들의 예방접종을 도와주는 일이다.

큰아이가 인턴으로 일하던 중 아우인형 관련 외국 자료를 집에 잔뜩 안고 와서 난감해 했다. 국내에서 인형 제작을 맡아줄 마땅한 업체가 없다는 것이었다. 심지어 아우인형이란 개념을 이해하지도 못한다는 것이었다. 궁금했던 나는 뭔가 하고 자료를 들여다보니 인형놀이였다. "이런 건 어때?"라며 내가 광목을 잘라 몸통을 만들고 솜을 넣어 인형을 만들었다. 안 입는 옷을 잘라 적당히 인형 옷을 만들어 입히고 뜨개실로 머리도 만들었다. 머리에는 리본 장식도 했다. 다음날 큰아이는 이 인형을 들고 출근하여 담당자에게 보여주니 당장 "어머님 좀 오시라."라고 해서 나는 이 프로젝트에 참여하게 됐다.

결국 내가 봉사팀을 꾸렸고 우리 팀에서 하룻밤 사이에 60개의 인형 몸체를 제작하는 기염을 토하기도 했다. 실제로 우리 팀에서 인형제작을 해 보고 이런저런 제안을 해서 많이 실현됐다. 이 봉사로 인해, 누구를 돕는다는 생각보다는 인형놀이를 하는듯한 느낌에 재미가 더해져 바느질을 한번 잡고 앉으면 한없이 빠져들었다. 자원봉사자들 여럿이 모여 인형을 만들 때에는 만드는 인형과 끝없이 이야기를 주고받았다.

"머리 빨간 물 들였네?" "파티에 가나 봐? 드레스가 멋진데?" "무슨 색깔 신을 신겨 줄까?"

인형과 온갖 이야기를 주고받으며 정성을 쏟아 만들면 이 인형을 갖게 될 아이들에게 우리의 정성이 전해질 거라 생각했다.

유니세프는 인형을 '판매한다'는 표현을 쓰지 않고 '입양한다'는 표현을 사용했다. '인형을 입양하고, 생명을 살리세요.'(Adopt a Doll and Save a Child.)라는 표어 아래 진행된 유니세프 인형

유니세프 봉사자들과 함께 만든 아우인형들

캠페인을 통해 봉사자는 신생아와 거의 같은 크기의 인형을 만들어 기부하고, 누구나 기부된 인형을 '입양' 할 수 있었다. 또 인형에 이름도 짓게 했다. 생년월일을 만들어주고 국적도 부여해 호적을 만들어 주었다.

내가 만든 인형 내가 입양

각급학교와 기업체, 대학생 축제 등 많은 곳에서 아우인형 만들기 행사 의뢰가 와서 나는 아우인형 서포터즈의 일원으로 신나게 봉사활동에 참여했다. 팀으로 참여하기도 하지만 혼자 참여하는 경우도 많았다. 와중에 나는 제법 노련한 '강사'가 됐다. 축제나 기업체의 사회공헌 행사 등에서 학생이나 직원을 대상으로 아우인형의 유래, 만드는 방법을 설명했고 완성된 인형은 유니세프로 보냈다.

부산에서 관련 행사가 있었는데 유니세프 직원은 일정상 못 가고 나 혼자 갔다. 당시 아우인형 만들기 요청이 전국에서 밀려들어 오던 시기였다. 부산 유니세프에서는 나 혼자만이라도 보내달라고 요청했다. 전에 부산지역에서 아우인형 지도자를 양성하기 위한 강습에 내가 한번 간 적이 있었다. 혼자 내려가자 그분들은 부산 시내를 한 바퀴 구경시켜줬다. 나는 "부산에는 결혼 직후 한번 오고 30여년 만에야 유니세프 일로 왔다."라고 했다. 나는 요트가 정박된 곳을 가리키면서 "저게 바다냐, 강이냐?"라고 물었다. 바다라고 했다.

아우인형은 참가자들이 자기가 입던 헌옷을 가져와서 만들기 때문에 인형에 대한 애착이 남달랐다. 인형을 만들다보면 정이 들어서 스스로 입양하는 경우가 많았다. 원래는 만들어서 유니세프에 기부하면 유니세프가 이를 판매해서 기금을 조성하는 것이지만 애정이 생기면 '셀프 입양'하는 것이다.

국내 유명디자이너들도 합세해 인형을 만들어 경매 행사를 했고 유명인의 사인이 든 인형을 경매하여 기금을 마련하기도 했다. 실제로 당시에 유명한 스포츠 스타의 사인이 든 인형은 500만 원이 넘은 거액에 경매되기도 했다.

디자이너 앙드레 김 선생님은 쓰고 남은 많은 천을 기부하였다. 때로는 패션쇼에 쓰인 옷들도 기부해서 우리는 그 옷을 잘라 인형 옷을 만들기도 했다. 패션쇼에 등장한 옷은 보통 사람이 입을 수 있는 사이즈가 아니었기 때문이다. 연예인들에게는 그들을 닮은 인형을 만들어 별도 행사를 마련하면, 연예인들은 기부금을 내고 입양해 가기도 했다.

한편 이탈리아에서는 판매가 활성화되었다. 당시 두오모 성당 앞 광장에서 대규모 행사를 열었으며 일 년에 약 15만 개를 판매해 유니세프를 알리기도 했다고 한다. 프랑스에서는 구찌, 프라다, 샤넬에서 인형을 만들기도 했다. 일본 도요타에서는 고객 선물용으로 사용했고 스웨덴의 이케아 가구에서는 사원 생일, 결혼기념일, 출산기념 선물로 쓰기도 했다. 우리나라 남이섬에서는 2008년 6월부터 아우인형 콘테스트가 열렸고 남이섬 유니세프 홀에는 아우인형 상설전시관이 생겼다.

유니세프 아우인형 홈페이지를 큰아이가 직접 만들면서 우리의 아우인형 만들기 인연이 시작됐다. 당시 직원 전원이 해외캠프로 중고교생을 인솔하여 떠나자 인턴이었던 큰아이는 혼자 남아 아우인형 홈페이지를 만들었다. 나의 아우인형 만들기 봉사에는 파우치를 만들면서 갈고 닦은 재봉틀 실력이 밑바탕이 됐다. 아우인형을 만들기를 돕고 있는 내 사진이 유니세프 홈페이지에까지 실렸다. 나는 행사장에 갈 때면 언제나 파우치를 여러 개 가져가서 현지 실무자에게 나눠주었다. 실무자들은 기존 업무도 바쁠 텐데 가외의 일이 생겼으니 얼마나 피곤할까 하는 생각에서 파우치를 선물했다.

16. 야채가게 경리 아가씨

'우성이'의 동네 봉사

며칠 만에 야채가게에 갔더니 함께 일하는 어르신들이 다짜고짜로 점심을 사라고 했다. "점심을 사야 해." 갑자기 웬 점심? 어르신들이 내가 없을 때 일어난 해프닝에 대해 이야기했다. "자주 오시는 영감이 야채를 사러 오셔서 '경리 아가씨 어디 갔느냐?'라고 물어보더라고. 우리는 눈에 보이지도 않나봐." 난 경리를 한 적도 없고, 경리를 어떻게 하는 것이지도 모른다. 다만 이곳에서 가끔씩 물건 파는 것을 도울 뿐이다.

내가 동네 야채가게에서 '경리'를 맡게 된 이유는 단말기 때문이다. 가게에는 무급 봉사하는 어르신들이 여러분 계시지만 단말기를 통해 물건 값을 빨리, 정확하게 계산하기는 힘들어 하신다. 그래서 가게 사장님이 바쁠 때에는 내가 가끔씩 경리일도 한다. 내가 하는 '경리'란 단말기에 카드를 넣고 가격을 누른 뒤 결제를 선택하면 영수증이 나오는 것이다. 현금으로 계산하시는 손님에게는 그냥 돈을 받고 잔돈을 내어 드리면 끝이다.

아무튼 자리를 비운 틈에 동네 어르신이 와서 나를 찾는 바람에 얻은 별명이 '경리 아가씨'다. 환갑 넘은 나이에 웬 아가씨? 야채가게는 다세대주택 동네에 있다. 그곳엔 나이 들어서 홀로 사는 어르신들이 많다. 여성도 많지만 홀로 사는 남성 어르신들도 상당수다. 그분들도 이 야채가게에 채소나 과일을 사러 오신다. 그분들 가운데에는 대화를 필요로 하는 분들이 많다. 야채도 야채지만 말 상대가 없는 거다. 가게에서 일을 도와주는 여러 명 가운데 내가 상대적으로 젊으니 말을 걸어오는 게 어쩌면 당연할 수도 있다. 사실 나는 지금도 나를 '경리 아가씨'로 불렀다는 원조 손님이 누군지 모른다.

야채가게의 간판에는 사장님 사진도 '브랜드'로 걸려 있다. 나는 돈을 받고 일하는 게 아니라 그냥 일한다. 굳이 봉사라는 표현을 쓰고 싶지는 않지만 일종의 봉사다. 나는 2000년대 초부터 20년 정도 병원 등 곳곳에서 봉사활동을 해왔지만 이 야채가게에서 도와주는 것을 가장 보람 있게 생각한다. 사실 상당수의 봉사가 큰 병원이나 시설 등 소프트웨어와 하드웨어가 갖춰진 곳에서 하는 것들이다. '유니폼'을 입고서 하는 곳도 많다. 이곳 봉사는 그야말로 봉사이고, 적립되는 '포인트'도 없다. 무엇보다 가게 운영자에게 실질적으로 도움이 된다. 덤으로 동네 어르신들의 말벗 역할도 할 수 있어 그것도 나름의 봉사다. 한편으로 그분들을 통해 세상 풍파를 헤쳐 온 이야기, 아니 지금도 풍파를 헤쳐 나아가는 지혜를 듣는다.

야채가게에서 늘 통하는 나의 공식(?) 이름은 '우성이'다. 야채가게는 다세대주택가에 있다. 함께 일을 돕고 있는 어르신들은 대부분 이 동네에 산다. 야채가게 구성원들은 참 재미있다. 주택을 여러 채 소유한 수백억 대의 부자할머니부터 지하층에 세 들어 사는 할머니까지 다양하다. 어쨌든 주인할머니를 비롯해 대부분이 이곳에 산다. 주택가에 살지 않고 아파트에 사는 사람이 두 명인데 그중 하나가 나다. 내가 사는 아파트 이름을 따서 할머니들은 나를 '우성이'라고 부른다. 내 이름을 기억하는 분은 주인을 포함해 한 사람도 없다. 밥 먹을 때나, 손님이 와서 찾을 때나 항상 "우성아" 하고 부르신다.

종일 봉사자 어르신들로 붐비던 야채가게가 저녁에 모두들 '퇴근'하면 조용해진다. 사장님이 어느 날 오전에 말했다. "이렇게 도와주시는 언니들이 낮에 같이 모여 북적거리다가 저녁에 다 돌아가 버리고 혼자 남으면 '아무도 없구나!' 생각이 들어 적적하다."라고 말했다. 곁에 있던 아들이 말했다. "나는 사람 아닌가? 나도 있는데 왜 혼자예요?"

가수가 꿈이었던 야채가게 사장님

야채가게 주인을 나는 사장님이라고 부른다. 사장님은 나를 '언니'라고 부른다. 언제부턴가 '언니'는 여자들 사이에 영어의 유(you) 비슷하게 돼 버렸다.

사장님의 어린 시절 꿈은 가수였다. 강원도 횡성에서 노래자랑 대회에도 여러 번 나가면서 꿈을 키웠단다. 시골 살림에 쉬운 일이 아니었다. 결국 "이걸로는 밥을 먹고 살기 어렵겠구나 하는 생각이 들어 가수의 꿈을 접었다."라고 했다. 사장님은 "난 조용필보다는 나훈아가 좋아."라고 하시면서 나훈아 공연에도 여러 번 갔다 오셨다고 한다.

열두 살 때 횡성에서 가까운 원주로 이사했고 나중에는 그곳에서 야채가게를 하는 언니네 일을 도우면서 장사를 익혔다고 한다. 그 후 서울로 올라와서 야채를 팔았다. "우리 집은 딸 넷에 아들이 하나야. 우리 엄마는 나를 50세가 넘어서 낳았지. 내 조카가 나보다 나이가 위야." 사장님은 현실의 벽에 부닥쳤지만 가수의 꿈을 결코 접지 않았다. 아들을 음대 성악과에 보냈다. 그렇지만 나는 그동안 한 번도 사장님이 노래를 흥얼거리는 걸 보지 못했다.

사장님은 저녁에 남는 채소가 있거나 음식이 들어오면 내게 전화를 하신다. 꼭 와서 먹거나 가져가라고 하신다. 늘 내게 뭔가를 챙겨주려고 애를 쓰신다. 가끔씩은 어떤 '팔자' 이야기 같은 게 나오거나 하면 내게 "남편을 잘 만나서"라고 한다. 심지어 남편이 내가 사놓은 과일이나 야채를 집으로 가져가려고 가게에 들러도 남편을 잘 만났다고 하신다. 결국 내가 시집을 잘 왔다는 말이 아닌가? 한번 같이 살아 보라지!

"동갑남자가 실을 묶어주면 금세 나을 텐데…"

전라도 출신 할머니 한 분은 모르는 게 없다. 그래서 '만물박사'로 통한다. 우리는 그냥 박사 할머니라 부른다. 재미있는 이야기를 해서 사람들을 즐겁게 만드는 능력도 지녔다. 어느 날 손목이 아파서 파스를 붙이고 갔더니 박사 할머니가 짙은 전라도 사투리로 말했다. "파스를 붙일 것이 아니라, 동갑내기 남자가 나이만큼 팔목에 실을 묶어주면 직방이여. 바로 나서부러. 우리가 의사보다 나슨

야채가게 봉사자 '언니들'이 잠시 쉬면서 아이스크림을 입에 물고 있다.

게." 팔목에 실을 감는다는 얘기에 스리랑카에서 스님이 손목에 실을 감아주는 풍습이 떠올랐다. 남편이 스리랑카에 있을 때 보니 손목에 흰 실을 감은 사람이 많았다. '피릿눌라'라고 해서 절에서 스님이나 힌두교 데왈라야에서 묶어주었다. 행운을 갖다 준다는 일종의 부적 같은 것인데 하루 반 동안 효과가 있다고 했다. 박사 할머니는 민간처방에 도가 텄고 음식에도 도사 급이다. 할머니는 어린 시절 이야기도 들려주었다.

"자랄 때 내가 노를 잘 저었어. 배를 타고 나가서 김을 뜯어와 말리곤 했지. 동네 청년이 나를 좋아해서 열심히 쫓아다녔어. 집에서는 아버지가 저놈이 남의 귀한 처녀 시집 못 가게 한다고 난리도 아니었어."

박사 할머니의 사연은 이어진다.

"시골 이장 집에서는 며느리로 달라고 했어. 부자였지. 그때 서울에서 자리가 났대. 서울에 고모가 2명 있었는데 중매를 섰어. 서울로 시집오면 노를 젓지 않아도 된다고 해서 시골 부잣집 마다하고 서울로 왔지. 다들 서울로 간다고 난리였지. 와보니 집에 먹을게 없어. 바로 그 다음날부터 일하러 나가게 됐어. 게다가 식구가 7명이라고 했는데 와보니 10명이 넘어. 처음에는 저 '손님들'은 언제 집에 가시느냐고 물어봤지." 이 대목에서 박사 할머니가 우리 동네에 대해 품평을 시작했다. "서울이라고 해서 시집와 보니 얼마나 촌구석인지, 말이 서울이지…." 전라도에서 처녀뱃사공 하다가 왔다는 분이 이 동네가 시골이었다고 느꼈을 정도니 오늘의 서울 강남 일대가 당시 어지간한 시골이었나 보다. 하기야 우리 아파트가 들어섰을 때도 단지 뒤에는 배 밭이 있었으니까.

박사 할머니의 구구절절한 인생이야기는 계속됐다. 공사판을 전전하는 등 안 해본 일이 없다고 했다. 특히 파밭에서 파의 단을 묶는 일을 많이 했단다. 실제로 야채가게에서 박사 할머니의 파 묶는 솜씨는 발군이다. 안에 작은 것들을 넣고, 바깥에 큰 것들을 놓은 뒤 끈으로 묶는다. 주위의 할머니들이 일제히 탄성을 지른다. "와, 솜씨가 대단하네. 정말 멋있어. 한석봉 어머니 급이야!" 이때 돌아온 할머니의 반응. "난 죽으면 지옥 갈 거야. 파를 묶을 때 단 가운데에 작은 것을 집어넣고 겉에 큰 것을 둘러서 포장해 놓았거든. 한두 번도 아니고 매번 파단을 그렇게 묶었으니." 할머니는 자못 심각한 표정이 됐다.

한동안 박사 할머니의 모습이 보이지 않았다. 한참 후에 가게에 모습을 나타낸 할머니는 숨을 못 쉴 지경으로 아팠다고 했다. 집에서만 지내다가 답답해서 다시 나왔다고 했다. 같은 동네인데도 힘이 들어서 몇 번이나 쉬면서 오셨는데 여전히 아프다고 했다. 다른 할머니들이 일제히 "병원에 가보시라."라고 했다. 박사 할머니는 "집에서 암만 얘기해도 아들과 남편은 들은 체도 안 혀. '칵' 죽어부러야 돼야." 짙은 전라도 악센트로 말했다. 내가 "어르신, 상태가 위중한 것 같아요. 제가 모시고 갈 테니 같이 병원에 가요."라고 했다. "그려, 우성이가 같이 가 줄랑가? 내가 옷 갈아입고 얼른 올랑게." 잠시 후 할머니가 돌아왔다. 돈도 챙겨온 듯했다.

할머니를 모시고 동네 내과의원에 갔다. 할머니는 의사선생님을 만나자 마자 병에 얽힌 사연을 이야기했다. 거의 대동아전쟁부터 이야기하다시피 했다. 인내심을 발휘하던 의사도 "지금의 증상을 말해 주세요."라고 몇 번이나 이야기했다. 여전히 할머니의 이야기는 '쌍팔년도'에서 맴돌았다. 내가 나서서 그동안 할머니에게 들을 이야기를 종합해 의사선생님에게 환자 대신 증세를 설명했다. 의사선생님이 내게 고맙다고 했고 엑스레이 촬영, 피검사와 심전도 검사가 실시됐다. 검사 결과 심장에 문제가 있는 것으로 나왔다. 진찰 뒤 대기실로 나왔다. 진료비는 9,900원이었다. 할머니는 허리춤에서 꼬깃꼬깃 접은 만원짜리 지폐 여러 장을 내게 건네면서 물으셨다. "모자라는 겨?" 할머니가 진료비에 지레 겁을 먹고 정신이 없어 가늠이 안 되는 듯했다. 만원권 한 장만 빼내어서 진료비를 냈다. 할머니가 말했다. "병원비가 싸구만, 우성이하고 같이 와서 그런가? 약값은 또 월마나 나올랑가."

약국에서는 일주일치 약값이 2,000원 나왔다. 내가 그냥 내고 말았다. 할머니는 또 안달복달 했다. "약값 많이 나왔제?" "제가 냈어요." "아녀, 아녀." "걱정 마세요. 2,000원이라서 제가 냈어요." "아이고, 우성이하고 오니께 약값도 싼가벼." 약사가 나섰다. "그게 아니고요, 병원비도, 약값도 싸니까 아프시면 병원에 가셔야 해요. 돈이 걱정돼 안 오시면 안 돼요." 약사의 설명에 할머니가 말했다. "우성이하고 같이 와서 약값 깎아줬지요? 약 먹는 법도 우성이에게 이야기하셔." 약사가 복용 방법을 계속 설명하자 할머니는 "그랑게 우성이한테 이야기하면 된당께."라고만 말했다. 이렇게 해서 할머니는 병원과 약국에 다녀왔다.

다행으로 할머니는 그 뒤 병이 나았다. 의학적으로는 '증세가 호전되었다'고 하는 게 적절하겠지만. 할머니는 사람이 모이기만 하면 "우성이가 날 살렸다."라고 이야기하신다. "집에서도 내가 우성이 때문에 살았어. 우성이 아니었음 '칵' 죽었을 거야. 그랬더니 영감이 '점심이라도 한 끼 사지 그래?' 하지 않겠어? 내가 '그 사람이 얼마나 부잔디 내가 사주는 밥 먹겠어?' 그랬지." 내가 대답했다. "그래도 어르신께서 사주시면 제가 먹지요." 모두들 웃었다.

사실 이 어르신은 보통 분이 아니다. 남편은 몸이 아파서 오랫동안 집에 계신다. 이분이 평생 일해 벌어서 생활했다. 공사판에서 벽돌까지 져 날랐다고 한다. 지금은 지하 셋방에 할아버지, 홀로인 아들과 함께 살고 있다. 이분의 주요 일과 중 하나는 영감 흉보기다. 그렇지만 남편을 깍듯하게 정성껏 모신다. 예를 들면, 병석의 남편이 드시고 싶은 것이 있다고 하면 호프집 새벽 청소 알바를 뛰어서라도 지극정성으로 대접한다. 요즘은 몸이 아파서 아르바이트를 못하시지만 전에는 일주일에 세 번씩 새벽 5시에 호프집에 가서 청소를 했다. 오전 9시에는 노인 공공일자리로 공원에서 청소 같은 것을 했다. 그리고 야채가게로 오셨다. 와중에도 어르신은 빈병, 캔, 신문, 잡지 등도 다 주워 오시곤 했다. 팔아서 돈을 만들기 위한 노력이었다. 주워온 캔을 찌그러뜨리는 소리가 시끄럽다면서 동네 주민이 민원을 해서 이 일은 중단됐다. 야채가게 멤버들은 동네에 버려진 책 더미를 보거나 박스가 있으면 득달같이 이 분께 연락한다. 어떤 분은 가게에 오시는 길에 빈병이나 캔을 보면 꼭 챙겨서 갖고 오신다. 이것이 80세 할머니에 얽힌 사연이다.

박사 할머니의 이야기를 당시 싱가포르에 머물던 사부인에게 카톡으로 전했다. 사부인은 감동한 듯했다. "저는 참 행복한 사람입니다. 이리도 감사한 분이 사돈이라니…. 도심의 어려운 어르신에 대한 작은 보살핌과 배려가 큰 울림이 되어 그 동네를 반짝이게 하고 있군요. 역시! (엄지척)."

동네 어르신 챙기는 '박스처녀'

야채가게에서는 매일 여러 개의 종이 박스가 나온다. 당일 아침에 배달되어온 과일박스와 야채박스들이다. 이곳 박스를 전담해 수거하는 분이 '박스처녀'다. 50대인 박스처녀는 언니가 어린 조카

셋을 두고 일찍 세상을 떠나는 바람에 "어린 조카들을 거두며 사느라" 계속 홀로 살고 있다고 한다. 그래서 가게 안 어르신들은 그분을 '박스처녀'라 부른다. 박스가 제법 돈이 되는지 가져가려는 사람들이 많다. 심지어 가게 앞을 지나가다가 쌓아둔 빈 박스를 보면 앞으로는 내가 가져가도 되겠느냐고 묻는 분들도 있다. 그럴 때마다 사장님은 단호하게 "임자가 있다."라고 말한다.

　박스처녀는 동네 허드렛일을 거의 도맡다시피 하기 때문에 동네 통신에 빠삭하다. 입주 청소, 소소한 이삿짐 나르기, 단기파출부 등등이 박스를 모으는 것 외에 박스처녀가 하는 일들이다. 가끔씩 점심때가 다가오면 편의점에서 유통기한이 가까워진 먹을거리를 한 봉투씩 가져온다. 어르신들이 점심으로 요긴하게 먹는다. 보통 때라면 그런 먹을거리가 편의점에 있는 줄도 모를 어르신들은 편의점 식품을 신기해하면서 즐긴다. "이건 뭔 빵이여?" "김밥도 여러 종류구면." "아이고, 이 과자는 앙증맞은 게 겁나게 다네." 이렇듯 어르신들의 음식 평이 쏟아진다. 게다가 편의점 먹을거리가 오는 날이면 야채가게 사장님이 점심을 따로 준비하기 않아도 되기에 그의 노고도 덜어준다. 사장님은 늘 고마워하며 박스를 열심히 모으는 한편, 혹시라도 누가 가져갈까봐 단단히 감시한다.

　박스처녀는 언제나 씩씩하고 잘 웃는다. 표정도 항상 밝다. 그런데 어느 날 박스처녀가 힘이 빠진 모습으로 왔다. 보통 때 같으면 10m 밖에서부터 떠들면서 요란하게 입장할 텐데 그날은 가게에 들어와서도 시무룩해 있었다. 주인에게 몇 마디 소곤소곤하고는 휘익 가버렸다. 다들 궁금하여 무슨 일이냐고 주인에게 물었다. 주인이 대신 사연을 말했다. "정기적으로 건물을 청소하던 곳에서 어제 잘렸대요. 가장 중요한 수입원이 사라졌으니 난감한 거지요."

한번은 어떤 영감이 박스처녀가 마음에 있었던지 일하는 곳마다 찾아오곤 했단다. "나처럼 돈 없는 사람한테 오지 말고 잘 살 수 있는 사람을 만나서 사귀라고 했더니 연락이 끊어졌어요." 그분은 박스처녀에게 돈이 좀 있는 줄 알았던 것일까. 아니면 '딱지'를 맞고 포기한 것일까.

박스처녀는 따뜻한 마음이 흘러넘친다. 홀로 사는 노인이나 아픈 분들을 보면 보기에 딱할 정도로 챙긴다. 나는 속으로 중얼거린다. '저나 좀 잘 챙기지.' 한번은 꽃모종을 사가기에 어디에 심을 거냐고 물었다. 동네 어떤 분이 아파서 누워 계시는데 이 꽃을 보면 얼마나 기분이 좋겠냐고 했다. 박스처녀는 과일도 많이 사간다. 경로당 어른들에게 갖다드린단다. 박스를 주워 팔고 온갖 허드렛일을 해서 번 돈은 그렇게 쓰인다. "내가 저 어르신들 돌아가시기 전에 몇 번이나 더 모실 수 있을까요?" 박스처녀의 말이다. 야채가게의 집기 중 상당부분은 박스처녀가 버려진 것들을 주워서 '기증'한 것들이다.

내 에코백이 명품 핸드백?

작은아들 내외는 싱가포르에서 직장에 다니고 있다. 아들과 며느리가 각각 해외 출장을 떠나는 바람에 사부인께서 국제학교에 다니는 손자를 돌보러 싱가포르에 가셨다. "국제파출부 하러 갑니다.”라는 말을 남기면서. 도중에 싱가포르에 계신 사부인에게 카톡으로 안부문자를 보내면서 다음 내용도 곁들였다.

나: 집에 이리저리 남아 있는 천을 모아 장바구니를 만들어서 야채가게 손님들에게 뿌리고 있어요. 만 원 이상 현금 결제 손님에게 드려요. 그랬더니 동네가 뒤집혔어요. ㅎㅎㅎ. 굳이 환경운동가가 아니더라도 이렇게 하면 비닐봉투를 좀 줄일 수 있거든요.

사부인의 답장: ㅋ 하하, 아무래도 이번 지방선거에서 일단 그 동네에 출마하셔야 할 듯합니다. 이런 분들이 나라의 살림을 해야 한다고요. 정말 멋지십니다. 그 동네 분들도 복이 많고 야채가게 사장님은 하늘이 주신 귀인을 만난 것으로 생각하실 것 같습니다. 잠시도 한가하게 계시지 않은가 봅니다. 언제 저리 많이 만드셨는지…. 정말 부지런하십니다.

이런 메시지를 주고받은 지 얼마 지나서 사부인과 통화를 했다. 통화 중에 손자가 “할머니께서 가방을 그렇게 많이 만드셨다면서요?”라고 거들었다. 옆에 있던 아들과 며느리의 웃음소리가 크게 들렸다.

나는 야채가게 손님들에게는 천으로 만든 에코백을 선물한다. 집에서 직접 재봉틀로 만든 것들이다. 물론 가게 도우미 할머니들께는 파우치를 일찌감치 드린 터였다. 이곳 일을 도우면서 ‘뭔가 주인어르신에게 도움이 될 만한 일이 없을까, 손님들의 기분이 좋게 할 수 없을까’ 하고 고심한 끝에 에코백을 생각해낸 것이다. ‘만 원 이상 현금결제’면 가게주인에게 도움이 될 것이고, 가방을 선물하면 손님의 기분이 좋을 터였다. 환경에 도움이 될지는 생각해 본

야채가게 손님들을 위해 만든 에코백.

적이 없다. 내가 만든 천 가방을 받은 분들이 이름도 거창하게 '에코백'이라고 이름을 지어주셨다.

에코백을 선물하기 시작하자 "친구에게 주어서 이 가게를 선전해 주겠다."라면서 몇 개씩 달라고 하는 손님들이 나타났다. 처음에는 그냥 드렸지만 그 천 가방을 들고 오는 새로운 손님은 없었다. 그래서 직접 오시는 분께만 드린다는 원칙을 세웠다. 가끔씩 꼭 드려야 할 고객에게 '물량'이 달려서 못 드리는 경우가 생긴다. 미안하다. 한번은 다음에 꼭 드리겠다고 약속한 고객이 하필이면 내가 없을 때 왔다가 에코백을 못 받고 그냥 가셨다고 한다. 나의 에코백이 분명 '인기'이고 받은 손님들의 재방문 횟수가 상당한데 왜 이 가방을 들고 오시는 분은 별로 눈에 안 띌까? 내 솜씨가 별 볼일 없어서 집안에 팽개쳐두셨나? 내 기억으로는 당시 에코백을 120개 정도 나눠준 뒤였다. 들고 오는 손님이 2, 3명에 불과했다. 나는 그 이유가 궁금했다. 급기야 내 에코백을 어깨에 걸치고 오신 손님에게 직접 물었다. "다른 분들은 왜 에코백을 안 들고 오세요?" 그 손님이 웃으면서 답했다. "아, 그거. 너무 예뻐서 야채 담는 백으로 쓰기엔 아까워. 외출용 백으로 쓰는 거야. 그래서들 여기 안 갖고 와." 기분이 좋아진 나는 서비스로 야채를 마구 더 드렸다. 그 손님은 "어이쿠, 이거 주인보다 더 많이 주네."라고 하면서 크게 웃으셨다. 나는 "이거 절대로 주인에게 일러주시면 안 됩니다."라고 당부했다. 가게 안 사람들이 모두 한바탕 웃었다.

가게 손님 중 눈에 띄는 청년이 있다. 근처 PC방을 운영하는 청년이다. 청년에게 에코백을 선물했더니 가게에 올 때마다 들고 왔다. 기분이 좋아서 집에 있는 천 가운데 가장 좋은 것을 골라서 백을 만들었다. 손잡이는 특별히 비싼 전문용품을 사서 달았다. 색상과 디자인에 모두 신경을 썼다. 이른바 '오트쿠튀르' 제품을 선물한 것이다. 그 청년은 지금도 그 에코백을 들고 야채를 사러온다.

고객 가운데 한 분은 연세가 많아서 걸음이 좀 위태로워 보인다. 짧은 거리를 몇 차례 쉬면서 오셨다고 했다. 식사 준비를 해야 한다면서 가게에서 큰 무 2개와 야채, 과일까지 많이 사셨다. 저 많은 것들을 어떻게 들고 가시려나? 생각 끝에 짐을 들어드리기로 했다. 내가 들고도 3번 정도 쉬어서 집 앞까지 갔다. 어르신 집은 연립주택 3층이었다. '천신만고' 끝에 3층까지 짐을 옮겼다. 이렇게 높은 곳까지 들어 옮기기 힘드니까 다음부터는 조금씩 사시라고 했다. 그분의 대답이다. "몸이 아프고 힘이 없어서 자주 못 나가. 그래서 한번 나가면 좀 많이 사와야 해요." 그 어르신께서 요즘 안 오신다. 걱정이 된다.

스머프 할머니 "돈이 없다"

싱겁다, 맵다, 짜다, 쓰다, 달다…. 매번 음식이 나올 때마다 온갖 형용사로 논평을 하시는 분이 계신다. 나는 이분의 별명을 '스머프 할머니'라고 지었다. 오래 전에 외국 만화영화 '스머프' 시리즈가 방송된 적이 있다. 아이들과 열심히 봤다. 이 만화영화에는 스머프가 여러 명 등장한다. 캐릭터에 따라서 불만이 스머프, 개구쟁이 스머프, 똘똘이 스머프, 욕심쟁이 스머프, 파파 스머프…. 하도 오래 되어서 주인공들 이름을 다 기억하지 못한다. 나는 이들 캐릭터 중 하나를 떠올렸다.

'스머프 할머니'는 매사에 본인의 의견을 분명히 하는 분이다. 언제나 거침없이 이야기하신다. 도와주러 오신 어르신 가운데 누군가에게 전화가 걸려와 잠시 통화하고 있으면 이분의 벽력같은 호통이 떨어진다. "일하러 왔으면 일을 해야지, 무슨 놈의 전화야! 난 전화기도 아예 안 가지고 다니는데." 좀 길게 이야기를 하려면 이분에게 한마디 들을 각오를 해야 한다. 언젠가 강낭콩을 까고 있었다. 한참 껍데기를 까다가 잠시 나갔다가 왔더니 그분이 내가 까던 것을 까고 계셨다. "우성이는 참 대단하더라. 이렇게 안 까지는데도 한마디도 안 하고 깠으니. 나 같으면 벌써 열 번도 더 '안 까진다.'고 불평했을 낀데."라고 말했다.

스머프 할머니는 동네 다세대주택 지하에 사신다. 남편은 암 투병 중이다. 일 년여 전에 아들이 암으로 먼저 세상을 떠났다. 혼자된 며느리는 신장투석 중이다. 할아버지는 왕년에 유명 공기업에 근무해서 잘살았다고 한다. 이 어르신은 야채가게 비즈니스의 일등공신이다. 매일 아침 9시 '정시출근'해서 오후 6시에 '정시퇴근'한다. 나는 이분을 소개할 때 '거의 정직원'이라고 소개한다. 하루는 꽃게가 먹고 싶은데 한 박스를 주문할 형편이 안 된다고 하셔서 내가 절반을 사기도 했다.

바깥어르신께서 늘 편찮으시니까 주위에서 자주 안부를 묻는다. "어르신께서는 요즘 좀 어떠신가요?"라고 물으면 억센 경상도 악센트로 즉답이 돌아온다. "죽는다. 몬 산다. 암인데 우찌 사노." 안부를 물어본 사람은 어찌할 줄 몰라 황망해 한다. 게다가 할머니의 건강도 그리 좋은 편이 아니다. 다른 어르신들이 "사람 사는 건 알수 없어. 당신이 먼저 갈 수도 있어. 할아버지가 새 들어서 더 잘살 수도 있는 거 아니야?"라고 농담한다. 돌아오는 할머니의 즉답. "돈*이* 없다!" '돈이'에서 조사인 '이'를 높게 강하게 발음하는 독특한 경상도 억양이다. 내 실력으로는 이 말의 뉘앙스를 문장으로 표현하기란 불가능하다. 할머니는 이 말 끝에 이렇게 덧붙인다. "돈이나 보고 오지 누가 늙은이를 좋아하겠어?"

어느 날 내가 오후 늦게 '출근'했다. 마침 장마에 폭우가 쏟아진 직후라 야채가 상할까봐 농부들이 대량으로 급히 수확해서 싸게 서울로 올려 보낸 상태였다. 따라서 가게에는 일이 산더미처럼 쌓여 있었다. 비 맞은 농산물에서는 물이 뚝뚝 떨어지고 있었다. 나는 뛰어들어 야채들을 다듬고 정리했다. 안절부절 못하던 어르신들이 고마워했다. 스머프 할머니가 이날 내게 이렇게 말했다. "아이고, 오늘 우성이가 와서 일이 수월했다. 아니면 이거 다 몬 쓰게 된다." 이례적인 칭찬이었다. 아마도 내가 야채가게 멤버 중 유일하게 그분으로부터 칭찬받은 사람일 거다.

가게 봉사 1호 감나무집 할머니

스머프 할머니와는 '톰과 제리'의 관계인 분이 있다. 바로 '감나무집 할머니'다. 할머니 집에 감나무가 있어서 겨울이면 얼린 홍시를 가져와서 나눠주신다. 야채가게에서 박스에 담긴 야채를 꺼내어 작게 나눠 포장할 때 '톰과 제리'는 색깔을 분명히 드러낸다.

감나무집 할머니: "넓은 곳에다 다 쏟아놓고 작업하자."

스머프 할머니: "바구니에 담아놓고 해야지."

두 어르신은 늘 그런 문제로 옥신각신한다. 사실 이런 일들은 어떻게 하든 아무 상관이 없지만 이분들에겐 자못 심각한 이슈다. 타협이 이뤄지는 경우도 있지만 대체로 스머프 할머니가 이긴다.

감나무집 할머니는 야채가게 봉사자 1호다. 사장님이 내게 어르신들이 어떤 경위로 오게 됐는지 설명한 적이 있다. 감나무집 할머니가 맨 먼저 오셨고 그 뒤 하나 둘 모이기 시작했다는 것이다. 언젠가는 사장님 생일이라 감나무집 할머니가 음식을 잔뜩 해 오셨다. 사장님이 감동했다. "요즘 세상에 누가 남의 생일에 이렇게 하나!"

감나무집 할머니는 여타 할머니들하고는 배경이 상당히 다르다. 수백억대의 재산을 지닌 분이다. 들리는 이야기로는 집과 빌딩 몇 채가 있고 수도권 도시에 땅도 있다고 한다. 어떤 할머니는 '300억 대 부자'라고도 한다. 80대인 감나무집 할머니는 필요한 야채가 있으면, 도와주러 오셔서 야채를 다듬어주고 허드레 야채를 조금 챙기시거나 다듬고 남은 파 500원어치를 사겠다고 하신다. 나는 "그냥 가져가시라."라고 한다. 한번은 할머니가 "돈을 내야지"라고 하시기에 "오늘 제 일당에서 정산할게요."라고 농담했다. 그 후로는 야채를 사실 때마다 다른 분이 계산대에 계시면 "우성이하고 계산할게."라고 유머를 던지신다.

"호강에 겨워 요강에 빠지는 소리들…"

아들을 서울대에 보낸 어르신이 계신다. 이 분은 남한산성 근처에서 태어나 이 동네로 시집을 왔는데 시댁 동네가 개발되면서 살던 곳을 떠나 가까운 곳으로 이사했다. 부자라고 해서 시집왔는데 시어머니는 치매라 오랫동안 수발을 들었고 남편은 병환으로 오래 고생했다. 남편은 8남매의 맏이였고 시할아버지와 시할머니까지 한 집에 모시고 살았다고 했다. 시누이와 시동생들이 장성해서 출가할 때가 되었을 때는 해마다 잔치가 있었다고 했다. 이 땅의 어른들이 참 어렵게 자식들 키워서 나라를 일으켜 세우셨구나 하고 새삼 생각했다.

더욱이 젊은 나이에 남편을 일찍 여의는 바람에 1남 1녀를 홀로 키워야 했다. 아들이 고등학교에 다닐 때 어느 날 아들의 담임 선생님이 그분을 불러서 "애가 집에서 어떤 방법으로 공부를 합니까?"라고 물었다고 한다. 그래서 "학교 갔다 와서 가방 내던지고 놀다가 이튿날 아침 학교에 갑니다."라고 했더니 담임이 "과외를 좀 시키세요."라고 하더란다. 이분은 "걔도 부모 잘 만났으면 참 괜찮았을 텐데…. 그때 과외 한번 못 해준 게 늘 마음에 걸린다." 라고 말한다. 이분은 40년 전에 시작한 파출부 생활을 아직도 하고 있다. 파출부 하러 가는 주인집에서 학비도 대어줘서 아이들 공부를 시킬 수 있었다고 한다. 이제는 일하러 가기 싫다고 하신다.

홀로 아들을 키워 서울대에 보낸 할머니답게 이분은 매사에 긍정적이다. 음식을 썩 잘하고 늘 반찬을 만들어 와서 점심시간에 함께 먹는다. 특히 콩죽, 호박죽 같은 옛날 음식을 만드는 솜씨가 탁월하다. 어르신들이 모이면 으레 등장하는 게 남편 흉보기다. 이건 뭐 동서고금을 막론하고 아줌마들의 고정 레퍼토리다. 한창 흉을 보고 있노라면 멤버 중 유일하게 남편을 일찍 보낸 이분은 한마디 하신다. "호강에 겨워 요강에 빠지는 소리들 하고 있네."

할머니의 옛 이야기는 곧 우리 동네의 역사다. 1960년대에 경기도 광주에서 서울로 편입된 오늘날의 강남일대는 당시 개발 전이라 그냥 농촌이었다. 일원동에서 직접 농사지은 농산물을 머리에

이고 양재천 외나무다리를 건너서 청담동으로 팔러갔다고 한다. 잘 안 팔리면 똑딱배를 타고 뚝섬으로 갔다. 그곳에서도 시원찮으면 버스를 타고 중구에 있는 중앙시장으로 갔다고 한다. 당시 지금의 삼성서울병원 일대에는 고사리가 많아서 늘 꺾으러 다녔다고 했다. 장마철이 되면 양재천에 물이 불어 잉어가 많이 잡혔고 민물 게도 엄청나게 많아서 남자들은 잉어 잡으러 나갔다고 한다. 홍수가 나면 일원동의 낮은 지대도 잠겼다고 한다.

사장님과 대야 원탁회의

야채가게 사장님은 친정이 강원도 횡성이다. 원래 다른 동네 아파트 상가에서 야채가게를 하다가 그곳이 재개발되는 바람에 우리 아파트 근처 주택가로 옮겨와서 주상복합건물 1층에서 야채가게를 시작했다. 냄새가 난다는 민원에 시달렸고 장사도 안 되어서 월세도 못 낼 정도로 고생하다 결국 지금의 위치로 가게를 옮겼다. 야채가게 봉사 1세대인 감나무집 할머니는 "며칠 동안 팔아도 돈 통에 만원짜리 한 장 찾아보기 어려웠어."라고 그 시절을 얘기했다.

가게 사장님은 아들과 함께 산다. 아들은 대학에서 성악을 공부했는데 사고로 다쳐서 건강이 좋지 않아 할머니가 매우 신경을 쓴다. 할아버지는 시골에서 홀로 농사를 짓는 이산가족이기도 하다.

어느 날 새벽에 사장님의 전화가 걸려왔다. 그날 가게에 올 거냐고 물어서 간다고 했다. 조금 뒤 다시 전화를 해서 "아들 때문에 응급실에 와 있으니 대신 가게 문을 좀 열어 줄 수 있겠느냐?"라고 부탁했다. 나는 일찍 가게 문을 열고 물건을 팔았다. 그날따라 장사가 잘되어서 제법 많이 벌었다.

'종업원' 할머니들은 나를 우리 아파트 이름을 따서 '우성이'라고 부르지만 사장님은 '우성 언니'라고 부른다. 자신보다 연세가 높으신 80대 어르신들께는 '형님'으로 부른다. 한번은 어떤 손님이 "이렇게 젊은데 무슨 '언니'예요?"라고 이의(?)를 제기했다. 언젠가는 사장님이 나를 언니로 부르니까 손님이 고개를 갸우뚱했다. 내가 그 손님에게 사장님을 가리키며 "저 분이 제 동생이에요."라고 말해서 또 웃었다. 내가 야채가게에 있으면 손님들은 항상 '도대체 누구냐'에 관심을 보인다. 딸이냐, 며느리냐? 어떤 분이 묻자 사장님 아들이 "우리 누나예요."라고 대답하기도 했다.

이곳 멤버가 되는 것도 절차가 제법 까다롭다. 사실 '봉사단'에 끼고 싶어서 주위를 빙빙 도는 분들도 꽤 있다. 그분들은 은근히 낄 수 있는지를 떠본다. 봉사자 할머니들은 다들 입을 다물어 버린다. 그 손님이 나가면 일제히 논평을 시작한다. "뭘 나눠먹을 줄도 모르고⋯." "언제 누구에게 야박한 소리 했다더라." 여기서 봉사하려면 '원로회의'를 통과해야 한다. 원탁은 없지만 둥그런 대야 주위에서 논평을 하니까 나름 '원탁회의'로 부를 수도 있겠다.

나도 재수 끝에 멤버가 됐다. 처음에 도와주겠다고 했더니 주인이 '노'했다. 딱지를 맞은 뒤에도 그 가게에 채소를 사러 다녔다. 어느 날 사장님이 허리에 벨트를 한 채로 쪼그리고 앉아서 파를 다듬고 있었다. 이때 손님들은 밀려들고 주인은 허둥지둥 했다. 내가 "저도 파를 다듬을 줄 아는데 좀 도와드릴까요?"라고 제안했다.

"아, 그, 그래, 요만큼만." 이렇게 해서 소소한 일거리를 조금씩 맡아 도와주게 됐다. 자연스레 원로급 할머니들 틈에 끼이게 돼 말을 섞게 됐다. 말하자면 그동안 수행평가를 통과한 것으로 짐작한다. 야채가게 어르신 전원에게 파우치를 하나씩 드렸음은 물론이다.

　멤버로 입문한 지 얼마 지나지 않아서 남편이 아이스크림을 잔뜩 사왔다. 어르신들께 '뇌물'로 드리려고 사오는 거라고 했다. 남편이 말했다. "요즘 코로나바이러스 사태로 취직이 어려운데, 집사람이 여기서 잘리면 큰일입니다. 다른 데 취직도 안 됩니다. 그러니 어르신들께서 좀 잘 봐주십시오." 가끔씩 사부인이 야채를 사러 먼 거리를 일부러 오신다. 이때에는 꼭 음식을 바리바리 싸들고 와서 어르신들에게 "우리 사돈 좀 잘 봐 달라."라고 부탁하신다. 어르신들도 다 사돈이 있는지라 "어떻게 사돈끼리 이렇게 잘 지낼 수 있느냐?"라면서 다들 부러워하신다.

"옐로스톤 독수리로 다시 태어나고 싶어"

　가게에는 영호남 출신 할머니들이 섞여 있다. 선거 때가 되면 정치적 문제로 가벼운 충돌이 빚어지기도 한다. 다 같이 어려운 분을 십시일반 돕자고 나오신 분들이니 크게 싸울 일은 없다. 하지만 때로는 제법 심각해지기도 한다. 강원도 출신 사장님은 "여기서 그런 이야기는 안 하는 게 좋다."라면서 정리하신다.

　하루는 동네 할머니 고객이 저녁 늦게 2,000원어치 야채를 사오셨다. 야채가게에서는 고추모종도 판다. 손님은 며칠 전 모종을 사갔는데 잘 자라지 않고 시름시름 죽어가고 있다고 하소연했다. 가게 사장님이 물은 얼마나 자주 주느냐고 물었다. 손님은 하루에 한 번씩 준다고 했고 사장님은 너무 물을 많이 주시는 거 아니냐고 했다. 손님은 짙은 남도 사투리로 이렇게 말했다. "그렇게 죽고 잡으면, 언능 주거부러." 시름시름하는 고추모종에 이런 말씀을…. 이분에게는 무슨 깊은 사연이 있을까?

70대 어르신들 가운데도 자전거를 타고 야채 쇼핑을 오는 분들이 제법 있다. 대체로 가로수에 기대어 세워서 행인들에게 피해를 주지 않으려 한다. 가끔은 길을 막고 자전거를 세워놓아 원성을 사는 분들도 있다. 한 할머니는 건물 구석 빈 자리에 자전거를 정확하게 세워놓고 들어오시기에 어떤 분인가 하고 한 번 더 얼굴을 바라본 기억이 있다.

어떤 손님은 식구가 없어서 1,000원어치만 사야겠다고 하시며 많이 달라고 하셨다. 내가 "어르신, 무조건 많이 드리면 제가 잘려요. 저 여기서 잘리면 갈 데가 없어요."라고 했더니 그분은 "여기서 잘리면 우리 집에 와. 내가 혼자 살아서 적적해."라고 하셨다. 나는 "어르신, 제가 아주 수다스러워서 시끄러울 거예요."라고 했더니 "그러면 같이 얘기도 하고 좋지. 종일 한 마디도 안 해."라고 하셨다. 괜히 마음이 짠했다.

한 할머니는 가게에 자주 다니면서 김치 재료를 많이 사가셨다. 식구는 영감님하고 두 분뿐인데 그 많은 김치를 다 어쩌는지? 경로당의 가난한 할머니들에게 나눠주신다고 했다. 야채가게에 반찬으로 먹으라면서 듬뿍 담아다 주시기도 했다. 어느 날 가게 한쪽에서 김치 장사를 하면 안 되겠느냐고 넌지시 물어봤다. 사장님은 대략난감이었던 모양이다. 가게가 좁아서 공간이 없다고 대답하셨다. 내가 보기엔 가게 옆 자리를 내주는 게 불가능한 것 같지는 않았지만, 야채가게에서 김치를 팔면 누가 야채를 사가겠나.

어느 날 한 손님이 뭔가를 찾으려고 가게 구석구석을 뒤지고 있었다. 무엇을 찾으시느냐고 물었더니 손님은 호박을 찾는다고 했다. 사실 호박은 바로 그분 앞에 있었다. 내가 "꼭 미인들이 호박을 못 찾으시더라고요."라고 했더니 손님은 기분이 아주 좋아지셨는지 이렇게 말했다. "아이유, 장사를 이렇게 잘하시는 걸 사장님이 아실랑가?"

야채를 살 때면 까탈스럽기 짝이 없는 손님이 있었다. 훤칠한 키에 무서운 인상으로 '이거 언제 가져 온 것이냐', '재고냐', 심지어 '포장한지는 얼마나 되었느냐?' 등등을 꼬치고치 캐물으셨다. 이분이 나타나면 다들 쳐다보지 않으려 했다. 나는 작전을 바꿔서 "아휴, 미인 어른 오셨네요."라고 먼저 설레발을 치고는 "피부는 어쩌면 이리 고운가요? 젊어서 한 미모 하셨겠네요."라고 했다. 이분 표정이 급 누그러지더니 "내가 대구에서 사과를 많이 먹고 자라서 피부 곱다는 소리는 노상 듣는다."라고 하시면서 "젊어서 한 때 대단했다."라고 우쭐해 했다. 이후 이분은 가게에 오면 우선 나부터 찾으신다. 차츰 자신의 사연도 이야기하기 시작하였다. "영감을 먼저 보내고 아들도 먼저 떠나버리고, 증손녀와 같이 살고 있어. 아들의 빚을 아직 갚는 중이야." 나는 때로는 그날 싸게 들어온 야채를 덤으로 드리기도 했다. 어느 날 이 어른이 계산을 마치고 가시더니 되돌아오셨다. 나는 '무슨 잘못한 게 있나?' 하고 내심 걱정했지만 그분 손에는 야쿠르트가 한 봉투 들려 있었다. "가게 어르신들과 마셔요!" 이후로 안 입고 넣어두었던 새 옷이라며 옷도 갖다 주는가 하면 어버이날 손녀가 사 줬다는 화려한 색상의 백도 갖다 주셨다. "나는 이제 이런 게 필요가 없어. 내가 이걸 들고 갈 데가 있나." 이분은 장신구도 좋아하시는지 팔찌가 자주 바뀌었고 항상 목걸이를 주렁주렁 걸고 다니셨다. 나는 팔찌가 바뀌면 반드시 '팔찌가 좋다'고 했다. 이분은 "이 팔찌는 우리 아들이 어디 갔다 올 때 사다준 건데…."라면서 긴 사연을 이어나갔다.

가락시장에서 승용차로 매일 한두 차례 가게로 야채와 과일을 배달하는 분이 계셨다. 가끔씩 늦게 배달해서 사장님이 발을 동동 구르기도 했다. 손님들은 기다리고 서 있는데…. 이 양반은 70대 초반인데 도와주는 어르신들 모두를 아가씨로 부른다. 반장아가씨, 부반장아가씨, 총무 아가씨 식으로 나름대로 '직책'을 부여해서 불렀다. 내게도 아가씨라고 하기에 "난 할머니"라고 했더니 그분은 "여자들은 죽을 때까지 아가씨여."라고 했다. 이분은 또 나를 가리키며 "나도 거기처럼 일을 하고 싶을 때 하고, 하기 싫으면 말고 그랬으면 좋겠어."라고 말했다. 이분에게도 배달을 제시간에 잘 해달라고 파우치를 하나 드렸다.

홀로 사시는 듯한 남자 어르신들은 주로 저녁에 야채를 사러 오신다. 낮에는 여자 손님들이 많으니 피해서 저녁에 오시는듯하다. 어떤 분은 다듬어달라고 하시기도 하고 잔돈을 안 받기도 한다. 가게 사장님께서는 '종업원들'에게 "이 동네에 홀아비들이 너무 많으니 조심하라."라고 농담하기도 한다.

비가 쏟아지던 날 손님이 뜸한 틈을 타서 어르신들의 '토론'이 있었다. 주제는 어르신들답게 '다음 생에 다시 태어난다면 무엇을 할 것인가?'였다. 박사 할머니가 발제에 나섰다. "나는 대출이로 태어날 거다. 그래서 대출이가 내게 해 준 그대로 해 줄 거다. 먹고 싶은 것이 있으면 얘기하고 손도 까딱 안 할 거다. 끼니마다 반찬 타령하고. 염병할, 염병할⋯." '대출이'는 바로 그분의 바깥양반이다. 옆에 있던 어르신이 "아니, 먹고 싶은 것 먹고 싶다고 하는 것이 뭐 그리 염병할 짓인가?"라고 반문했다. 박사 할머니 왈, "그려, 그것이 바로 염병할 짓이여." 이번에는 서울대 할머니가 나섰다. "난 옐로스톤에 독수리로 태어나고 싶다. 맑은 공기 마시면서 자유롭게 훨훨 날고 싶다." 내가 옐로스톤에 가봤다고 했더니 그분은 가본 적이 없고 TV 다큐멘터리를 봤다고 했다. 마지막으로 스머프 할머니가 정리하러 나섰다. "아이고 마, 죽으면 끝이다. 태어나기는 뭣이 태어나노?"

며칠 뒤 스머프 할머니가 이례적으로 김칫거리를 사가셨다. 바깥 어르신이 편찮아서 김치를 담그지 않고 늘 조금씩 친구들에게서 얻어먹는다고 하신 분이다. 갑자기 왜 김칫거리를 사가느냐고 여쭈었다. 스머프 할머니가 말했다. "이제 여자가 좀 돼 볼라꼬."

이렇듯 짙고 깊은 인생들과의 만남 속에서 나는 세상은 여전히 아름답다고, 그래서 살만하다고 느낀다. 그리고 오늘도 열심히 파우치를 만든다.

에필로그

글이 마무리된 후 세브란스병원에서는 병원봉사 50년 기념 책자를 출간한다고 했다. 책에 실을 글을 부탁받았다. 아울러 '아들이 본 봉사자 어머니'라는 주제의 글을 큰아이에게도 부탁했다. 큰아이는 '오뉴월 개 팔자와 문일선 자원봉사자'라는 제목으로 기고했다. 아들의 글에 담긴 나의 모습.

우리 어머니는 이런 분이시다.(중략) 아파트의 안방을 앙드레김 의상실, 동대문시장, 우간다 및 탄자니아 시골장터에서 온 천 쪼가리 및 온갖 잡동사니로 신당(神堂)인지, 정글인지를 만들어 '관계자도 출입불가'로 만드는 그런 분. S병원에서 봉사하실 때, 봉사활동에 전념하시기 위해 휴대폰을 끄고 봉사하다 큰아들이 터진 맹장 부여잡고 그 S병원 응급실에 실려와도 연락이 안 되는 그런 분. (중략)

우리 어머니는 또한 이런 분이시다. 아들의 초중고 시절 내내 공부하라는 소리 한 번 하지 않고 본인이 항상 집에서 책을 보고 계시던 분. 우리 아파트 동갑내기 애들 모두가 과외를 받으며 공부하던 시절 다른 학부모로부터 "애 과외 시키려면 현찰이 많아야 한다."라는 말을, 나의 고2 담임 선생님께는 "애를 과외 한 번 시켜보는 게 어떻겠느냐"는 말을 듣고도 나한테 과외 한 번 안 시키신 분. 컬럼비아대학교에 가게 되었다고 말씀드리니 미국 지

297

도를 보며 "컬럼비아대학교가 어디 있냐? 하버드는 어디 있냐?"
라고 물으시곤 "두 학교가 가깝네. 대학원은 하버드로 가면 되겠
다."라고 하시는 분. 훗날 하버드 대학원 진학이 확정되고 수개월
후 "얘, 미국 대학원 가려면 봐야 하는 무슨 시험(그게 GRE인지
모르신다)이 있다며? 너 그건 어떻게 준비했냐?"라고 물으시는
분. (주위 지인 누군가가 있지도 않은 나의 '공부 비법'을 물어봤
나보다.) 휘문고등학교 인문계 출신인 내게 법조인이 되라느니,
병원 봉사하시면서 의사가 되라는 따위 소리를 일절 하지 않으신
분. 내가 연세대 의학전문대학원 본과 1학년으로 해부 실습을 마
칠 때 쯤, 연세대에 시신기증을 서약하신 분. 공주의 한 요양병원
에서 코로나19 집단감염이 발생하여 코호트 격리된 현장으로 자
진해 파견 나가는 아들에게 "현장에서 내가 할 수 있는 일이 있
으면 무엇이건 좋으니 연락하라."라고 하시는 분. 20여 년간 여
기저기에서 다양한 형태로 봉사활동을 하신 분.(중략)

우리 어머니의 공식직함은 '전업주부'다. 결혼하신 1983년 4월
24일부터 오늘날까지 24개월을 제외하곤 월급을 받아본 적 없는
분이고, 거의 항상 아버지 월급으로 생활하셨다. 그렇지만 실제로
밥, 빨래, 청소하기가 어머니의 본업은 아니다. 이 분이 정치인인
지, 사업가인지, 교육자인지는 불분명하다. 다만, 소소한 언어논
리와 의식주, 눈앞의 입시 따위에 초연한 채 거시적인 관점에서
자식에게 무엇을 말하고 무엇을 보여주어야 할 지 아는 '비저너
리(visionary)'로서의 능력은 탁월하다. '아이 같은 아버지'와 결
혼한 '아버지 같은 어머니'가 1937년에 태어났으면 매들린 올브

라이트, 1954년에 태어났으면 앙겔라 메르켈처럼 되었을 거다. (중략)

　적어도 내가 아는 한 나도, 어머니도 남을 위해 봉사활동을 한 적은 없다. 내가 세브란스병원에서 봉사했던 것은 연세대 의학전문대학원 입학이 확정된 후, 우리 기관에 약소하나마 고마움을 표하기 위해서였다. 그렇게 하는 게 내가 즐거운 길이니까. 어머니께서 세브란스병원에서 봉사를 시작하신 건 내가 입학한 후다. (어머니께서는 내가 부담스러워할까 봐 한동안 세브란스에서 봉사활동하시는 것을 내게 비밀로 하셨다.) 봉사는 원래 다 내가 좋아서, 나 좋으라고 하는 일이다. 참된 봉사활동을 해 본 이는 세브란스병원의 설립에 큰 공헌을 한 세브란스 씨의 '받는 당신의 기쁨보다 주는 나의 기쁨이 더 크다'는 말의 의미를 안다.(중략)

　'오뉴월 개 팔자'는 우리 어머니 팔자를 두고 하는 말이다. 마돈나, 마이클 잭슨과 같은 해에 태어나 58개띠인 어머니 음력 생일은 5월, 양력 생일은 6월이다. 올해만 해도 세브란스병원에서 봉사하는 틈틈이(?) 영국과 아일랜드에 놀러갔다가 바로 제주도로 놀러 다니고, 이제 곧 미국에 놀러가는 분이다. (분명 개 발에 땀 났을 거다.)(중략)

　'개 팔자'는 타고나는 측면도 있지만, 기본적으로 스스로가 만드는 것이다. 어머니께서는 완벽에 가까운 언어구사, 자식들 삼시 세끼 제때 차려주기, 집안 정리정돈, 순간의 중간/기말고사 성적 같은 '소(小)'를 탐하지 않으신다. 대신 집에서 상시 책을 보는 모습을 보여주고, 20여년을 다양한 기관에서 꾸준히 봉사하며 아들의 모교에 해부 실습용으로 시신을 기증하겠다고 서약하신다. 또한, 코로나19 코호트 격리 현장으로 봉사활동을 떠나는 아들에게 "현장에서 내가 할 일이 있다면 무엇이건 좋으니 이야기해 달라."라는 말로 아들의 가치관 형성에 기여하고 삶의 본보기가 되는 '대(大)'를 취하신다. 눈앞의 일에 너무 안달복달하지 말고, 조금은 느긋하게 먼 미래를 바라보는 것, 그리고 나의 즐거움을 위해 봉사하는 것, 그것이 나의 어머니 문일선 자원봉사자에게 배울 점이다.

　※ 본 원고는 세브란스병원 자원봉사자 문일선 씨의 '사전검열'을 거쳤음을 밝힙니다.

그동안 나는 섭섭했다. 혼신의 힘을 다해 가족을 돌보는데 그들은 나의 노고를 모르는 것 같았다. 그러나 이 글로 그동안 나의 섭섭함은 완전히 사라졌다.

문 일 선